# 鍛えすぎて婚約破棄された結果、氷の公爵閣下の妻になったけど実は溺愛されているようです

佐崎咲

Saki Sasaki

Regina

RB

レジーナ文庫

登場人物紹介
クレウス
『氷の公爵閣下』と恐れられる、
レイファン公爵家の美青年。
ティファーナに突如結婚を申し込む。
ティファーナ
前世のトラウマから
体を鍛えるようになった令嬢。
そのせいで婚約者に捨てられるも、
クレウスに拾われる。
男性が苦手。

ルイ
マクラレン伯爵家の令息。
ティファーナとの婚約を
解消した。
シルキー
セレソニーク侯爵家の令嬢。
クレウスにぞっこん。
シリス
ティファーナの前に現れる、
謎の暗殺者。
ルナ
公爵家のメイド。
元は伯爵家の生まれらしい。
メアリー
ティファーナ付きの侍女。
一生懸命だが
少しズレたところがある。

# 目次

鍛えすぎて婚約破棄された結果、氷の公爵閣下の妻になったけど実は溺愛されているようです 7

書き下ろし番外編
あの頃から今も、そしてこの先もずっと 363

鍛えすぎて婚約破棄された結果、
氷の公爵閣下の妻になったけど
実は溺愛されているようです

# 第一章　捨てる婚約者あれば拾う公爵あり

「僕よりも強い女性と結婚などできない！」

そう言って婚約解消された人は、このリバレイン国にどれくらいいるだろうか。

気が強いという意味ではあるかもしれないけれど、身体的に、という意味では私、ティファーナ＝フィリエントだけだろう。

城の騎士団からスカウトされるほど鍛え上げた剣術に護身術。武器として履いたピンヒールに、周囲を威圧するための金髪縦ロール。まん丸で大きな瞳を隠すため常に細めた碧《あお》の瞳。そして、服を脱いでも纏《まと》っている鎧《よろい》、もとい筋肉。

私はそんじょそこらの貴族の子息よりも強い。それは事実だ。

だから、こう返すほかはなかった。

「あ、うん、わかった」

たとえそれが幼い頃から守り続けてきた婚約者からの言葉であっても。

もっと早く言えよ。とは思ったけれど、優しくて気弱なところがある彼には、なかなか言えなかったんだろうなあということも理解できるから。

私のあっさりとした答えに、先ほどまで婚約者であったルイは申し訳なげに顔を歪《ゆが》めた。

ルイは小顔で顔立ちも中性的だったから、幼い頃から義兄や従兄弟たちからいじめられていた。それを私がこの腕っぷしで撃退しては、ルイは頬を赤らめながら「ありがとう」と微笑んでくれたものだったけれど。

次第に成長し私よりも背が高くなると、同年代の男たちに「女なんかに守られてかっこわりぃ」と嘲笑されるようになった。次第にその声が辛くなり、ついに私に婚約解消を突き付けるに至ったのだろう。

しかもルイは騎士の家系だ。国を守る騎士として、いつも婚約者に守られていたらメンツが立たない。

だから私は受け入れるほかはなかったのだ。

ルイは何かを言おうと口を開いたけれど、結局それは言葉にならないまま、くるりと背を向け足早に去っていった。

それでも私が鍛えるのをやめることはない。

私は前世の自分が大きな悔いを胸に抱えて死んだことを知っているからだ。

今でもその最後の場面を繰り返し夢に見る。

そこは魔物なんていない世界で、多くの人の髪の毛は黒か茶色で、着ている服は色とりどりで簡素ながら様々なデザインで。

学校の帰りに一人で歩いていたところを変な男につけられ、逃げるうちに袋小路に追い詰められて、恐怖で悲鳴一つ上げられないままお腹をグサリと刺されて死ぬのだ。

その夢を見た時は、決まって汗びっしょりになって起きる。

怖かった。だけどそれ以上に悔しかった。理不尽が。抵抗もできずに命を奪われたことが。

悔しくて、悔しくて、何もできなかったのが悔しくて。

だから私は幼い頃に決めたのだ。鍛えよう、と。もう二度と、大人しく殺されてなんかやらない。せめて一矢報いてやる。

そう思い立った私はまず庭中を走り回って体力をつけた。

十歳を越えるまでは二人の兄に交じって剣を振り、護身術を学び、技術を磨《みが》くことに重きをおいた。幼い体に筋トレはよくないらしいと前世で聞きかじった知識があったからだ。

十七歳になる今は筋トレも解禁したけれど、前世ではダイエット目的での軽いものしかやったことがなかったから、自分でより効果のあるメニューを考えて試行錯誤を繰り返している。

もちろん伯爵令嬢として淑女教育は必須だから強制的に受けさせられたし、頭が悪いといざという時に機転が利かないから勉強も頑張った。

完璧だ。我が人生に死角なし！

そう思ったのに、結婚まであと一年というところで破談である。

まあ、どれだけ努力をしても、すべてが思い通りにいくとは限らないということだ。

それでも筋肉と引き換えにはできない。二度と、死んで後悔などしたくないから。

その一念で、ルイを慕《した》う気持ちも、夢見ていた穏やかな結婚生活も、心の墓場へ深く埋葬《まいそう》した。

ただ、困ったのは両親への説明だった。

家に帰り両親に報告すると、父は思った通り「ほれみろ……」と言わんばかりの残念な目を向けた。

鍛え始めてから、いつかこの顔を見ることもあるかと覚悟はしつつも、ルイとならやっていけると油断していた。

「ティファーナ。だからおまえは鍛えすぎだと言ったのだ。女は男の三歩後ろに下がり、守られていればいいものを」

「あらぁ。ティファーナの努力を理由に婚約解消したいだなんて、あまりに紳士じゃないわよお。人には向き不向きがあるし、ルイが弱いのを責めるつもりはないけれど、そもそも今更すぎない？　ルイがティファーナよりも強かったことなんて一度もないじゃない」

前世なら前時代的とか昭和とか言われていただろう父に、母はおっとりながらもしっかり物申してくれる。

父も、私を案じて言ってくれているのだということはわかっている。

だからこうして家族と話していると、無理矢理しまい込んだ気持ちも自然とまあいいかと思えてくる。

家族には恵まれたけれど、婚約者には恵まれなかった。それだけの話だ。

ただ、「そこまで鍛えすぎたら嫁の貰い手がなくなるぞ」とかねてから忠告を繰り返してきた父の言葉が正しいことが証明されてしまった。

だから私は神妙な態度を貫《つらぬ》いた。

「鍛えすぎる娘でごめんなさい、お父様、お母様。たとえ一生を独り身で過ごすことになろうとも、私は筋肉を選びます」

「うん。全然改める気がないな。筋肉は相手に求めなさい」

これには反論せずにいられなかった。

「お父様。強い夫となれば大抵が騎士団に所属していて勤務中は不在、かつ私ではなく他人を守るのが仕事です」

「確かに」

「常に自分と共にあるのは自分自身であり、その自分に筋肉《ちから》がなければいざという時に身を守れません。たとえどんなに強い夫を選ぼうと、最後に頼れるのは自分だけなのです。そもそも私にそれほど選択権があるとも思えません」

はっきりきっぱりと言い切った私に、父は遠い目をした。

「おまえはよく現実が見えているが、見えすぎていらぬ暴走をしているんだよなあ」

「平和な国にいても命を奪われることがあるのですから、魔物もいれば社交界という人の顔をした魔物の巣窟《そうくつ》もあるこの国では、どれだけ鍛えても鍛えすぎることなどないのです」

「いいからひとまず水差しを上げ下げするのはやめなさい。一応お説教中だぞ」

「やめません」

零《こぼ》れないように慎重に、かつ腕と胸の筋肉を意識しながら水差しを顔の高さまで上げ、そこからまた慎重にお腹の辺りまで下ろす動きを繰り返す私を、父はとても困った顔で見ていた。

「床に寝そべっての腹筋は不衛生だからベッドの上だけでやれと言うのでここではしていませんし、腕立て伏せは人前でするなというので自重しています。水差しを上げ下げすることのどこがいけないのです？」

「日常に必要な動きではないからだ」

「鍛えるためですから」

「だからこれ以上鍛えるなと言っている！」

「嫌です」

「どうしておまえはそんなに頑《かたく》ななんだ……」

呆れているような諦めているようなため息を吐き出す父を、母が絶妙な頃合いで宥《なだ》めてくれる。

「まあ、あなた。中身のない人間よりも、自分をしっかり持った娘に育ってよかったじゃありませんの。娘の成長を見守りましょう？」

「筋肉の成長を、の間違いだろうが」

「そうは仰《おつしや》るけれど、ティファーナは筋肉がつきにくい子なのよ。脱いだらまず筋肉が出てはくるけれど、それほどゴリゴリのムッチムチというわけではないし。スマート筋肉です。あなたも確認します？」

「いや、いい」

さすがに父も年頃の娘の割れた腹など見たくはないらしい。

私はいわゆる細マッチョというやつで、ボディビルダーのような筋肉を纏《まと》っているわけではない。

それは体質だけでなく、母がタンパク質重視の食事にしてくれないせいもあると思う。大体のことに理解を示してくれる母だけど、バランスよく食べなさい、と食事だけは好きにさせてくれなかった。あとこっそりプロテイン的なものを作ろうとした時も止められた。

父も反論する気が失せてきたようで、「なんでこうなったかなあ」と呟く顔からは力が抜けている。今ならすんなり退出させてもらえるだろう。

「お父様、そろそろルーティンワークの時間なので自室に戻ってもよろしいでしょうか。寝るのが遅くなるとお肌の調子が乱れますし、朝起きるのが遅くなると行儀作法の時間がなくなってしまいます」

「あ、うん。後半はいっぱしの令嬢の言葉に聞こえるんだがな。そもそも鍛える時間が多すぎて朝しか他のことを学ぶ時間が取れないというだけなんだよなあ。それと、鍛えている後ろめたさの表れのようなおしとやかぶりを親の前でだけ見せるのも、もういいぞ」

「もう身に染《し》みついておりますので」

「だろうな。私ももう何度目かわからないこのやり取りにも疲れた。休みたい」

「今日も疲れさせてしまってごめんなさい、お父様。それではおやすみなさいませ」

「まあ鍛えるのもほどほどにしてくれ。これ以上嫁の貰い手がなくなっては、私たちの心穏やかな老後が涙に暮れることになる」

念を押す父ににっこりと笑みを向けると、諦めたようなため息が返ってくる。それから父は深く椅子に座り直し、さりげなく視線を外した。

「あちらの家とは話をしておく。もうルイとは関わらなくてよい」

なんだかんだ言って、父は私に甘い。これ以上傷口をえぐらないようにと気遣《きづか》ってくれたのだろう。私がルイを少なからず慕《した》っていたことを知っているから。

しかし失ったものを嘆《なげ》いても仕方がない。私はいそいそと自室へ戻り、腹筋を始めた。

その後は腕立て伏せ、背筋《はいきん》、やることは山積みだ。

　ムキムキのゴリゴリにはなれなくとも、幼い頃から弟のように守り続けてきたルイに婚約解消されても、これから私を妻にと望んでくれる人が現れなくても、私が鍛えるのをやめることはない。

　そんな私をそっとドアの向こうから諦めきった目で見つめる父には、翌日に起きることなど予想だにできなかったに違いない。いや、父だけではない。私だって、それが現実なのか、酔っぱらった父の戯言なのか、しばらく判断がつかなかったのだ。


　ぐでぐでの体で夜会から帰ってきた父は言った。

「なぁんかぁ、『ティファーナちゃんが長年婚約者だったルイくんに婚約解消されちゃった！　今更だよ？　チックショーこちとら花の盛りの十七歳だってんだ！　筋肉だってなんだって、ないよりあったほうがいいじゃんっ』って話をしてたらあ、レイファン公爵がね？　それなら私が貰おうって言い出してね」

　ベロベロだ。昨日のキリッとお説教していた面影は既になく、「なんだかんだ私に甘い」成分だけが残っている。

「そんでね？　あまりにいい条件だったから、結婚決めてきちゃった！」

てへ！　と言わんばかりに肩をすくめてみせた父が少しもかわいく見えないのは、私が薄情なのか。いや、当事者なのだからそれどころではない。いきなりだし、あまりに話がうますぎる。

相手は公爵だ。対して我が家は取り立てて裕福でもなく、誉れもないただの伯爵家なのだから、釣り合いがとれない。公爵にはメリットなどないのだ。かといって、父が脅《おど》したとも思えない。

となれば、騙《だま》されているのだろうか。それとも父は起きているふりをして実は寝ているのだろうか。

「お父様、一度水風呂に入られてはいかがですか」

「起きてるよ！　酔ってるけど正気だよ！　二割くらいは」

「正気が少ない。結論として、お父様は詐欺《さぎ》に遭《あ》われたのですよ」

「違うって。大丈夫、私を信じなさい」

今更キリッとして見せても遅い。

それに疑いたくもなる。相手は『氷の公爵閣下』と呼ばれる、冷酷無慈悲なクレウス＝レイファン公爵なのだから。

会ったことはなくとも、無表情で冷たく人を寄せ付けない人だという話は誰もが知っている。すれ違った女性を一目で虜《とりこ》にしてしまうほど整った顔立ちだというし、地位もあるのだから、結婚したがる女性など掃《は》いて捨てるほどいるだろうに二十歳になる今も婚約者さえ決まっていないのだという。虜《とりこ》になった女性も『氷の公爵閣下』を相手に妻として一生を共に過ごすことを考えると、夢から覚めるのかもしれない。

既に爵位を継《つ》いでいるから、早々に相手を決めたかったのだろうとは想像がつくけれど、何故私なのか。なんのメリットもない結婚でも仕方ないと諦めるほど切迫した事情でもあったのだろうか。だとしたら不良物件の臭いがプンプンするのだが、そんな贅沢《ぜいたく》が言える身の上でもないのが今の私だ。

それを見越したように、父がちらりと私に目を向けた。

「じゃあティファーナちゃんはレイファン公爵と介護老人の後妻、どっちがいい？　お酒の席だから大商人の愛人にっていう話も出たけど、それは父としてはさすがに嫌だなあ」

「どれも嫌です。そして酔いに任せて『ちゃん』はやめてください、腹が立ちます」

「全部断れば、さすがに贅沢《ぜいたく》言うなと社交界からも顰蹙《ひんしゅく》を買うし、まともな縁談もこなくなるぞ」

抗議の声など聞こえていないかのように、父はキリッとした表情を作って言った。酔っぱらって説得力のない真っ赤な顔で。

「そもそも酔っぱらったお父様が私とルイの婚約解消の理由を社交界に広めてしまった時点で、まともな縁談などこないのでは？」

「それもあるな。だが『覆水盆に返らず』だ。この先のことを考えてみてほしい」

不用意な言動で娘を追い詰めておいて、まともなふりをしないでほしい。まったくもって酔っぱらいはたちが悪い。こういう話は昨日のまともな父としたかった。

そんな三択ならいっそ結婚なんてせずに家庭教師でもしながら一人で暮らしていきたいけれど、両親がそれを許さないこともわかっている。

しかしよく知りもしない人といきなり結婚だなんて、不安でしかない。

実は私は前世であんな死に方をしたせいで、男の人が苦手だった。

ルイなら幼い頃から一緒にいて慣れていたし、容姿も中性的で優しく温和だったから、結婚してもやっていけると思っていたのに。

介護老人の後妻ならその点は安心かもしれないけれど、遺産狙いだとか言われて親戚から追い出されたり、命を狙われたりもするかもしれない。しかも「ばあさんや～」と呼ばれれば「はいはい」と駆け付けねばならないなら、筋トレなどする暇もない。

かといって大商人の愛人は絶対に嫌だ。そんなものは私には務まらないし、怒り狂った本妻や子供に邪魔に思われて命を狙われるのも嫌だ。となれば、必然的に答えが決まってしまう。

「ね？」

という顔をしている父に腹が立つが、三つの中では一番条件がいいというのは確かだ。私の沈黙を了承と捉《とら》えたのか、父は満足げに一人頷《うなず》いた。

「ということで、結婚式は来月ね」

「ら……来月!?　ちょっと待ってくださいお父様、さすがにそれは本当に詐欺《さぎ》です。結婚詐欺《さぎ》です。正気に返る前に勢いで事を進めてしまおうという相手の意図がミエミエです。そもそもそんなうまい話が転がっているわけはありません」

「いやいや大丈夫、思ったよりいい人だったよお、クレウスちゃん」

「お父様、水が嫌なら私の手で正気に戻してさしあげましょうか？」

ッパアン、と掌《てのひら》に拳を打ち込むと、父は真顔で答えた。

「顔の形は元には戻らないからやめて。それに、レイファン公爵でよかったとおまえもそのうちにわかる」

静かに酔い覚ましのお茶を飲み始めた父に、私は大きなため息を吐く。

「またそんな適当なことを……。そもそも、お母様はご承知なのですか？　お母様ならそんな怪しい話はよそに売りつけなさいと仰《おっしゃ》るはずです」

伝家の宝刀『お母様』を持ち出したけれど、父は既にぐう、と寝息を立てて椅子にもたれていた。随分と都合のいい酒を飲んだものだ。

もしかして母に黙って独断で決めてきたのだろうか。いや、やはり父は酔っぱらって夢を見ていただけなのだ。明日になれば、「なんの話？」とケロッとしているだろう。

だから私はひとまずそのことは忘れて日課の筋トレに励《はげ》み、いい汗をかいて健やかに就寝した。

そして翌朝。

邸《やしき》はバタバタと上を下への大騒ぎとなっており、使用人たちと顔を合わせるたびに「ティファーナ様、おめでとうございます！」と満面の笑みで祝われた。

「お母様？　お父様の夢の話を信じてはなりません」

頼みの綱の母をつかまえれば、「いいお相手に恵まれてよかったわねえ。すぐにでも式を挙げたいだなんて、熱烈なプロポーズだわ」と夢見る少女のようにうっとりしていた。

どうやら母も同伴していて、公爵に虜《とりこ》にされて帰ってきたらしい。まさかのまさかである。我が家の砦《とりで》まで決壊しては、私には為《な》す術がない。

さらにはその日のうちに正式な書類が届けられ、レイファン公爵家の印が押された封《ふう》蝋《ろう》まで見せられては現実だと受け入れるよりほかなかった。こうなっては私に拒否権があるはずもない。

捨てる神あれば拾う神あり。

そんな言葉を思い出したけれど、果たして彼は神なのか、悪魔なのか。

結婚式のその日まで会えもしなかったから、私にはわからなかった。

◇

何故私だったのだろう。そんな疑問の答えを得る暇もなかった。

普通、たった一か月で嫁《とつ》ぐことになるなんてありえない。だが恐ろしいことにレイファン公爵家と微力ながら我がフィリエント伯爵家が総力をあげた結果、不可能が可能になってしまった。

財力と権力によって黒は白になるし、ただの布が純白のドレスにもなるし、突然の招待であったのに会場は祝福に訪れた客で一杯になる。

そうして迎えた結婚式の日。

会場であるレイファン公爵邸の大広間の真ん中には赤い絨毯《じゅうたん》が敷かれ、立会人の前で待つ公爵のもとまで一人しずしずと歩く。そうして私は、レイファン公爵と初めて顔を合わせた。

ヴェール越しに見えたのは、艶《つや》めく黒髪と冷たく澄んだアイスブルーの瞳。白く透き通った肌に整った顔立ちは、氷の公爵閣下と呼ばれるのも頷《うなず》ける。滑らかな肌になんの表情も浮かんでいないその顔は、まるで彫刻のようだった。

綺麗な人だな、と思った。いつまででも見ていられそうだ。

けれど、ぼんやりとどこか他人事のようにその顔を見つめる私に、彼は言った。

「こんな地位しかメリットのない結婚など望んでいないだろうが、私につかまったのが運の尽きと諦めることだ」

それはまるで悪役の台詞だった。

「私は多くの恨《うら》みを買っている。だから妻にも危険が多い」

続けて淡々と言われて、私は咄嗟《とっさ》に片手をあげて答えていた。

「あ、私、自分の身くらい自分で守れます」

「だから妻にと望んだのだ」

やっと得た答えに、はあ、なるほど。と思わず手を打った。

入場する時、赤い絨毯《じゅうたん》の両脇に並ぶご婦人方にギラギラと嫉妬の目を向けられた。これまでもその整った容姿のせいで揉《も》め事に発展することは多かっただろうし、冷たく断れば恨《うら》みも買ったことだろう。

妻として社交界に出れば、熱いお茶を頭からかけられたりだとか、「ごめんあそばせ」と足を引っかけられたりだとか、「この泥棒猫！」と罵《のの》られたりだとかいう日々を容易に想像できる。

だから鍛えすぎている私が最適だったのだ。

まさかの拾われ方だが、こんなに納得できる答えはない。

「それでもよいか」

一方的で、冷たくも聞こえる台詞を言った後で、そんな風に聞いてくる。

だが、そのようなことで一度決めたことから逃げ出す私ではない。そのための金髪縦ロールだ。さらに目を細めて睥睨《へいげい》し、かねてより練習してきた高笑いをつけてやれば大抵のご婦人は怯む。

鍛えておきながら平和主義な私は、そうして無用な争いを避《さ》けてきた。

戦っても勝てる。戦わなくとも勝てる。どう考えても私ほどの適任はいない。

まあ、招待客に囲まれ、立会人の前に二人並んで立った状況で、今更拒否できるわけもないのだけれど、はっきり言葉にしてくれるだけ誠実だと思う。

そんな私の内心がわかったのかどうか、彼は周りに聞こえるように告げた。

「ただ妻として邸《やしき》にいてくれさえすればいい。私は基本、関わるつもりはない。どのように過ごそうとあとは自由だ。必要なものはいくらでも買い与えるし、子が必要になれば養子をとればいい。生きてさえいてくれればいい」

生きてさえ、とは大げさだけれど、表情一つ変えずにのたまった彼に、会場がにわかにざわついた。

つまりはお飾りの妻じゃないか、という囁《ささや》きが聞こえる。

けれど私は、父の言った通りあまりに好条件だったと、驚きと感動に胸を震わせていた。

つまりは。貴族の夫婦にとって義務である後継者作りについても、私は求められていないということだ。自由ということは、誰にはばかることなく筋トレもできる。こんな結婚、私以外に喜ぶ者はいないだろう。まさに私のための結婚ではないか。

だから私は、満面の笑みで答えた。「はい」と。

「どんな状況においても、生き抜くべく最善を尽くすと誓います」

――私のために。

アイスブルーの瞳を丸くしたレイファン公爵は、一度視線を床に落とし、それからまっすぐに私を見つめた。

「私も極力その命を守り、自由を与えると誓おう」

それが、私たちが立会人の前で誓った結婚の言葉だった。

そうしてさっさと宣誓書に署名し、進行をまるで無視された立会人がおろおろするのを放って、レイファン公爵はくるりと背を向けすたすたと歩き出した。

本来は妻が夫の腕をとり、ピンクの花びらを撒《ま》いて祝福を捧げる招待客の間をゆっくりと歩いて退出するものなのだが、会ったばかりの男性の体に触れずに済むのはありがたい。私は彼の後をつかず離れずの距離で歩く。

その両脇で慌てて花びらを撒《ま》き始めた客たちの顔つきは、入場した時とは一変していた。

今そこにずらりと並ぶのは、憐《あわ》れみの目ばかり。もはや筋肉と細目と金髪縦ロールで牽制《けんせい》する必要はない。

上辺ばかりの祝福に笑顔を返しながら赤い絨毯《じゅうたん》の上を渡っていくと、ただ一人だけ宣戦布告するような視線でこちらを見ている者がいた。

彼女は余裕の笑みを浮かべてしっかりと私と目を合わせた後、目の前を通り過ぎようとしたレイファン公爵の腕をとった。

「クレウス様。そのような条件でしたら私のほうがよほど相応《ふさわ》しいですわ。こんなごつごつとした方が花嫁だなんて誰もが不似合いだと眉を吊り上げますけれども、私、シルキー＝セレソニークの美貌には誰もが納得しますもの。今からでもこの結婚を取りやめて私を選べばいいのです」

緩く波打つ、赤みを帯びた金の髪。とても地毛ではなさそうなばっしばしのまつ毛に囲われた目は吊り目な上にどこか蛇を彷彿《ほうふつ》とさせるけれど、美人であることは確かだった。ただ全体的に化粧が濃く、今日の主役は私だと言わんばかりの真っ赤なドレスはボリュームたっぷりで、近づくほどに香油の香りがまとわりつく。

一言で言うと、存在感がくどい。

レイファン公爵は無表情に冷たさを五割増しで乗せたように彼女を一瞥《いちべつ》すると、低く地を震わせるような声で言った。

「結婚など、二度もするつもりはない」

こんな面倒なことは二度もやってられるか、というわけか。確かに普通なら一年かける行程をたった一か月で済ませたのだから面倒さは数倍だっただろう。

だが令嬢はまったく怯みもしないどころか、余裕たっぷりに笑みを返した。

「クレウス様は何もしなくてかまいません。面倒なことはすべて我がセレソニーク侯爵家が請《う》け負《お》いますわ」

「言ったはずだ。『私は基本、関わるつもりはない』と。進行の邪魔をしたのみならず勝手に触れ、私に面倒事を求めるような人間を妻に据《す》えるわけがない」

無表情のまま冷たさを深めて言い放つと、最小限の動きでその手を振り払い、元のようにすたすたと歩いて会場を出ていってしまった。

さすが氷の公爵閣下だ。とは誰もが思ったことだろう。

蛇のような目で悔しげにこちらを睨《にら》みつける令嬢の前を通り過ぎ、静まり返った空気の中を一人しずしずと歩いていけば、最後列から見守っていた父と母が他の客たちとは違う真っ白な花びらをふわりと舞わせた。

目尻には涙まで浮かべ、「おめでとう」「幸せになるんだぞ」と心からの祝福を捧げてくれる。

それはまったくこの場にそぐわないただ一つの祝福で、まるで先ほどのやり取りなど見えていなかったように私だけを見つめていた。

私があのようなやり取りに動揺もせず、昼ドラみたいだなとしか思っていないことや、この上もなくいい条件の結婚だと受け取ることをわかっていたのは、この二人だけ。なおさらこんな娘でごめんなさい、とは思うものの、やっと両親を安心させることができたのだなと身に沁《し》みた。

そうして会場となっていた大広間を抜けると、ここでの役目は終えたとばかりにレイファン公爵はさっさと玄関の外へ出ていってしまった。招待客たちを見送るためだ。

本来はこの後お披露目のパーティが続くのだが、その予定はない。

レイファン公爵の結婚式への興味のなさを目の当《ま》たりにした招待客たちも、ここでお開きになる理由を察したことだろう。彼はただ義務を果たすためだけに式を挙げたのだと。

重たすぎるウエディングドレスを引きずる私は公爵ほど速く歩けず、苦労しながら玄関へ向かっていたから、人々が会場を出ながら好き放題言っているのが聞こえていた。

「セレソニーク侯爵令嬢への冷え冷えとした対応もそうですけれども、結婚式も必要最低限で、本当に愛のないお方」

「氷の公爵閣下が結婚と仰《おっしゃ》るからどのような心境の変化がと思いましたけれど……相変わらずでしたわね」

「私だったら耐えられませんわ。こんな屈辱的な結婚式も、寂しい今後も」

全然潜《ひそ》め切れていない上に、言葉とは裏腹にとても楽しそうな囁《ささや》きがそこかしこで交わされている。

男性たちの声も好奇心が隠せていない。

「噂《うわさ》に違《たが》わぬ筋肉質な新婦だったな」

「お披露目パーティをやらんから、顔がヴェールでよく見えないままだったのが残念だ。意外と顔はいいのかもしれんのに」

「いやいやまさか、あの体でそれはないだろう」

そんな声は私の耳にも届いていたけれど、当然使用人たちにも聞こえていたわけで。おろおろと私の反応を窺《うかが》っているのがわかった。

レイファン公爵までは届いていないのか、彼は眉一つ動かさないまま見送りを終え、ようやく私に視線を向けたのは邸《やしき》に入る間際だった。

「細かい話は明日だ。すまないが私はもう休ませてもらう。先ほども言ったが、この邸《やしき》では好きにしてよい。ただし、極力外には出ないほうがいい。社交界にも顔を出す必要はない」

そうしてすたすたと自室へ向かってしまったから、使用人たちはなお一層、おろおろと私の顔色を窺《うかが》う。

慌てた執事のロッドの指示の下、使用人一同は蒼白になりながら私の周りにびしりと並んだ。

「奥様。結婚式の時も先ほども、旦那様は決して奥様を厭《いと》うてあのように仰《おっしゃ》ったのではありません」

ロッドは前世の世界なら一部の女子たちが騒ぎそうな、シルバーグレイを丁寧に後ろへ撫《な》でつけたいかにもな紳士で、目元の皺《しわ》にも人のよさが出ている。その口調は落ち着いてはいたものの、どこか必死さを感じさせた。

ロッドの言葉を受けて、侍女頭のスーザンも続ける。

「旦那様はお疲れなのです。昨夜もお休みになられていないご様子でした」

スーザンは年嵩《としかさ》なだけあって淡々としており、ただ事実を告げるように述べた。後ろできっちりと結い上げた髪は何があっても崩れなそうな鉄壁さだ。

「そう……。多忙なお仕事だというし、結婚式の準備もあったものね」

結婚式は新郎の邸《やしき》で執《と》り行うのが慣例で、大方の準備は新郎側ですることになる。準備期間も短かったのだからなおさら大変だったことだろう。

そう考えてから、透き通るような白い肌は疲労で顔色が悪かっただけなのではと思い至った。目の下にうっすら隈《くま》があったような気もする。

私が考え込んでしまったことに気が付いたのか、スーザンははっとして失言を悔いるようにやや眉を寄せた。

「余計なことを申し上げました。奥様が気にされることはありません」

「そうです、旦那様たっての希望で挙げた結婚式なのですから」

フォローするように言葉を重ねるロッドの後ろから、ぽつりと声が聞こえた。

「道具として求められているだけだなんて。かわいそう……」

その声は静かな玄関ホールに妙に響いた。周囲の視線を集めたことに気付き、あ、と掌《てのひら》で口を覆《おお》ったのは、確かメイドのルナだったか。ふわふわの髪を肩で切り揃えていて、まさに女の子、といった感じの子だ。年は私よりも一つか二つ下くらいだろうか。

結婚に夢を見る年頃だからこその素直な感想だったのだろう。だが周りを凍りつかせるには十分な威力があった。

「ルナ！　なんてことを……！　奥様、お話を聞いてくださいい、そうではなく旦那様は本当は」

ロッドが言いかけるのを、スーザンが彼の腕を引きわずかに首を振って止めた。ロッドはもどかしそうに口をつぐんだけれど、私はルナの「かわいそう」という言葉がピンとこなくて、思わず首を傾《かし》げてしまった。

ルナは上目遣《うわめづか》いに私の様子を窺《うかが》いながら首をすくめた。

「申し訳ありません。いくら政略結婚が多い貴族でも、さすがにあのように愛はないと宣言されるだなんて……さぞかしお辛いだろうと思いまして」

まあ、ルナが言うこともわかる。けれど私にとっては、むしろ都合がいいのだ。

「愛を与えられないことを不満に思うのは、求めるからだと思うのよ。でも私は公爵夫人としての役割を全うするだけ。その代わりに自由を与えてくれると言うのだから、この結婚に不満はないのよね」

私は愛など求めていない。結婚するからには努力するつもりでいたけれど、不要だと言われれば気楽でしかない。

ロッドとスーザンが目を見交わしながら何か言いかけたけれど、言葉にならずに口を閉ざす。

ルナも居心地悪そうに周囲を窺《うかが》っていたから、その場の空気をとりなすように私は笑ってみんなを見回した。

「私は穏やかに暮らせればそれでいいの。恨《うら》まれると言っても、そこらへんのお嬢様方に負ける気はしないし。旦那様が私の姿を見てやっぱり結婚なんてやめたとか気を変えることもあるかと思ったけど、あの様子だとそれもなさそうだし」

そんな私の言葉にすかさず力のこもった声で割って入ったのは、私付きの侍女となったメアリー。

「そのようなことはぜっっったいにありません！　大丈夫です、クレウス様はどんな失敗をした人も、捨てるようなことはなさいません。拾った限りは大事にしてくださいます！」

言葉の選択がところどころアレレだけれど、だからこそその必死さは伝わった。

着替えを手伝ってもらった時、メアリーは少々不器用でまだ不慣れさもあったけれど、一生懸命でとてもいじらしく、かわいらしいと思う。

お付きの侍女といえば家柄も中身もしっかりした堅めの人が多いものだが、メアリーとなら仲良くやっていけると思う。レイファン公爵のあの塩対応とは正反対で、癒《いや》される。

もしかしたらそれがわかっていてスーザンがメアリーを選んでくれたのかもしれない。

使用人たちが揃《そろ》ってメアリーの言葉にこくこくと頷《うなず》いているのを見れば、公爵が使用人たちに慕《した》われていることはよくわかった。

結婚式で私があのように言われて気分を害したり、「実家に帰らせていただきます！」と言い出したりするのではないかと不安だったのだろう。だがそんな心配は無用だ。

「旦那様は私に自由を与えてくれたのだから、私も精一杯公爵家のために尽くすわ。みんな、改めて今日からよろしくね」

そう笑みを向ければ、使用人たちはほっとした表情を浮かべ、それからぴしりと姿勢を正した。

「奥様。我々使用人一同、心を尽くしてお世話をさせていただきます。ですからどうか、どうか今後ともよろしくお願いいたします」

「こちらこそ、末永くよろしくお願いいたします」

懇願《こんがん》交じりの使用人たちの挨拶《あいさつ》に、私は大げさだなあと苦笑した。

使用人たちの本当の不安がなんなのか、この時は知らなかったから。

◇

結婚式を終えたその夜、いわゆる初夜に案内されたのは夫婦の寝室で、そこは部屋もベッドも広々としていた。

やっぱり義務は義務なのかと一瞬固まったけれど、公爵は姿を現さなかった。

食事の席すら共にするつもりはないようだけれど、それを寂しいとか、なおざりにされたとか感じる私ではない。

むしろ、結婚式での宣言は真実だったのだと実感し、「フッフー！」と拳を突き上げ踊り出しかけた。

なんて天国に来たのだろう。何も求められないなんて、なんと気楽なことか。

もちろん公爵夫人としての責務は全うするけれど、子作りの義務を免《まぬが》れたことは心の底からほっとした。

いや、私とて貴族の娘なのだから覚悟はしていた。けれどこれから、よく知りもしない人と毎日同じベッドで寝なければならないのは、やはり気が重かったのだ。

思いがけずそこから解放され、加えて筋トレもし放題なのだから、小躍りだってしたくなる。

私の頭はこれからの公爵邸での自由な日々をどう過ごそうかと、それはかりだった。

食事を一緒に摂《と》らなくていいのであれば、私だけ別メニューにしてもらってもかまわないだろう。鶏のささみ、チーズ、ゆで卵をメインにしてもらえば筋肉のつきにくい私もゴリゴリになれるかもしれない。実家では母の愛によって止められていたことができるのだ。未来の私の姿を思い描くと心が沸《わ》き立つ。

寝室に一人なら、気兼ねなく筋トレもできる。日中に公爵が不在の間、庭で素振りをしていても使用人たちに言いつけられる心配はないし、言われたとしても気にする必要はない。彼はどのように過ごそうと自由だと言ってくれたのだから。

父が『レイファン公爵でよかったと、おまえもそのうちにわかる』と言っていた理由にも納得した。私にとってはこれ以上ない旦那様だ。見た目も眼福だし。

そんな高揚で、結婚式を終えたその日だというのに、私は腕立て伏せに腹筋、上体起こしと筋トレフルセットを一巡し、入念にストレッチで体をほぐし、ほくほくとベッドに入った。

だが心も体も温まりすぎてなかなか寝られず、再度起き上がって素振りを始める。

それから昂《たかぶ》った神経を鎮《しず》めるためにもう一度ストレッチをこなした後、ようやく私は心地よく疲れた体をベッドに潜《もぐ》り込ませた。

ベッドは一人で寝るのが申し訳ないような大きさで、ふっかふかの布団に潜《もぐ》り込んだ後も、私はごろごろとベッドの端から端まで転がっていた。

これではいつまでも眠れないと思い、前世の習慣にならって羊の数を三百匹くらい数えたあたりで、私はついにうとうとと微睡《まどろ》みを手に入れた。

何かの気配を感じたのはそんな時だった。

はっとして目を開けばきらりと光るものが頭上から降ってきて、私は咄嗟《とっさ》に左に転がってそれを避《よ》けた。そのままの勢いで体を起こし、何が起きたのかと周囲に視線を走らせると、さっきまで私の頭があったところには一人の男がしゃがみ込んでいた。

「うわあ、もしかして寝てなかった？　静かになってから結構待ったし、もう寝たと思ったのに。失敗したなあ」

失敗を語るようには聞こえないのんびりとした声の主が枕に突き立ったナイフを引き抜くと、辺りに羽が舞った。

色素の薄い金髪を後ろで一つに束《たば》ねた細身の男で、黒ずくめのぴたりとした服に身を包んでいる。背後に月の光を浴び顔に影を作っていて、その表情はよくわからない。ただ面白そうにこちらを見ている紫の瞳だけが闇夜に浮かんでいた。

「あなた誰？　何故私を狙ったの」

護身用にナイフを隠しておいたものの、それは枕元、つまり男の足下にある。かわすのに精一杯で、さすがに武器までは取り出せなかったことが悔やまれる。

「オレが何者かは、見ての通りだよ。君を狙った理由は、暇だったから」

「はあ？」

律儀《りちぎ》に答えてもらったものの、その回答に思わず変な声が出てしまい、慌てて口を押さえた。隣の部屋にメアリーが寝ている。起こしてしまったら、巻き込んでしまいかねない。

男はそんな私の様子を、しゃがんだ膝《ひざ》に頬杖《ほおづえ》をついて楽しげに見ていた。

「いやあ、本当は君が邪魔だから殺してくれって依頼がいくつかあったんだよ。だけどさあ、急遽《きゅうきょ》全部取りやめになってさ。理由が気になったから、覗《のぞ》きに来てみた」

『昨日開店したカフェが気になったから来てみた』くらいの軽さで言わないでほしい。

確かに旦那様となったレイファン公爵は様々な恨《うら》みを買っていると言っていた。けど、女性から恨《うら》みを買ったくらいで殺しまで依頼される？　しかも『いくつかあった』って。

さらにそれがすべて取り消されたというのはどういうことか。もしかして『公爵と結婚するなんて許せない！』と思ったものの、今日の結婚式の様子を見て、どうせ愛のない結婚だと溜飲《りゅういん》を下げたのか。

ぐるぐると考えながらも気を逸《そ》らさない私に、男は肩をすくめて笑ってみせた。

「そんで様子を見てたらめっちゃ鍛え出すじゃん？　もう何者って思ってさあ。試さずにはいられなかったよね」

だから、『食べたことのない料理が目の前にあったら食べてみたくなるよね』程度の軽さで言わないでほしい。だが大事なのはそこではない。

「依頼をしたのは誰？」

「それは当然、守秘義務があるから言えないけど、キャンセルくらってちょうど暇になったところだから、依頼なら受け付けるよ。君を殺そうとした奴らを消してこようか？」

「それはいらない。やるなら自分でやるから」

きっぱりとそう返すと、男はきょとんと私の顔を見た。そしてだんだんと面白そうに口元を吊り上げていく。

「へえ？　貴族の令嬢なら『そんな野蛮なことはいけないわ！』って脳内お花畑か、『全員まとめてやっておしまい』って命令するかどっちかかなと思ったのに。その答え、いいねえ」

面白がられるなど心外だ。こっちはあくまで真剣なのだから、返す声は自然と硬くなる。

「自分が命を狙われたのにそのままにしておくなんて、危機管理能力の低い生き方はしてないの。だからと言って人任せにもしない。何故狙ったのか理由も聞いておかなければならないし。そもそも取り下げられた依頼先に勝手に来るような人を、私は信用しない」

それを聞くと「ははははは！」と声を上げて笑い出し、闇夜に浮かぶ紫色の瞳が輝いた。

「それはごもっともだね。だけどこれまでに聞いたことないなあ、その言い分は」

紫色の瞳が面白そうに細められ、私を見ているのがわかった。

構えを解《と》かない私に、にっと笑って、彼は立ち上がった。

「今日は満足したからこれで帰るよ。またねティファーナ。よい夜を」

私のよい夜を台無しにした張本人に言われたくはない。

「っていうか、『また』って何」

私の呟きを聞く人はいなかった。

彼は軽やかにベッドから飛び下りるとそのまま窓を開け放ち、とん、と窓枠を蹴り闇夜に姿を消したから。

私は一体、なんてところに嫁《とつ》いでしまったのだろう。

あれほどまでに死にたくないと願った私が初夜から命の危険に晒《さら》されるとは、なんとも皮肉な話だ。

ふと、使用人たちがしつこく「どうか」と懇願《こんがん》するような態度だったことを思い出す。

もしかして、この事態を予見していたのだろうか。

とんだ初夜があったものだ。

なんでもそううまくいくはずがない。私は再び思い知らされたのだった。


「おはようございます、ティファーナ様。昨夜はゆっくりお休みになられましたか？」

にこやかに扉を開けたメアリーを首だけで振り返り、笑みを返す。

「ええ、初めての夜にしてはなかなか熟睡できたと思うわ」

殺人者は現場に戻ると言うが、暗殺者は戻らない。

一晩警戒して過ごすよりも、しっかり眠って体力を回復しておかねば、明日に備えられない。そう考えた私はあの後、窓をしっかり閉め、穴の開いた枕を除けて再びベッドに横になった。

おかげで今朝はすっきりと目覚めた。

昨夜のことは公爵に報告しておかねばならないだろうけれど、私には関わらないと言っていたし、食事も別となれば話す機会はあるのだろうか。

聞いてみようとメアリーを見ると、その顔がとても戸惑っていることに気が付いた。

「どうしたの？」

「あ、あの、床の上で一体何をしておいでなのかと……」

「柔軟体操よ。朝起きたらしっかり体をほぐして、いつでも動けるようにしておかないとね」

絨毯《じゅうたん》の上にタオルを敷き、足を広げて前屈する私をメアリーがまじまじと見る。

この国では女性がこうした運動をする習慣はないから、奇妙な動きに見えることだろう。

「いつもそうして鍛えていらっしゃるのですか？」

「ええ、そうよ。私のモットーは『死なないこと』なの。けれど、決して好戦的というわけではないから安心して。騎士団からのスカウトも断ったしね。そもそも誰かを守るためじゃなく、自分を守るために鍛えているのだから」

私の答えにメアリーは目を丸くした。

「すごいです……。私は傷つくのが怖くて、戦うのが嫌で、生まれた場所を飛び出したのです。そうして逃げた先でクレウス様に拾われたのですけれど。ティファーナ様は私とは大違いですね」

丸くなった目がしゅんとうなだれるように床に落ちる。

辛い環境で生きてきたのかもしれない。それで助けてくれた公爵に恩義を感じているから、昨日も『クレウス様は捨てたりしない』と私に懸命に言い募《つの》っていたのだろう。

「誰もが強くある必要はないわ。私は体を動かすのが好きだから、だったら戦おうって思っただけ。生き抜くことを考えたら、争いが起きるような場所から逃げ出したほうが生存率は高いんじゃないかしら。それも立派な戦法よ」

そう返せば、メアリーは顔を上げ再び目を丸くした。それから少しだけ恥ずかしそうに顔を俯《うつむ》ける。

「弱い自分が嫌いでしたけど、このままでもいいのかなって初めて思えました」

「昨日の、誰かのために一生懸命言葉を尽くすメアリーは素敵だったわ。人の良さも強さもそれぞれなんだから、そのままでいいのよ。それぞれに違うからこそ、一緒にいる楽しさもあるし」

「ありがとうございます――。私にもできることがあると信じて、精一杯お仕えさせていただきます」

「こちらこそよろしくね。メアリーが侍女になってくれて嬉しい」

素直でまっすぐで、一生懸命なメアリーといると心が和《なご》む。決してお世辞で言ったわけではないのだけれど、メアリーは私をじっと見つめ、その頬をふわっと緩めた。

「クレウス様の気持ちがよくわかった気がします」

「ええ? あの公爵の考えていることがわかるなんて、付き合いが長いのね」

「いえ、あの、まだ何年かしかお世話になっていませんし、まだまだ人の気持ちは勉強中ですが。洞穴《ほらあな》であまり人と関わらずに暮らしていたので」

本当にどんな暮らしをしていたんだろう。とても気になったけれど、メアリーが言いにくそうにしていたからそれ以上は触れずにおいた。誰にでも触れられたくない過去はある。

「あ。すみません、朝から自分の話ばかり。体操が終わったのでしたらお着替えをなされますか?」

「そうね。できるだけシンプルで、動きやすいもの……って言葉で説明するより、一緒に見てもらったほうが早いわね」

メアリーを連れて衣装部屋の扉を開くと、そこに並んでいたドレスは見覚えがないものばかりで、私は戸惑った。

「え？　あれ？　私、こんなドレス持っていなかったと思うのだけれど」

そもそも数が多すぎる。驚いていると、メアリーが嬉しそうに笑んだ。

「クレウス様がティファーナ様にとご用意されたのです」

驚いたことはもう一つあった。

「旦那様が、って、これ……」

そこには普段着用のドレスばかりが並んでいた。どれも動きやすそうなものばかりで、シンプルだ。かといって地味すぎるということもない。一目見ただけでいい生地を使っているとわかるし、さりげなくポイントに鮮《あざ》やかな薔薇《ばら》があしらわれているデザインは飽きることがない。

舞踏会やお茶会など社交用のドレスもいくつかあったけれど、そちらもごてごてと装飾過多なものはなく、やはり私好みのものばかりだった。中でもお茶会によさそうなオレンジのスラリとしたラインのドレスが目を引く。

「これ、綺麗ね」

「はい。ティファーナ様によくお似合いになると思います」

サテンとオーガンジーを重ねていて、存在感が強くなりがちなオレンジが爽《さわ》やかに見える。シンプルだけれど、左肩の薔薇《ばら》の飾りと相まって、華やかだ。

私はいつも、金髪縦ロールと細めた目で周囲を威嚇《いかく》してはいるものの、あまり目立ちたくはないから落ち着いた色合いのドレスを好んで着ていた。だからオレンジは選んだことがなかったのだけれど、これまでの印象が覆《くつがえ》った。こんなドレスなら着てみたいと、素直にそう思う。

「あまり社交の場に出られることはないだろうと仰《おっしゃ》りながらも、クレウス様は時間をかけて一つひとつ選んでおられました」

他のドレスも、これまでにあまり着たことのないような色やデザインのものが多い。自分が選んだのではない、誰かに選んでもらったドレスというのは新鮮だった。

これまでドレスは実用性と目的に適《かな》っていればそれでいいと思っていたけれど、こうして眺《なが》めると心が浮き立つようだった。

クレウス様は私の好みを知っていたのだろうか。いや、きっとフィリエント伯爵家の侍女たちがサイズと共に好みを伝えてくれたのだろう。

「ねえ、旦那様はいつも何時頃お邸《やしき》をお出になるの？」

一言お礼を言わなければ。そう思ったのだけれど、メアリーは言いにくそうに小声で伝えてきた。

「ええと……、実はもうお出かけになるところでして」

「え？　そうなの!?　それなら早くお見送りに行かなくちゃ」

「いえ、あの、お見送りはよいと仰《おお》せつかっております」

「面と向かって断られたらその時よ」

確かに関わるつもりはないと言っていたし、何か避《さ》けられているようではあったけれど、それは旦那様の事情であって、私は妻としての役目を全うするのみ。

自由にしていいと言ったのは旦那様だ。

「――は、はい！」

メアリーは何故か嬉しそうに微笑んで、共に玄関ホールへ向かった。

階段を下りると、ちょうど旦那様が玄関から出ていこうとしているところだった。

「旦那様！」

慌てて声をかけると、アイスブルーの瞳が驚いたように見開いた。

「ティファーナ……！　見送りはよいと伝えたはずだが」

すぐに無表情に戻ったけれど、私が着くのを待っていてくれた。

「私がお見送りをしたかったのです。お急ぎのところ、引き留めてしまい申し訳ありません。気を付けていってらしてください、旦那様」

そう言って微笑むと、アイスブルーの瞳が戸惑うように揺れた。

それからじっと私を見て、「クレウスだ」と小さく言った。

「え？」

「クレウスと呼んでほしい」

旦那様と呼ばれるのは好きではなかったのだろうか。使用人みたいで、奥さんらしくないから？

「クレウス、様」

戸惑いながらもその名を口にすれば、クレウス様は納得したように一つ頷《うなず》き、くるりと背を向けた。

「では、行ってくる」

あっさりとそれだけを言って、クレウス様は振り返りもせずに出ていってしまった。

扉が閉まってから、思わず「あ」と呟いた。ドレスのお礼も、昨夜のことも伝え損ねてしまった。

まあ、まとめて夜に報告しよう。細かいことは今日話すと言っていたし。

「だんなさ……、クレウス様のお帰りは？」

「普段は夜分遅くなることが多いですが、今夜はきっと早くお帰りになられるでしょう」

見送りに出ていた執事のロッドに訊《たず》ねると、気遣《きづか》わしげな答えが返ってくる。もしかするとクレウス様が私を避《さ》けていて、そのことで私が傷つくと思ったのだろうか。

「ロッド。クレウス様が多忙であることは重々承知しているし、私のことは気にしなくていいのよ。私は自由にやらせてもらえてありがたいのだから」

そう告げれば、ロッドは歯痒《はがゆ》そうに眉を下げた。

強がりで言っているわけではないのだけれど、使用人たちにとっては主《あるじ》夫婦がぎすぎすしているのは忍びないのだろう。

距離をとりながらもうまくやっていけるようになるといいんだけどなあ、と私はぼんやり思った。

◇

朝食の席にはメアリーと執事のロッド、侍女頭のスーザンがいた。

それから青みがかりさらりとした長い銀髪の男が爽《さわ》やかな笑みを浮かべてこちらを見ている。初めて見る顔だった。

「初めまして、奥様。私は薬師のセイラスと申します。今から毒を飲んでみましょうね」

そうして見た目の印象通りにさらりと言われたけれど、すんなり「はい」と言えるわけもない。

どういうこと、と固まる私に、セイラスが「ははは」と爽《さわ》やかに笑った。

「もしかして毒殺されると思いました？　いやだなあ、だったらこんな堂々と宣言したりしませんよお。体に毒を慣らす練習です」

絶対わざと反応を楽しんでいたに違いない。

にこにこと笑みを浮かべるセイラスに代わって、侍女頭のスーザンが淡々と説明してくれた。

「旦那様からのご命令でございます。これから毎日少しずつ毒を含み、慣れていっていただきます。公爵夫人となった以上、様々な危険がございますので」

確かに、早速寝込みを襲われている。

しかし私は躊躇《ためら》った。私はこれまで、毒については視野に入れていなかったのだ。警戒していたのは通り魔とか巻き添えとかそういった類のことで、肉弾戦以外は想定していなかったから。

っていうか毒怖い。練習といってももし配分を間違って取り返しのつかないことになったらと考えてしまう。

席につけずにいる私をスーザンが有無を言わせぬ態度で促《うなが》す。

「大丈夫です。旦那様も昔から訓練を受けておりますが、今も生きておられますから」

「その言い方は、生死に関わらぬ諸々はあったということね」

「そうですね。ご幼少の頃は何度かお倒れになったこともありました」

「え」

子供の頃からそんな訓練を受けていたとは。

王家に最も近い公爵という地位は、何かと陰謀に巻き込まれやすいのだろうか。

固まる私をほぐすように、ロッドが穏やかに言い添える。

「ですがそれは幼い体ゆえのことでございます。奥様は鍛えておられるようですし、量もしっかりと計算されておりますから、問題ないかと」

「筋肉があると毒にも強いの？」

代謝がいいから毒の排出が早い、とか基礎体力があるから体が毒に対抗できる、とか。

「さあ。存じませんが、たぶんないよりはいいのではないでしょうか」

紳士的な笑みを浮かべながらロッドも随分と大雑把なことを言う。

一層不信感を強めた私に、スーザンが追い打ちをかける。

「奥様は毒に関しての耐性はないだろうと、旦那様が心配しておられました。こういったものは仕掛けられる前に準備しておくことが肝要《かんよう》なのです。さあ、ぐいっとお飲みください」

そう言われてしまうと断るわけにもいかない。そもそも既に狙われているのだから、備えておかねばならない。女の嫉妬は怖い。

「……わかったわ。本当に大丈夫なのよね？」

こわごわセイラスに視線を向けると、「もちろんですよお」と笑みが返ってきた。

何故だか逆に怖い。笑顔でごまかそうとしてるように見えるのは、私の心が純粋さを失ってしまったがゆえなのか。

「公爵夫人に何かあれば、ここにいる者たちの命はありませんからね。慎重に慎重を期しております。それにこうして万一のために私が呼ばれているわけですし」

私が毒に倒れれば一蓮托生《いちれんたくしょう》というわけだ。こうなると責任重大だ。どんな毒でも耐えなければいけなくなってしまった。もうセイラスの匙加減《さじかげん》と私の鍛え上げた筋肉に祈るしかない。

「毒はどれ？」

「そちらのクリームスープに混入してあります」

じっとスープの皿を見下ろすが、見た目にはそれとわからない。それに、牛乳は胃を守ってくれると聞いたこともある。いやいや、そこに混じっている毒からも守ってくれるのか？

私は逡巡《しゅんじゅん》しながらも、「さあ」と背を押すような視線を受け、ようやっと席についた。おずおずとスプーンを手に取り、ぷるぷると震える手で少し掬《すく》って口に運ぶ。

「――にがい」

「そのまま毒だけを飲むよりはマシかなあと思い、スープに入れさせていただいたのですが。やっぱり苦いですか」

え、毒味してないの？　と思ったけれど、毒を入れているのだから毒味をしたところで「うん、毒入ってるね」となるだけかと思い直す。

「まあ、この毒はわかったわ。この刺激と苦みを感じたら毒だと思って避《さ》けるようにするわね」

スプーンを置いた私に、スーザンが再びスプーンを手渡した。

「え」

「飲み干してください。慣れるためですから」

「いや、だってこの毒は避《さ》けられるもの。気付いたらそれ以上飲まなければいいだけなのだから、慣れる必要はないじゃない」

「今、混入しているのは少量です。一口で致死となる量が混入されていたら助かりません。ですから、慣らすのです」

そう言われると、そうか、と納得せざるを得ない。だがこれを飲み干すのかと思うとげんなりする。

昨夜いただいた料理はどれもおいしく、これも毒がなければと思うと残念極まりない。ううう、とスープを睨《にら》む私に、セイラスが「ふむ」と顎《あご》に手を当てた。

「毒の苦みを軽減できればとスープに混ぜたのですが、増えてしまった分だけ苦行が長引きますね。考えてみれば、少量をえいっと一口で飲んでしまったほうが一瞬で済みましたねえ。ははははは」

全然笑えない。というか気付いていても今それを言わないでほしかった。

総員の「さあ、お飲みください」という視線に再び押されながら、やむなくスプーンを口に運び続ける。

喉の奥に独特な苦みが残り、思わず顔がうへぇと歪《ゆが》むのを抑《おさ》えられない。

この体験を無駄にはすまい。この味はしっかり覚えておこう。

私はなんとかスープを飲み干し、やっとおいしい朝食にありついた。見守っていた面々も、ほっと胸を撫《な》で下ろし、セイラスを残して仕事へ戻っていった。

これが毎日続くのか。そう思うと、少々憂鬱《ゆううつ》になった。

◇

「ああ、ここですか。よっと……、あ、やはり板が外れますな」

脚立にのぼり、寝室の天井の板を隅から隅まで調べていた業者がそこを押すと、がたりと音を立てて板が外れた。大人一人が余裕で通れるくらいの大きさだ。場所はベッドの足下側の、壁に近い位置。

「私にもちょっと見せてくれる？」

「へ？　奥様がのぼられるんですか？」

「そう。メアリー、ちょっと脚立を押さえていてくれる？」

「は、はい！」

慌てて下りた業者に代わり、板の外れたところに頭を突っ込むと、周囲には埃《ほこり》がなく、その先には点々と足跡が続いていた。やはり昨夜の男はここから寝室へ侵入したのだろう。

二度と寝首をかかれないように侵入経路は潰《つぶ》しておかなければ。そう思いロッドに業者を呼んでもらったのだけれど。

それにしてもあの暗殺者はどうやって板を元に戻したのだろうか。紐をつけておいて引っ張って戻したとか？　それだと引きずるような音がすると思うのだが。

もっとも私の枕元に来るまで物音も立てなかったのだから、そんなことも簡単にできてしまうのかもしれない。

彼はきっとプロの暗殺者だ。忍び込むことにも手慣れているに違いない。だとすると、ここを封じたところでまた別の方法で侵入される恐れはあるが、いたちごっこだとしても一つずつ対策していくしかない。

「ねえ、ちょっと天井裏を見てきてもいい？　どこか外と繋がっているところがないか確認したいのだけれど」

「いやいやいやいや奥様！　そんなことは自分がしますから！　見ているのも恐ろしいです、どうか早く下りてきてください！」

慌てる業者の前で脚立を押さえるメアリーもぶんぶんと首を縦に振っている。

「そう？　じゃあ、お願いしていいかしら」

私が下りるのを少し離れてハラハラと見守ってから、入れ替わりで業者が天井に頭を突っ込む。そうして踏み抜けてしまわないか足場を確認した後、脚立から器用に天井裏へのぼった。

しばらく天井裏を歩き回る足音が聞こえていたが、そのうち聞こえなくなった。隣の部屋へ移動したのだろう。

そのままメアリーと二人、寝室で業者の帰りを待っていたのだが、なかなか帰ってこない。

遅いわね、と言いながらスクワットを始めた私を気付けばメアリーが凝視していた。

「ごめんなさい、暇さえあれば鍛えるとか驚くわよね」

「大丈夫です！　そういう方だと理解しました。ただ見たことのない動きだったので……」

なかなかに順応が早い。その後もメアリーは隙間時間に鍛える私を興味津々《きょうみしんしん》で観察していた。

そうしてかなりの時間が経ってから、バタバタと足音が聞こえてきた。だがやってきたのは天井裏からではなく、廊下だった。それも複数。

「一体何事だ！　ティファーナはどこにいる！」

駆け込んできたのは、蒼白な業者と執事を引き連れたクレウス様だった。

「あら、クレウス様。お早いお帰りですね」

まだ日は傾《かたむ》いていない。

スクワット中に乱入されるとは思っていなかったが、ちょうど立ち上がったところでよかった。両腕を突き出してしゃがんだ格好のところだったら、さすがに気まずい。そして説明が面倒くさい。

さりげなく腕を下ろした私の前までクレウス様はつかつかと歩み寄る。

「仕事を早めに片付けて戻ったら、埃《ほこり》まみれになった男が屋根から頭を出していたのだ。何をしているのかと問えば、ティファーナの命令だと言う。一体何をしていた？」

「お騒がせしてしまい申し訳ありません。昨夜寝首をかかれそうになりましたので、その侵入経路を調べていたのです。早いうちに断《た》っておかねばクレウス様にも危害が」

「寝首を……!?　どういうことだ！」

言葉の途中で驚きに目を見開いたクレウス様は、私の肩をがっと掴《つか》んだ。思わずびくりと肩を縮めた私に、はっとして手を引く。

「――っ、すまない」

「あ、いえ、私こそ早くご報告すべきでしたのに、申し訳ありません」

胸が早鐘のように鳴っている。怖い、というわけではないけれど、とても驚いた。こんな剣幕でこられるとは思っていなかったから。

「誰も侵入者には気付かなかったのか？　隣の間にはメアリーも控えていたはずだろう」

「も、申し訳ありません！　昨夜はぐっすりと朝まで起きませんでした」

青ざめるメアリーに、慌てて言葉を言い添えた。

「気付かれないように事を収めたのは私です。騒ぎ立てれば相手が逆上しかねませんから」

あの男はやる気なら一瞬で私の息の根を止めることもできただろう。大声を出して助けを呼んだところで間に合いはしないし、メアリーが相手の顔を見てしまえば彼女を巻き込んでしまう。

「無事だったのか？　何もされてはいないか？　どこか怪我は？」

「無傷ですし、何もされていません。理由はわかりませんが、試されていただけのように思います。確かに殺気は感じましたが、一太刀をかわしたらあとはあっさりと去っていきました」

思い出しながら話すと、クレウス様は体中から何かを抜かれてしまったように、深いため息を吐き出した。

「君は何故いつもそう逞《たくま》しいんだ……。わかっていたことではあるが、これでは先が思いやられる」

逞《たくま》しさを買われて嫁《とつ》いだはずなのに、何故苦悩した顔を見せるのだろう。期待外れだったのだろうか。

「逃がしてしまい、申し訳ありません。今後のために捕らえておくべきでした」

あの男は依頼を受ければまたやってくるだろう。勝てる相手とも思えなかったけれど、なんらかの手は打っておくべきだった。

それにしても、先ほどクレウス様は『いつも』と言ったけれど、前に会ったことがあったただろうか。

記憶を探る思考はクレウス様の強い声に中断された。

「そんなことは望んでいない！　言っただろう、生きてさえいてくれればそれでいいと。ティファーナが捕らえる必要などない。犯人捜しもこちらでする。相手の顔は見たのか？」

あれはたぶんその道のプロだろうから、容姿を伝えたところでつかまえることは難しいと思うのだが、情報共有は大事だ。

「はい。細身で、真っ黒のぴたっとした服を着ていました。それから白っぽい金髪を後ろで束《たば》ねていて、顔はよく見えませんでしたが、紫水晶《むらさきすいしょう》のような瞳はよく覚えています」

「何――？」

何か心当たりがあったのだろうか。驚いたように目を見開き、やがて眉間に二本皺《しわ》が寄る。

「……いや、とにかく今後もし同様のことがあったら、己の身を守ることに専念しろ。そしてすぐに私に報告するように。夜中でも、執務中でも」

「はい、わかりました」

そう答えたものの、私は悔しさに内心で歯噛みしていた。

せっかく鍛えても生かせなくては意味がない。命を守ることが最優先ではあるが、やはりあの時、枕元のナイフくらいは手にして逃げるべきだったのに。

そんなことを考えていた私の前に、ふっと暗く影が下りた。

え？　と見上げれば、そこには眉を顰《ひそ》めたクレウス様の顔があった。

「この傷はまさか、その時のものか？」

すっと伸びた手が首に触れそうになり、思わず一歩退いてしまった。あ、と思った時にはその手は引かれていて、クレウス様の眉間の皺《しわ》が二本から一本になり、眉尻がやや下がったような気がする。

「怪我なんてしてました？」

取り繕うように自分で触れてみれば、確かにうっすらと手に違和感があった。

「ああ、かさぶたにもなっていないような、まさに首の皮一枚切れただけのようですね」

初戦としては上々なのかもしれないが、悔しい。

けれどクレウス様の反応は予想外のものだった。

「誰か、すぐに手当てを！　それからセイラスを呼べ、今すぐにだ」

「え？　ええ？　そんな、たいしたことはありませんよ」

「傷口から菌が入ったらどうする！　それにもしナイフに毒が塗《ぬ》られていたら？　些細《ささい》な傷も甘く見るな！」

「はい。ごめんなさい」

怒られてしまった。でも眉を顰《ひそ》めたその顔は、怒っているというよりもどこか苦しげだった。

「今すぐ山へ薬草を採りに行ってまいります！」

ばっと駆け出しかけたメアリーの腕を、クレウス様が掴《つか》んで引き留める。

「メアリー、薬も包帯も邸《やしき》にある」

「はっ、すみません」

メアリーは慌てると野性味が出てくるらしい。

それから慌てて部屋を出て、すぐに薬箱を抱えて戻ってきたものの、「これでもない」「あれでもない」と困った顔で薬をかき回す。

「あ、自分でやるから」

そう声をかけたのと、クレウス様が見かねたように薬箱ごとひったくったのは同時だった。クレウス様は中から平たい缶に入った軟膏を取り出して、そのまま流れるような仕草で蓋《ふた》を開けて指に少量とり、私の首にそっと塗《ぬ》り付ける。

「つ、冷たっ！」

覚悟していたものの、軟膏の冷たさに思わず声を上げてしまった。

その声に我に返ったようにクレウス様の指が引っ込む。

クレウス様はふいっと顔を逸《そ》らすと、「メアリー、頼む」と薬を押し付け、すたすたと部屋の隅へ歩いていってしまった。そして何故だか壁に手をつき、もう一方の手で顔を覆《おお》っている。

申し訳ない。手当てをしようとしてくれただけなのに、気を悪くさせてしまったかもしれない。

対して薬を受け取ったメアリーは、むんと胸を張った。

「怪我の手当ては慣れていますので、お任せください！」

そうしてそっと軟膏を指にとり、優しく塗《ぬ》ってくれる。薬はメアリーの体温で温まっており、冷たくはなかった。

クレウス様は冷え性なのかもしれない。それとも怒りで冷たくなっていたのか。

そんなことを思った。


結局、私はセイラスが来るまで安静にしておけと言わんばかりにソファに座らされ、天井の補修はクレウス様が進めてくれた。

侵入経路をしっかりと塞《ふさ》ぎ、寝室の天井の板も外れないようしっかりと釘打ちさせ、その間に床板や窓なども一通り確認し、作業が終わるまで立ち会ってくれた。

私はソファでお茶を啜《すす》りながら、それを見守っていただけ。

公爵夫人としてこの家のことを任されているものと思っていたけれど、まだまだ私では力不足だと思い知らされた。

セイラスは息を切らして駆け付けてくれたけれど、私の傷を見て「これだけですか……？」とぽつりと呟いた。

「そうだ。応急処置をしただけだからな。今すぐに毒はないか、膿《う》んでしまわないか確認しろ。そして抜かりなく治療しろ」

クレウス様が表情一つ変えずにそう伝えれば、セイラスは「……はぁい、承《うけたまわ》りました ぁ」と何やら楽しそうに笑みを浮かべた。

セイラスが「はい、ただのかすり傷ですね！」と結論を出しても、クレウス様は眉を寄せてその手元から目を離さず、「しっかり包帯を巻いておけ」と念を押した。

些細《ささい》な怪我もするなと迂闊《うかつ》さを責められているような気分になってきて、非常にいたたまれない思いをした。


「意外ですぅー。あんな顔するなんて。なんだか怒ってましたよね」

様子を見ていたらしいルナが、クレウス様のいなくなった寝室にちらりと顔を覗《のぞ》かせた。そうして首を包帯でぐるぐる巻きにされ、寝室のソファに沈んでいた私をまじまじと眺《なが》める。

そういえば、昨日はまるで表情を動かさなかったのに、今日のクレウス様は怒っていたし、戸惑っていたし、ほっとしていたし。とても表情豊かだった。

「まあ、鍛えてるはずの妻が役立たずだってわかったら怒るわよ」

おまけに屋根から知らない男が顔を出していたら驚くし、それが私の差し金だとわかればなおさら「何事だ！」となるのも当然だ。

「えぇー？　もしかしてティファーナ様って鈍感ですか？　とてもそんな感じじゃありませんでしたよ。ねえ、メアリー？」

　確かに私は、空気と人の顔色は読めるほうじゃない。けれどメアリーも戸惑いながら首を傾《かし》げた。

「すみません、まだそういったことは勉強中でして」

「ええ？　私はあんな風に心配されるの、いいなって思っちゃったけどなー」

　心配というより、鍛えているはずの妻なのにとがっかりし、この先が不安になったのではないだろうか。

「でもクレウス様も意外と女の人に慣れてないんですね。冷たすぎてモテなかったんでしょうか」

「どうして？」

「だって、耳が赤かったじゃないですか。ティファーナ様の首に薬を塗《ぬ》ろうとした時。その後もなんか挙動不審じゃありませんでした？　正気に返ったようにメアリーに薬を押し付けて逃げるように部屋の隅に行っちゃうし。平静を装《よそお》いながら口元が不自然に引き結ばれてましたし」

私にはただ不機嫌そうにしか見えなかった。視点が違うとこんなにも見え方が違うのか。

「よく見てるのね」

というか、仕事はどうした。

「そりゃ見ますよ、顔だけは綺麗ですからね。あーあ、冷たい人はお呼びじゃなかったですけど、あんなかわいいところもあるならいけたのに」

「え？」

その目はどこか遠くに向けられていて、ルナは既に私を見ていなかった。

「お貴族様のお手付きとか、愛人とかはごめんだけど。惜しいなあ」

言葉のインパクトの強さに面食らっているうちに、ルナは「さあて、お仕事、お仕事～。持ち場に戻りますう」とふわふわの髪を跳ねさせて行ってしまった。

うーん。若さ、かな。いや、年はそう変わらないけど、気持ちの若さには大いに差がある。

なんだかもやもやとしたものが胸に残るけれど、私ものんびりとはしていられない。

足早に自室に戻ると、木剣を手に取りすぐにまた引き返した。

「ティファーナ様!?　一体何を」

慌てるメアリーを安心させるように、にこりと笑んだ。

「ちょっと庭で素振り千回してくるわ」

「ティファーナ様!?」

あの時本当に命を狙われていたら、私は今ここにはいなかった。クレウス様の言う通り、毒でも塗《ぬ》られていたらただでは済まなかった。それなのに、怪我したことにも気付かずにいたなんて。

ぼんやりしている暇はない。今の私では、この邸《やしき》で生き抜けない。

だからもっともっと、鍛えなければ。


今日の夕食も一人だった。クレウス様は執務室から出てこないまま。

けれど食事を終えると、ロッドから声をかけられた。

呼ばれたのはクレウス様の執務室。ロッドがお茶を淹《い》れてくれてソファに向かい合ったけれど、クレウス様はなかなか口を開かなかった。

部屋にはクレウス様と私とロッドのみ。静かな部屋にカップを置く音がカチャリと響く。

「今日は何をしていた」

唐突に聞かれ、私はありのままに答えた。

「ええと。まずは朝、走り込みをしまして、それからスーザンから使用人たちの管理について聞き、午後はロッドから邸《やしき》の管理について引き継《つ》ぎを受け、それから素振りを千回いたしました」

「なるほど。充実していたようだな」

「はい。お邸《やしき》の人たちもみんなよくしてくれました」

実家で過ごしていた時よりもやることは増えたけれど、空いた時間には気兼ねなく鍛えることができるからほくほくである。

だから人と話している間に水差しを上げ下げする必要もなく、ゆっくりとお茶も飲める。

クレウス様は「そうか」と言うと、私にまっすぐ目を向けた。

「話しておかねばならないことがある」

そう切り出すと、クレウス様はちらりとロッドに視線を向ける。それを受けたロッドがぺらりと私の前に差し出したのは一枚の紙切れ。

もう離婚？　と思ったけれど、そこには何やらぎっしりと人の名前が羅列されていた。

いや。名前だけではない。その横には罪状のようなものが書かれていた。

『タルカス商会：不正献金

カールス＝アンダー伯爵：横領

シルキー＝セレソニーク侯爵令嬢：しつこくつきまとうため接近禁止を言い渡すも応じず……』

「公爵家にとっての危険人物だ。恨《うら》みを持っている可能性が高い」

「はあ……、なるほど。って、何故です？　シルキー様はわかりますが、他の人たちは……」

「私や父の代に検挙した者たちだ」

「検挙、って」

確かレイファン公爵家は代々文官を務めていたはずだ。宰相も数多く輩出していると聞いている。

戸惑う私に、クレウス様はゆっくりと説明してくれた。

「およそ二百年前、初代レイファン公爵は王となった兄を支えるため、王家に仇為《あだな》す者を陰で粛清していた。そこから代々、秘密裏に貴族の犯罪を摘発する役目を担っている。今は内乱もなく平和ではあるが、法では裁けないが野放しにできない者がいるからな」

特に貴族が相手では、それよりも地位の低い役人では対応しきれないことがある。証拠を得るために捜査したくとも、下手をすれば逆に訴えられかねない。

さらに言えば、金と地位のある貴族なら、他人に罪をなすりつけることも容易だ。

そうして罰を受けず、法の目をかいくぐる者こそ放置はできない。一度うまくいけば味をしめてさらなる悪事を画策し、その欲は膨《ふく》れ上がる。

代々のレイファン公爵はそれらを裏で調査し、しっかりと『法律にのっとった罪』として摘発するか、二度とそのような罪が繰り返されぬよう秘密裏に粛清してきたのだそうだ。

摘発しているのがそういったずる賢い罪人たちだから、大抵がたちの悪い恨《うら》みを抱くのだという。

「恨《うら》みを買っている、とはそういうことだったのですね」

結婚式の会場で全身に突き刺さるほどの嫉妬の視線を浴びたものだから、てっきり令嬢方からの色恋がらみの恨《うら》みと思い込んでしまった。

それにしては暗殺者から狙われたり、毒の訓練が始まったり、事が大きすぎるように感じていたけれど、それなら納得だ。

「私が幾度も命を狙われていることはこの邸《やしき》の者たちもよく知っているが、裏の役目についてはロッドとスーザン、メアリーと、あとは一部の者たちしか知らない」

なるほど。

なるほどなあ～～。

これはとんだところに嫁《とつ》いできてしまった。まるで私の理想とは正反対だ。なんとしてでも生き延びたい私が、最も死に近い公爵の夫人という座に納まってしまったのだから。

しかしクレウス様が私を妻にと望んだ理由はわかりすぎるくらいにわかった。

令嬢方からの嫌がらせごときでこんなに本気で鍛えている妻を望まなくてもと思ったけれど、そんな事情があるのなら適任は私しかいなかっただろう。貴族で鍛えている女性など私の他に聞いたことがない。

だから私が他の人と結婚してしまわないうちにと、急いで結婚を進めたのかもしれない。

だがそうすると、これは国のための結婚ともいえる。クレウス様が亡くなれば跡を継《つ》ぐ者がいなくなってしまうから。

暗殺者が依頼をキャンセルされた理由も納得できた。結婚式の様子から、今すぐに私を殺す価値はないと判断したのだろう。

いろいろと納得できてしまって、「なるほど」以外に言葉が出てこない。

「伏せたまま結婚するなど、卑怯なことだったと思う。すまない」

そうしてクレウス様が深く頭を下げたから、私は慌てた。

「いいえ。国家に関わることを口にできないのは理解できますから」

そんな重要なこと、まだ結婚していない相手に明かせはしないだろう。結婚を断られれば秘密が漏《も》れることになり、役目に支障をきたしかねない。

クレウス様は五年前に父を、三年前に母を亡くしたそうで、それからずっと一人で裏の仕事と表の仕事とを担《にな》ってきたのだろう。

そしてまた、役目を引き継ぐためにクレウス様は結婚しなければならない。だから『私につかまったのが運の尽きと諦めることだ』と言っていたのだろう。

ただ、そこで少しでも生き抜ける確率の高い相手を選んだのは、誠意だと思う。私の意思を窺《うかが》うように、狙われていることを明かし、それでもいいかと聞いてくれたことも。

あの時の私に断れるわけはなかった。そんなことはクレウス様だってわかっていたはずだ。それでも聞かずにいられなかったのが良心でなくてなんなのか。

「では、離婚とか、実家に帰るとか……」

だから。不安そうに口を開いたロッドに、私は思わず笑って返した。

「そんなことはしないわ。最終的に結婚を決めたのは私自身だもの。責任は自分でとる」

この結婚に裏があるのではと疑いながらも、なあなあにしてしまったのは私の落ち度。

もし私が拒《こば》んで、かよわいご令嬢たちが次々犠牲になると思うと逃げる気にもなれない。

だから腹をくるしかない。

「一度公爵夫人となった以上、今更逃げ帰っても私を狙う奴は狙うでしょうし、フィリエント伯爵家よりもこのお邸《やしき》のほうが警備は厳重だもの。それに黙って寝首をかかれるのを待つ性分ではないの。こちらから攻撃は仕掛けないけれど、かかってくる者はみな叩きのめすまでよ」

ほっとしかけていたロッドは、私の凶悪な笑いに顔を青ざめさせた。

「お、奥様……、くれぐれも、御身を第一に」

「もちろんよ。私は絶対に死にたくないんだから」

今度こそ、悠々自適な老後を過ごすのだから。

けれどクレウス様はやや顔をしかめ、ティーカップに目を落とした。

「実際にそんな事態を招いてしまうとは、完全に私の油断だった。対策は万全にしていたつもりだったのに」

「ああ、昨夜のことですか。護衛が張り付いていてもどうにもできなかったのですから、考えても仕方ありませんよ。私も次に備えて鍛えるのみです。そもそも自分を守るのは自分ですから」

そう笑えば、クレウス様は眉を顰《ひそ》めた。

「確かにこの邸《やしき》にも護衛はいるが。それは誰のことを言っている？」

あれ？　違うの？　と首を傾《かし》げ上を指さして見せれば、クレウス様が驚愕の表情を浮かべた。

「天井裏に何かずっと潜《ひそ》んでますよね。私に隙なんていくらでもあったのに何もしてこないので、あれは護衛なのかと思っていたのですが」

「気付いていたのか」

「天井裏を覗《のぞ》いた時、決まった場所を何度も行き来している足跡がありました。何かいるんだろうなと意識を向けていれば、それらしき気配も感じ取れましたし。まだ昨日の暗殺者が潜《ひそ》んでいるのかとも思いましたけど、私が一人になっても仕掛けてこないようですので、護衛か何かを雇《やと》われているのかと様子を見ていました」

そう答えた直後、目の前のテーブルに黒ずくめの何かがすとん、と下り立ち「やっぱ面白いわ」と笑った。

それは紫の瞳に色素の薄い髪を後ろで一つに束《たば》ねた細身の男。唯一私と初夜を過ごしたあの暗殺者だった。

「気付いてたのに騒ぎもせず黙ってるとか、肝が据わりすぎじゃない？」

「いや、え、嘘⁉　さすがに暗殺者だとは思ってないわ！　なんであなたがここに――」

言いかけて、さっと顔が強張《こわば》る。

「そう。氷の公爵閣下が依頼者だよ」

「え⁉　今私の必要性を納得したところだったのに⁉」

感情が忙《いそが》しい。

しかしクレウス様は眉間に皺《しわ》を寄せて、紫の瞳の男に厳しい目を向けた。

「おい。誤解を与えるようなことを言うな」

男は何食わぬ顔でひょいっとテーブルから下りると、少し離れたところにあるソファにどさりと座り込んだ。

「そう怒るなって〜。依頼者は依頼者だろ？　奥方の護衛の」

……そっち？　え？　暗殺者が護衛？　護衛が暗殺者？

何ゆえ？

脳内で一人混乱する私を見かね、クレウス様が眉間をもみほぐしながら説明してくれた。

「シリスは確かに普段は暗殺を請《う》け負《お》っている。私も殺されかけた」

「え。えええええ？　何故？」

なんでそこから依頼者に？　そして何故護衛に？

私の頭の中は同じ疑問をぐるぐる繰り返している。

「はははははは！　だって面白いんだよ。二か月くらい前かな？　とあるご令嬢がね、オレに依頼をしつこくつきまとってたわけ。だけどキツく拒絶されたもんだから逆上してオレ旦那にしてきたんだけど、それを察した旦那が釘を刺して。そしたらご令嬢、ビビッて依頼撤回しちゃってさあ」

お茶の注がれたカップをそっと差し出したロッドから「あー、どうも」と受け取り、続ける。

「暇になっちゃったし、興味が湧いたから噂《うわさ》の氷の公爵閣下がどんなもんかって見に行ったんだよ。そしたらまあ、思った以上に面白かったんだよね」

そう言ってシリスは熱いはずのお茶を一気飲みした。

なんだか身に覚えのある話だった。

ただクレウス様は五人の護衛と共にこの暗殺者シリスを待ち構えていたというのだから、その周到さにはさすがと言うほかない。

暗殺者というからどんなに恐ろしい男かと思ったが、どうやら彼は好奇心が旺盛《おうせい》すぎるらしい。

「そこで奥方に聞いたのと同じことを聞いたんだよ。暇になったからやり返すなら依頼を受けてやろうか、って。そしたら旦那はさあ、『それよりも守ってほしい人がいる』って答えたんだよ」

それが私、ということか。だからシリスは今日一日中陰からこっそりとつけ回していたのか。

「普通、殺し屋に護衛を頼む？　奥方は『やるなら自分でやる』とか言うし、夫婦揃《そろ》って面白いわ。いや、旦那が変なのを飼う趣味があるんだね。オレもここに住もうかなあ、楽しそう」

「おまえへの依頼はこの家を守ることじゃない。ティファーナを守ることだ」

思わずドキリとする。ときめきではなく緊張のほう。

「わかってるって。だからちゃんと仕事してただろ？　さっきもネズミ一匹片付けたしさ」

それは比喩としてなのか、本物なのか。

まあ、天井裏にいたんだろうから後者のほうがありそうだけれど現実的には前者だろう。

「シリス。では何故勝手なことをした。挙句、ティファーナに傷までつけるとは何事だ」

「傷って!!　ぶっは!!　あれね！」

シリスはおかしそうに腹を抱えてけたけたと笑った。

天井裏を調べている時だったのに、一体どこに潜《ひそ》んで見ていたのだろう。やはり只者《ただもの》ではない。

「そのくらいにしておいてください」

部屋の隅に控えていたロッドが見かねたように割って入ると、笑い続けていたシリスは「はいはい」と肩をすくめた。

「守るにしてもある程度実力は測っておかないとだろ？　それに気になったからさあ。旦那がそんなに入れ込む女なんて、どんなのだろって」

ソファの背もたれに肘《ひじ》をついたシリスが、面白そうに笑って私を見る。

「勝手なことをするなら容赦《ようしゃ》はせん」

いつの間にかクレウス様の背後に立っていたシリスが、クレウス様の顔を斜《なな》めに覗《のぞ》き込む。

「オレに勝てる人間なんかいないってわかってるから奥方の護衛を頼んだのに？」

クレウス様が腕を伸ばせばシリスはひらりと身を翻《ひるがえ》してテーブルの上にしゃがみ込み、その膝《ひざ》に頬杖《ほおづえ》をついた。

「おまえとてただの人間。本気で私を怒らせたら逃しはせん」

「おお、コワ。大丈夫だってえ、危害は加えてないよ」

「ティファーナの首に傷をつけただろうが」

厳しく眉を寄せたクレウス様に、シリスが「ええ？」と声を上げた。

「だから、あんな首の皮一枚切れたくらい、怪我のうちにも入らないって。っていうか、本当に当てるつもりなかったんだけど、あんな機敏に反応されるとか想定外でさ、思わず、ね」

「皮一枚であろうと次に傷を負《お》わせたら殺す。指一本触れても殺す」

紫の瞳が試すように光る。

「業務上やむを得ない時は？」

「そうならないよう守れ。それがおまえの仕事だ」

きっぱり淀《よど》みなく答えたクレウス様に、シリスは楽しそうに口元を吊り上げた。

「ハイハイ、次からはね？」

クレウス様から溢《あふ》れ出る空気が冷たすぎる。絶対零度だ。だけどシリスはクレウス様の冷たく睨《にら》む目にも、ただ肩をすくめてみせただけ。

「まあ、旦那が執着するのもわかるよ。この奥方、やることも発想もめっちゃ面白いんだもん。ずっと見てたいわー。特にさっきなんて……」

楽しげなシリスの笑いに、クレウス様のこめかみがぴくりと動く。

「シリス――」

「はいはい、もー心の狭い男はいちいちメンドクサイなあ。わかってるって。ちゃんと仕事はするから。じゃあティファーナ、またね」

またぴきり、とクレウス様のこめかみが痙攣《けいれん》するのを見たシリスは「はははははは！」と快活に笑って、テーブルの上からとんと飛び下りた。そのままの勢いで窓を開け放つと、窓枠をたんと蹴った。縛った白金の髪を猫の尻尾のように揺らし、シリスは完全に暗闇の中に姿を消した。

「また窓から……」

どうせ護衛として近くに潜《ひそ》んでるんだろうに。わざわざ窓から出ていくのには意味があるのだろうか。

ロッドが風の吹き込む窓を慌てて閉めたけれど、シリスがかき回した空気は元には戻らない。

なんとなく気まずい沈黙が続く中、クレウス様が耐えかねたように口を開いた。

「そのようなわけでティファーナには護衛をつけている。あれでも暗殺者の中では奴ほど強い者は見たことがないほどの手練《てだ》れだが、無茶はしないでほしい」

念を押すようなクレウス様の言葉に、私はしっかりと頷《うなず》いた。

「もちろんです。私は自分の命を危険に晒《さら》すような真似はしません。やられる前にやるというだけです」

「わかっているが。少々不安であることは否めないな」

クレウス様はなんとも言い難いような顔になり、眉間に皺《しわ》を刻《きざ》んだ。

私は再びカップを手にしながら、窺《うかが》うようにそっと顔を上げた。

「一つ聞いてもいいですか？」

「ああ」

「何故シリスが護衛についていることを話してくださらなかったのですか？」

護衛をつけてくれたのは嬉しい。けれど、当事者であるはずの私に明かさなかったのは、何故なのだろう。信用されていないから、とか？

どこか落ち込んだ気持ちで訊《たず》ねた私に、クレウス様は静かに口を開いた。

「『自分の命を守るために誰かを傷つけたくはない。だから他人に守られたくはない』」

まるで何かを思い返し、なぞるように呟かれた言葉に、私は目をみはった。

それはまさしく、幼い頃から私が思っていたことだ。そんなに傷つくのが怖いのなら護衛をつけてやろうと言う父に、いつもそう返していた。

「護衛なんていらないと突き返されると思って、黙っていたということですか？」

静かな頷《うなず》きが返ってきて、目を見張る。

この人は。

クレウス様は、どこまで私のことを知っているのだろうか。

こんな話まで父から聞いていたのだろうか。

だが、互いに結婚式の準備で忙《いそが》しくしていたたった一か月の間に、そんな取るに足らない話をするような機会などあったのだろうか。

わからないけれど、クレウス様が思ったより私のことを知ってくれているらしいことは確かだ。気にかけてくれているのも。

「シリスが四六時中張り付いているはずだが、何かあればすぐにでも報告するように。緊急の際はロッドに伝えればいい」

「承知しました」

「ところで――。先ほどシリスが何か言いかけていたが、あれはなんのことだ？」

「ああ」

思い出して、ぽんと手を打つ。

「そうでした。実は昼間、招待状が届いていまして。シルキー＝セレソニーク侯爵令嬢よりお茶会のお誘いがあったのです」

答えれば、呆れたようなため息が一つ。

「あれは口で言っても通じぬ人間だ。関わって得るものもない」

けっこう辛辣《しんらつ》だ。でも、『行くな』とは言わないんだな、と思う。結婚式の日もそうだった。あくまで私の自由ということなんだろう。

でも今日は、強い圧を感じる。行ってほしくないと思っているのがありありとわかった。

「行きはしません。代わりにシルキー様をご招待しようかと」

「何故だ」

クレウス様の眉間に皺《しわ》が寄る。

「シルキー様が、シリスに私の暗殺を依頼したうちの一人だったのではないかと思いまして」

「だったらなおさら、何故接触する？」

眉間の皺《しわ》が二本になった。あと一本で前世にあった漢字の『川』という文字が完成する。

「敵を知らねば後手に回りますから」

ついでに二度と関わりたくないと思わせられたらなおよい。

私の答えにクレウス様は眉間の二本の皺《しわ》を解《と》いた。川になる前に決壊したようで、その顔はどこかぽかんとして見える。わずかにそう見える、という程度だけれど。

そうしてクレウス様は何故か深いため息を吐くと、諦めたように「わかった」と頷《うなず》いた。

「もうロッドに招待状は出させたのだろう」

さすが、ご明察。

気まずそうにしているロッドに非はない。クレウス様が私に自由にしていいと言った以上、ロッドが私の頼みを断ることはできないのだから。

「まあ、敵地に乗り込まれるよりはよほどいい」

「戦いの場をあちらに整えさせると不利になりますから。このお邸《やしき》なら警備も厳重ですし、シリスも手を貸してくれそうですし」

確かに護衛に頼りたくない気持ちはあるけれど、私一人ではどうにもできないことがあるのも昨夜身をもって知ったから、ありがたく力を借りることにした。もちろん、私も今以上に鍛えるけれど。

やるつもりならこちらに来てもらう。避《さ》けられない接触ならこちらで場を整えて迎撃つのみ。

その考えがわかったのか、クレウス様は苦笑するようにわずかに口元を緩めた。珍しい顔を見た。

けれどそれはすぐに引き締められ、何故かじっと考え込むように黙り込んでしまった。

余計なことを言ってしまっただろうか。何か気に障《さわ》っただろうか。

思案していると、ぽつりと声がした。

「今日、ルイ＝マクラレン伯爵子息に会った」

意外な名前を聞いて、私は一瞬反応が遅れた。

口の中のお茶をごくりと飲み干してから、返すべき言葉を探す。

「あら、そうですか。お元気でしたか」

「さあ。わからない」

クレウス様はいつの間にか、私の顔をじっと見ていた。

まるで反応を窺《うかが》うように。

もしかしたら、私が婚約解消されたことを気にしていると思っているのだろうか。

確かに私も最初は驚いたし、ショックも受けたけれど、今はルイも元気でいてくれればいいと思うだけだ。それ以上にもはや興味もない。迷惑がられているのに追い縋《すが》るような人間にはなりたくなかったから、早々に割り切っているし。

会話はそれ以上弾《はず》まず、クレウス様も話を続けることはなかった。

「お茶のおかわりはいかがですか？」

「ありがとう、ロッド」

静まってしまった空気を和《やわ》らげるように、ロッドがお茶を淹《い》れてくれる。

話したいことがあるようでもないのに、クレウス様はどうして唐突にルイの話なんてしたのだろう。

ただ静かにじっと私を見ている彼の顔には、なんの表情も浮かんでいない。昼間の目まぐるしい表情の変化や、先ほどのシリスとの一種緊張感を孕《はら》んだやり取りなんてなかったかのように、静かだった。

一体何を考えているのだろう。

そう思った時、そんなことこれまで考えもしなかったと気が付いた。

どうせお飾りの妻なのだから、公爵夫人としての役割をこなしさえすればいい。そうきっぱり割り切っていたのは、私のほうだったのかもしれない。

やっと寝室へ行き、疲労の溜まった体を広すぎるベッドにぼすりと預ける。

そのまま入念にストレッチを繰り返していると、コンコン、とノックが響いた。

聞き慣れたメアリーのノックではない。やや硬質なそのノックに、誰だろうと違和感を覚えながら返事をすると、何故か少しの間があいて、扉が開けられた。

つかつかと入ってきたのは寝衣に着替えたクレウス様だった。

「クレウス様？　何かご用でしょうか」

驚き、ひたすらクレウス様の動向を見守っていると、部屋の中央でぴたりと足を止め、くるりと私に向き直る。

「今日から私もこの部屋で寝る」

「へ？」

思わず素《す》っ頓狂《とんきょう》な声が出た。

「また狙われることがあるかもしれんだろう。だから絶対に一人にはできない」

「あれはシリスの好奇心ゆえでしたし、今はそのシリスも護衛してくれていますから大丈夫ですよ」

「だからこそだ。シリスは油断ならん」

「次はただではやられません。反射で枕元のナイフを掴《つか》んでから逃げられるように、何度も繰り返し体に覚え込ませていますから」

ぬかりはない。自分より強いとわかっていても、諦めるという選択肢は私にはない。

今できることをするだけだ。全力で。

しかしクレウス様は何故か『そうじゃない』という顔をしていた。

「あいつはティファーナを面白がっている。何をしてくるかわからん」

確かに、殺意はなくともナイフを突き立ててきた男だ。今度は『戦ってみようぜ』とか言い出しそうではある。

暗殺者の中でも彼ほど強い者は知らないとクレウス様は言っていたけれど、行動が読めないところが難点だ。

とはいえ。クレウス様と共寝するのもそれはまた別の居心地悪さがある。

「安心していい。妻とはいえ手を出すつもりはない。守りたいだけだ」

冷たいような、きゅんとくるような、感情がどちらに振れたらいいものやら迷子になる台詞を平然と言われてしまった。

まあ冷静に考えれば、子供は必要になれば養子をとると宣言していることだし、脱いでも筋肉の鎧《よろい》を纏《まと》っているような私にわざわざ手を出す必要もない。

そんな中、私がシリスの攻撃を避《よ》け切れなかったせいとはいえ、気遣《きづか》ってくれるのはありがたい。

だが私は、一人で寝たい。

「わかりました。ですが本日、執務室用にベッドも兼用できるソファを注文したところなのです。私がこの寝室を奪ってしまいましたので、クレウス様がしっかりと眠れるようにと思いまして」

「そうだった、のか……」

クレウス様は意外にも、驚いたような、戸惑ったような顔を見せた。余計なことを、と言われるかもと思っていたから少しほっとする。

「はい。ですがもう執務室ではお休みにならないというのであればもったいないですから、届きましたらこの部屋に置きましょう。私はそのソファで寝ることにいたしますので、クレウス様はベッドでお休みください」

「──それはならん」

「あ。ええと。ソファは執務室でお使いになりますか？」

しどろもどろの私に、クレウス様が返す。

「仮眠することもあるからな。そうだな、使わせてもらおう」

使ってくれるのは嬉しいけれど、今は素直に喜べない。

やむなく私はちらりと部屋の中央に置かれたソファを見やった。あれは寝るのには適さない。やや硬すぎるのだ。

「承知しました。それでは私はこの部屋のソファで寝させていただきますね」

それでも逃げ場があったことにほっとしていそいそとベッドから下りようとすると、即座に声をかけられた。

「それはならん。何故だ」

こっちが聞きたい。戸惑い、下りかけていたベッドからクレウス様を振り返れば、何故だかクレウス様も戸惑った顔をしていた。

というより、どこかショックを受けているようにも見える。けれどそれは一瞬のことだったから見間違いかもしれない。

クレウス様はいつもの顔に戻りキリッと言った。

「それならば私がソファを使う。ティファーナをソファでなど寝かせるわけにはいかん」

「いえいえ、そんなわけには！」

「いや、ならん」

「元々クレウス様が使われていたベッドでしょう、それを私が奪うなど」

「これは新たに買ったものだ、私は一度も使っていない」

「…………？」

「…………」

不毛なやり取りが続いた末に、私は思わず首を傾《かし》げた。

私との結婚が決まってから用意してくれたのであれば、何故こんなに大きなベッドにしたのだろうか。

急に決まった結婚だったから、私が一人で寝るベッドの準備が間に合わず、先代の公爵夫妻が使っていたものを用意してくれたか、元々クレウス様が先の結婚を見越して一人広々と使っていたのだろうと思っていたのだけれど。

そうではないなら、最初からベッドと寝室を二つ用意すればよかったのでは。

黙り込んで考えているうち、クレウス様は「わかった」と覚悟を決めた顔でつかつかとベッドへと歩み寄った。

クレウス様がベッドを使うことにしたのだなと察してベッドから足を下ろすと、棒読みのような声が私の動きを止めた。

「そもそもここは夫婦の寝室であり、これは夫婦のためのベッドだ。夫婦で寝るのが正しい」

ごもっともだ。だけど私の頭はいよいよこんがらがった。

正しい。正しいのだけれど、まともに夫婦生活を送る予定でもなかったのでは？　と、疑問がぐるぐる回る。私が暗殺者に襲われたと知って、仕方なく寝室を共にすることになっただけのはず。

だけど。あれ？　もしかして、最初は普通の夫婦をするつもりだったけど、初めて会ったらその気がなくなって急遽《きゅうきょ》執務室で寝ることにしたということ？

確かにこの筋肉の鎧《よろい》を見たら萎《な》えるのはわかる。脱いだらもっとすごい。

嫌われている感じはしないけれど、女として見られるかどうかというのはまた別の話だ。

それは私にとっては歓迎すべきことのはずなのに、何故だか胸がちくりと痛んだ。

これ以上この場を回避できるようなうまい言葉も、もう出てこない。あまり抗《あらが》うのも、歩み寄ってくれている彼との夫婦仲に亀裂を生じさせかねない。この場は従うほかないだろう。

「では、失礼いたします……」

私は申し訳なくなりながら、ベッドの端ににじにじと体を寄せて横になった。

「そんなに端に寄らずともよい」

「寝相が悪いものですから。クレウス様の安眠を妨害してしまってはいけませんので」

そう返せばクレウス様はそれ以上何も言わず、同じように反対側の端へ身を潜《もぐ》り込ませた。

背中を向け合ったまま、なんとも言えない時間が流れた。

「私のことは気にせず筋トレ？　をしていてかまわない」

「あ、今のは柔軟運動です。それにもう終わりましたので」

埃《ほこり》を立ててしまうわけにはいかない。せっかく自由を手に入れたと思ったのに、やはりそううまくはいかなかったかと、こっそり肩を落とした。

広いベッドの端と端。

担架の棒か。

思わず内心でツッコみながら背中に広い空間を感じていると、遠すぎず、近すぎない場所から声が届いた。

「ゆっくり眠るといい」

いつもの無表情を見ていないせいなのか、その声に彩りを感じる。気遣《きづか》いと、戸惑いと、それから何かわずかに他の感情が交じっている気がした。

慈しみのような。温かみを感じるような。

「はい、おやすみなさいませ」

目を閉じると、流したはずの小さなトゲが蘇《よみがえ》る。

何故、クレウス様に女として見られていないと思うと胸が痛んだのだろう。

喜ぶべきことなのに、こんな風に思う自分が意外で、戸惑った。

私は結局、夜が更《ふ》ける頃には自然と眠りに落ちていたらしい。

共に過ごした時間はまだ少ないけれど、クレウス様を信頼しつつあるからかもしれない。

目覚めた時にはクレウス様はもういなかった。人よりも音や気配に敏感だと自負している私を起こさずに部屋を出ていけるとは、忍びか、と思ったけれど。きっとそれだけ慎重に、気を遣《つか》ってくれたのだろう。

やっぱり冷たいだけの人ではない気がする。私が勝手に発注したソファだって、使ってくれると言った。

クレウス様が何を考えているかわかったらいいのに。

いつの間にか、そう思うようになっていた。

# 第二章　お茶会は戦場の別名である

今朝の朝食はきちんとおいしいスープだった。

毒がしっかり体の外に排出されるのを待つため、毒を飲むのは週に二度でいいらしい。

そう喜んだのも束《つか》の間だった。

「奥様。シルキー＝セレソニーク侯爵令嬢がお出でになっています」

「なんで!?」

困り果てた顔のロッドに思わず問い返すと、先触れとほぼ同時に公爵家を訪《たず》ねてきたのだという。しかも取り巻きの令嬢を三人も連れて。

シルキー様は私の予想をはるかに超える人のようだ。まさか、お断りとお誘いのお手紙を送った次の日にいきなりやってくるとは。

もちろん招待したのはもっと先の日程だ。ものすごくせっかちか、ものすごくケンカを売っているのだろう。

「いかがいたしましょうか」

二人揃《そろ》って困り顔になったけれど、あちらのペースに乗ってやる必要はない。だがここで会わずに追い返せば、お高くとまっているだの、邪険にされただの、さんざんなことを触れ回るに違いない。

「ふーむ。そうね。じゃあ予定は早まってしまったけれど当初の計画通り、セイラスを呼んでもらえるかしら」

にっと口元に笑みを浮かべれば、ロッドも同じように笑みを返してくれた。なかなかにお茶目な人である。

「かしこまりました。ではシルキー様はその間……」

大分待たせてしまうが、私たちの知ったことではない。だから私は思案するような顔を作りながらも、しれっと返した。

「私もお客様を迎えるには着替えなければならないわ。せっかくいらしていただいたのだから、失礼のないようにしっかりと装《よそお》ってお迎えしなければね。ああそれから厨房にも、とっておきのおもてなしをお願いしなくては。まずは鶏が卵を産むのをじっくりと待つところから始めてもらってちょうだい」

最後ににっこりと笑みを浮かべれば、しっかりと意図を汲《く》んでくれたらしい。

「そうですね。急なことで何も準備ができていないのですから、多少お待たせしてしまうのは仕方がないことです。お客様にはあちらでゆっくりとお寛《くつろ》ぎいただきましょう」

さすがロッドだ。頷《うなず》き、さっと部屋を出るのを見送って、私は椅子に深くもたれた。

セイラスが来るまで令嬢方と対面するつもりはない。メアリーと一緒にゆっくりドレスでも選ぶとしよう。

「いやあ、いい度胸だねえ。敵を迎え入れたと思ったら、優雅に一息か。本当退屈しない奥方だなあ」

突然そんな声が聞こえて振り返れば、そこには案の定にやにやと笑うシリスがいた。

「礼を失していきなり訪《たず》ねてきたのはシルキー様なのに、私があたふたすることもないでしょう」

私の返答を聞いて楽しげに紫の瞳を細めると、シリスは向かいにどさりと腰を下ろした。

「じゃ、オレも待機で。なんか喉渇いたなあ。お茶が飲みたい」

「いいわよ。メアリー、ドレスの前にお茶をお願い。お菓子もね」

「え。マジ？　軽口のつもりだったのに」

戸惑うシリスの傍《かたわ》らで、メアリーがびくりと肩を揺らす。

「は、はい!!」

突然現れたシリスに固まっていたようだ。侵入者だと思ったのかもしれない。

まあ、似たようなものだけど。

シリスがにやにやと見ているから、メアリーが余計にびくびくとしている。

「さすが仕事の前だというのに、余裕ね。まあ、小手調べのようなこの状況で直接危害を加えてくることはないでしょうけど」

シリスはどこか楽しそうに顎《あご》を撫《な》でた。

「しかし、どうかなあ。あの令嬢のことだからどんな手を使ってくるか。頭は悪いけど、卑怯な手だけはよく考えつくんだよねえ。とてもあの頭から捻《ひね》り出されたとは思えないくらいにね」

「だとしても、公爵邸にいる限り、人を殺してはダメよ。狙われているのは私なんだから、どうしても必要な時は自分でやるわ」

「はははは！　はいはい」

シリスの楽しそうな笑いに思わずため息を吐く。

「それにしても、シリスはシルキー様をよく知っているのね」

「まあね？」

その答えに確信した。おそらく、私の暗殺を依頼した一人はシルキー様なのだろう。

ついでに拒絶され手に入らないと逆上しクレウス様の暗殺を依頼したのも。

私はケンカは売らないが、買う時にはたっぷりお礼をしてさしあげる。二度とケンカなどふっかけようと思わないくらいに。今日は二人分、しっかりおもてなしをしてさしあげよう。

「ちなみに聞くけれど、シリスが一つの依頼を受けている時に並行して他の依頼を受けることは？」

「あるよ。だけど今はない。二十四時間仕事中だからね。ティファーナ専任だよ」

護衛をしつつも暗殺依頼を受けることもあるのではと危惧《きぐ》したのだけれど、それなら安心して背中を任せられそうだ。ただ、シリスの言葉に私は思わず眉根を寄せた。

「二十四時間？　それは問題よ。実働八時間まで、休憩時間は昼に一時間、午前と午後に三十分ずつにしましょう。クレウス様にそう掛け合っておくわ。それ以外の時間は基本自由だけれど、睡眠は最低でも六時間はとるようにしてね」

「おいおいいい子ちゃんかよ。プロは寝なくてもパフォーマンスが落ちたりはしないの。暗殺者がぐーすか寝てたら報復されておしまいだからね」

「だからもう一人雇《やと》って、交代制にしてもらうわ。私の命がかかってるんだから、万全の体調で仕事にあたってもらわないと」

「あのねえ。オレと同等の奴がそうそう雇《やと》えると思う？　コンタクトとるのだって至難なのに。旦那だって、オレみたいなのをつかまえられるのをずっと待ってたわけだし。契約できたからやっと迎えに行けるって意気込んでたんだからさあ」

「迎えに、って誰を？」

「それは……ねえ？」

そこまで言っておきながら、急に言葉を濁《にご》す。失言するようなタイプにも見えないから、わざと私の気を引こうとしているような気がする。その手に乗りたくはないが、正直めちゃくちゃ気になる。

なんと言って聞き出そうか思案するうちに、メアリーがガチャガチャと茶器を震わせながらお盆を運んできたから、その話はそこでおしまいになった。

「メアリー。改めて紹介するわ。彼はシリス。クレウス様が私に護衛をつけてくださったの」

「あ……、はい、お会いするのは初めてですが、クレウス様から伺っております」

メアリーは怯えたようにシリスを上目遣《うわめづか》いに見ていた。小さく震えてもいる。まあ、普通の女の子からしたら傍目《はため》にも只者《ただもの》ではないとわかるシリスは得体が知れず怖いのだろう。

「本当、旦那って変なの飼うよなあ」

シリスが紫の瞳を細めて見るから、メアリーの手がより一層震えて茶器も激しくガチャガチャと鳴る。

「メアリー、いいわ。私がやるから」

「は、ははは、はい、すみません」

「そんなに怖がらなくてもいいわよ。今は私の護衛しか仕事を請《う》け負《お》ってないそうだから」

「そ、そうなんですね。でも、あの、その、すみません、なんと言いますか、本能的に、震えが」

「ま、しょうがないっしょ。小鳥は猫には勝てないからね」

こちらも本能なのか、怯えるメアリーをいやに楽しそうに見ている。

「シリス。あなたが猫とか、たとえがかわいらしすぎるわ」

「ええ？　天井裏に潜《ひそ》んでるし、いいたとえだと思ったんだけどなあ。ああ、心配しなくていいよ。オレ、小鳥は食べないから」

口端に浮かべた笑みにどれほどの効果があったものか。いや、メアリーの顔が硬直しているところを見ると、逆効果だったようだ。

「シリス。それ以上何か言うとメアリーが怯えるからやめて」

「はいはい」

ぞんざいな返事を聞きながら、さて、と立ち上がる。

セイラスを待つとは言っても先に着替えておかなければならない。

「メアリー。クローゼットの一番端にかけてある、あのドレスを出してくれる？」

それはあのオレンジのドレス。こんなに早く出番がくるとは思ってもいなかったけれど。

「はい！」

メアリーの気合いの入った返事を合図に、シリスも立ち上がった。お菓子を一つ口に放り込み、「そろそろオレも行きますかー」と伸びをしてすたすたと窓に向かう。

「じゃ、あっさりやられないようにね～」

護衛が言う言葉でもないと思うけれど、私は思わずふっと笑ってしまった。

私がシリスに頼るつもりがないことをわかっているのだろう。

「私を待たせるなんて、さすが公爵夫人ともなるとお立場が違いますのね」

手にした扇《おうぎ》をパシンパシンと掌《てのひら》に打ち付けるシルキー様の顔は引きつっていて、笑みを作るのに失敗していた。鮮《あざ》やかなピンクのドレスに、大きな赤い花弁のナダリアという花を髪に挿していて、いやあ、今日も存在感がくどい。

待たせている間、来客担当のルナが一番大変だったはずだが、疲れた顔も見せずに部屋の隅に控えているのはさすがだ。

最初は来客担当だと聞いて意外に思ったけれど、実は伯爵家の生まれだそうで、礼儀作法も会話もしっかりしている。客の前では。

なんにせよ、ルナの苦労に報いなければならない。私は精一杯の作り笑顔で、シルキー様に対峙した。

対令嬢用戦闘モード、オンだ。

「大切なお客様ですもの、慌てて出ていって失礼はしたくありませんわ。私も心苦しく思いましたけれども、普通はもっと早く先触れを出すはずですから、我が邸《やしき》の応接室でお待ちになるのがお好きな珍しい方なのかと思い直しまして」

精一杯反り返るようにして、極限まで細めた目でシルキー様を斜《なな》めに見下ろす。

シルキー様は吊り上がった目でこめかみをひくひくとさせながら、返す言葉もなく椅子にどかりと腰を下ろした。

場所は何故か私の隣。

「まったく、あなたがクレウス様に冷たくあしらわれて気落ちなさっていると思って、せっかく慰《なぐさ》めに来てさしあげましたのに、なんて態度かしら」

なるほど。私が落ち込む姿を見たかったのかと納得する。何故こんなにも待ちきれないように突撃してきたのかと思ったら、それが見たかったのか。

シリスに依頼したのがこのシルキー様なら、それを取り下げた理由も同じく『蔑《ないがし》ろにされる様子を見たかったから』だろう。

だとしたら、ここでそれに乗っかって満足させればあとは放っておいてくれるだろうか。いや、場違いだとわかったのならさっさと離婚しろとでも言いそうだ。

それなら大事にされているとドヤ顔マウンティングを決めておくべきか。しかしそれも煽《あお》るだけな気がする。

悩んでいると、シルキー様は嬉しそうに眉を上げた。

「やはり、レイファン公爵邸で過ごしてみて思い知ったのでしょう？　あなたには場違いであると。ですから早くこんな結婚はなかったことにすべきですのよ」

やっぱりそっちにいったか。

立ち合い人の前で宣誓書に署名しているし、それは既に国王陛下のもとへ届けられているのだから、なかったことにはならない。などと真面目に返答したとて、キイキイ返されるだけなのが目に見えているしなあ。

なんだか何を言っても諦めてくれなそうな気がする。

そう思ったらやり取りを続けるのが無意味に感じて、面倒くさくなってしまった。どうしよう。

考えている間に、シルキー様はついに勝ち誇《ほこ》った笑みを浮かべた。

「悔しくて答えられないのね？　そうよね、伯爵家ごときのあなたが、尊き血筋のクレウス様の妻だなんて、あるまじきことですもの。そのドレスだって、なんとも不格好ですこと。筋肉質なあなたの体に似合うドレスなんて、この世には存在しませんのよ」

まあ、それは否定しない。

「それに、さすが貧乏人が選んだものは地味ねえ。せっかく華やかなはずのオレンジがくすんで見えましてよ」

私が黙っていることで調子づいたのか、シルキー様がふふん、と鼻で笑ったけれど、取り巻きの令嬢たちはにわかに慌て始めた。

「え？　何よ。貧乏人を貧乏人と言って何が悪いの」

「いえ、あの、シルキー様。あちらのドレスは最近一躍人気になったマダム・ルージュの衣装室のものかと。王室もその腕を認めたほど生地もデザインも超一流で、いまや注文は一年待ちだという」

ふわふわした栗色の髪でおっとりとした印象のマリナ様が遠慮がちに言うのに、私はつい驚いて声を上げてしまった。

「え。そうなの？」

慌てて部屋の隅にいるルナを振り返ると『知らなかったんですか？』というような呆れ顔で頷《うなず》かれた。

「嘘よ！　だってあそこはまだ新しく少人数でやっているからって、この私の注文を断ったのよ!?　他のドレスなんて後回しにしなさいと言っても、どうしても断れない客がいるから、って……、まさか、それがこの女のドレスだったっていうの？」

まあ、先に注文を入れていたのが公爵だとしたら、後から割り込もうとした侯爵令嬢の注文を受けられるはずもない。

「そうかと思います……。ティファーナ様のドレスの肩に薔薇《ばら》の飾りがありますから」

まっすぐな髪を背に垂らした真面目そうな印象のリリー様がそっと頷《うなず》く。

「ええ、これはマダム・ルージュのドレスに違いありません！」

取り巻きの令嬢に口々に言われ、シルキー様はきょどきょどとしながら「嘘よ！　こんなものは紛《まが》い物だわ」と声を荒らげた。

「いえ！　アシンメトリーに薔薇《ばら》の飾りをあしらうのがマダム・ルージュなのです。わずかな狂いで全体の印象を大きく変えてしまうため配置が難しく、誰も真似はできないそうなのです。マダム・ルージュは全体のバランスを見極め、その薔薇《ばら》の配置がドレスの完成度を素晴らしいものにしていると」

くるくるとカールさせた髪が明るい印象のサマンサ様が興奮気味に言えば、二人もうっとりと私のドレスに目を向けていた。

確かに並んでいたどのドレスにも、薔薇《ばら》の飾りがあったなと思い出す。もう一つ気に入ったモスグリーンのドレスも右の腰にだけ薔薇《ばら》の飾りがあった。私は、左にはないから帯剣しても邪魔にならなくていいなとしか考えなかったけれど。

シルキー様はギッと私とドレスとを交互に睨《にら》むと、すぐにはっと何かを思い出したような顔をして口元に小さく笑みを浮かべた。

「そう。クレウス様もご自分の妻に見劣りのするドレスなんて着せてはおけませんものね。でもやっぱり国一番の老舗で最大手であるマーサ衣装室のドレスが最も品がありますわ。ですから私は、全然、毛先ほどもマダム・ルージュのドレスなんて眼中にありませんことよ！」

自分の注文を断られてプライドに障《さわ》ったのだろう。

けれど、顎《あご》をツンと上げたシルキー様の一つ奥の席から、思わずといった声が漏《も》れ聞こえた。

「でも素敵ですわ。クレウス様も、いつもマダム・ルージュ衣装室で服を仕立てておられると聞いたことがあります。お二人が揃《そろ》ったところを一度見てみたいものです」

マリナ様が頬に手を添えて、ほうっと息を吐く。

「マダム・ルージュ衣装室がここまで大きくなったのはクレウス様の投資があったからだと聞きましたわ。他にもクレウス様が投資した小さな商店がいくつも急成長しているようですし。これまで有力だったのはタルカス商会と繋がりのある大手や老舗ばかりでしたけれど、時代の変化を感じますわね」

サマンサ様も激しく頷《うなず》きながら食いつく。

「クレウス様は先見の明がおありなのね。いくら投資したところで、芽がなければ伸びませんもの」

リリー様が感心したように顎《あご》に手を添えれば、サマンサ様は勢いづいたように続けた。

「どこも品質がよいお店ばかりなのですって。大手も老舗も、ずっと安泰《あんたい》でしたから慢《まん》心《しん》していたのでしょうね。これからはそういった新しいお店のほうがよい取引ができそうですわ」

「大手だから、老舗だからといつまでも付き合っていると乗り遅れてしまいそうですわね」

まだクレウス様の仕事については勉強中だったのだけれど、そこまで手広くやっているとは知らなかった。

取り巻き令嬢たちと同じように感心してうんうんと頷《うなず》いていたけれど、シルキー様が怒りにぷるぷると震えていることに気が付いた。

令嬢たちもやってしまったというように慌てて「でも大手も安心ですわよね！」「老舗には長く続くだけの理由があると言いますし！」「やはり似合うかどうかが一番大事ですわ！　シルキー様のドレスはその綺麗な髪によく映《は》えていますもの！」と高速で頷《うなず》いた。

シルキー様はそれを横目に見て、ふん、と鼻で息を吐いた。

「私のお父様だってこれまでたくさん投資をしてきましたわ。今活躍している大手も老舗も、みんなセレソニーク侯爵家がそこまで育てたんですもの。クレウス様が投資に興味を持たれたのは最近のことなのでしょう？　それではまだまだ、成功か失敗かなんてわかりませんわ。投資を受けて一時的に急成長しているように見えるだけかもしれませんもの」

「そ……そうですわよね」

「ええ……」

「その通りですわ」

令嬢たちの目はどれもシルキー様を見ず、彷徨《さまよ》っていた。

みんな知っているのだろう。セレソニーク侯爵家が大金を投入し育てた店こそ、きな臭いということを。

セレソニーク侯爵の投資のやり方は、失敗しそうになるとさらに大金を投入し、人も入れ替え、品も替え、その店の名と店主だけが残ればいいというように無理矢理大きくしていくものだった。だから金銭的な利益以外になんらかの目的があるのではないかと思われていた。

だからこそ新しく台頭してきたセレソニーク侯爵家の息のかからない店に期待が集まるのだ。

シルキー様はそこまでのことは知らないのだろう。この令嬢方とは表面上の付き合いだけのようだし、そもそも都合の悪いことはシルキー様の耳をすり抜けていそうだ。

さすがのシルキー様もマウントがとれていないことに気が付いたのか、慌てるように自らのドレスがどれだけ素晴らしいかを語り始めた。

「第一、私のドレスはマーサ衣装室の筆頭デザイナーが手掛けたもので、私の美しさをいかに引き立てるか一か月もかけてデザインし――」

その傍《かたわ》ら、シルキー様はしきりに頭の花の飾りを気にしていた。位置を直すように何度も触れている。その手をそっと下ろすと、手持ちぶさたのように自らのティーカップの縁《ふち》を何度も拭《ぬぐ》うような仕草をする。まだ口をつけてもいないのに。

よく見ると、その手は震えていた。口から垂れ流す言葉もなんだか上の空で中身がなく、同じことの繰り返し。まるで怪しい行動をごまかすために喋り続けているようだった。

その右手が、カップの持ち手を掴《つか》んだ時。

「お待ちになって」

私は咄嗟《とっさ》にその細い手首を掴《つか》み、ぐいと持ち上げた。

はっと私を振り返ったシルキー様の顔は、緊張したように青ざめている。

「な、何よいきなり！　失礼ね、手を放しなさい！」

うろたえているのは取り巻きの令嬢たちも同じだった。けれどどちらに与《くみ》したらいいのかわからないように両者を交互に見るその視線から、何も知らされていないとわかる。

証言者として強引に連れてこられたのだろう。それはこちらとしても好都合だ。

私は安心させるように一度彼女たちに目配せすると、シルキー様に向き直った。

「シルキー様の手にゴミがついていらっしゃるようですわ。もしもこれが体に害のあるものでしたら大変ですから、御身に害がないか調べてもらいましょう。うっかり口に入ってしまっているかもしれませんもの」

「まだよ！　なかなか決心がつかなかったんだもの！」

反射的に返してしまったらしいシルキー様は、さらに顔を青くした。

「あ」

素直さは美点だけれど、今はただ命取りになっているシルキー様を残念に思う。敵としてはありがたいことこの上ないけれど。

「ルナ、たまたま薬師のセイラスが来ていたはずよ。呼んでくれる？」

「は、はい！」

固唾《かたず》を呑んで動向を見守っていたルナが慌てて部屋を出て、すぐにセイラスを伴《ともな》って戻ってくる。隣の間に控えてもらっていたのだ。その手にはしっかりと仕事道具を携《たずさ》えている。

「セイラス、大事なお客様に万が一があっては大変だわ。すぐにシルキー様の指についているゴミが無害かどうか、確認して」

シルキー様が慌てて左手でカップを持ち上げようとするのを手を伸ばして掴《つか》む。背後から両手を掴《つか》んでいる状態になった。

「ちょ、ちょっと！　なんて失礼な……！」

「大事なお命には代えられませんわ。セイラス、ティーカップもお願いね」

証拠隠滅なんてさせるわけがない。

シルキー様はふぬぬぬと力を込めていたけれど、私にかなうはずがない。

「私、一日に腕立て伏せ三十回を三セットこなすことを日課にしておりますの。ちなみに腕立て伏せは回数よりも、一回一回の質が大事なのだそうですよ」

「なんの話よ！」

「そんな私の腕力に抗《あらが》おうとすると、その華奢《きゃしゃ》な腕を痛めることになる、と申し上げているのです」

シルキー様は怯えるような目で私を二度見する。

しかしまだ諦めてはいないようで、手が動かせないならばと膝《ひざ》でテーブルを蹴り上げようとしたのがわかった。

咄嗟《とっさ》に低く囁《ささや》く。

「シルキー様の腕は細いですわねえ。ポキリと簡単に折れてしまいそう」

ひい、と小さく悲鳴を上げる間に、白い手袋を嵌《は》めたセイラスがシルキー様のティーカップを取り上げた。

不正をしていないことを証明するためそれをワゴンの上に置き、誰もが見える位置で検証を始める。

まずセイラスはカップの縁《ふち》には触れずにその目だけで矯《た》めつ眇《すが》めつ確かめ、ふむ、と頷《うなず》いた。

それから指の長さほどの細い棒に布を纏《まと》わせたもので、カップの縁《ふち》についた白い粉をちょんと拭《ぬぐ》う。小皿の上で優しくとんとんと叩けば、日の光を浴びて白い粉がパラパラ落ちるのが遠目にも見えた。

「少々失礼いたしますよ」

そう声をかけてから、身動きを封じられたままのシルキー様の頭についたナダリアの花粉を同じように小さな棒でちょんちょんと採取し、もう一つの小皿に載せる。

それらを交互に見比べた後、手袋を外すと人差し指にそれをつけ、ぺろりと舐める。

同じようにもう片方の皿の粉も確かめると、「やはり」と頷《うなず》いた。

「カップの縁《ふち》についているのは、セレソニーク侯爵令嬢がおつけになっているナダリアの花の花粉ですね。この通り綺麗な花ですので観賞用として流通しておりますが、多量の花粉が口に入ると、呼吸が荒くなり、顔からは血の気が引きます」

その説明に取り巻きの令嬢たちが青ざめ、怯えたようにシルキー様を見る。やはり完全に巻き込まれただけのようだ。

「死に至ることはありませんが、その症状のインパクトは大ですね。まるで毒を盛られてもがき苦しんでいるように見えますから」

続いたセイラスの言葉に、私は思わずなるほど、と頷《うなず》いた。

自らナダリアの花粉を口に含み、私に毒を盛られたと騒ぎ立てるつもりだったのだろう。だから隣に座ったのだ。まさか私ではなく自分に毒を盛るとは思いもしなかったけれど、セイラスを呼んでおいて正解だった。

「それではシルキー様はご自分がつけていらっしゃる花がどのようなものか知識も持たず、お話の最中にもご自分の見栄えばかりを気にして何度も位置を直していらしたがために、ご自分でご自分に毒を盛りかけていたと。まあ、なんとも……」

最後の言葉を濁《にご》してシルキー様を見やれば、憎々しげに睨《にら》みながらも私を小馬鹿にするように鼻で笑った。

「そんなマヌケなわけないでしょう⁉　馬鹿にしないでちょうだい。あなたなんてそこの薬師がいなければ、そんなこととも知らなかったくせに」

「ということは、シルキー様はこの花に毒があるとご存じだったのですね！　それなのにご自分でご自分のティーカップに毒をわざわざ大量に塗《ぬ》り付けるだなんて、随分と不思議なことをなさるんですね？」

「え？　それは――……」

シルキー様は失言に気付き、はっとして黙り込んだ。故意に自らに毒を盛ったと認めているも同じだ。

一輪の花であれば自然に持ち込めるし、指摘されても知らなかった、たまたま指についただけだと言い逃れできる。それを見込んでの作戦だ。おそらく誰かの入れ知恵だったのだろう。けれど実行者がシルキー様では自滅は見えていたように思う。

もう一押しと私が口を開こうとした瞬間、シルキー様は悔しさを押し隠すように笑みを浮かべた。

「知ってたか知らなかったかなんてどうとでも言えること、証明になんてなりませんわ」

だから私が罪に問われることはない。そう続くのだろう。

どうやら焦る思考の裏で、冷静さを取り戻していたようだ。

まあそううまくもいかないか。これでは私としても手詰まりだ。

シルキー様の言う通り、私を陥《おとし》れる意図を持っていたこと、計画的であったことを立証するのは難しい。確たる証拠もなくセレソニーク侯爵邸の捜査など許されないだろうし、一般的に流通している花だから入手経路を調べたところで意味はない。あれこれ嗅《か》ぎ回っていればあらぬ疑いをかけているとこちらが訴えられかねない。

だからクレウス様のように裏で調査する人が必要なのだとわかった。罪は罪なのに何故法で裁けないのかと、この国で平和に生きてきた私にはピンときていないところがあったから。

悔しい。悪意があるのはわかっていても、何もできないだなんて。

思わず歯噛みした時、コンコンと扉がノックされる硬質な音が響いた。

「クレウス様？　何故ここに」

開かれた扉から現れたその姿に、誰もが驚き目を見開いた。

「たまたま仕事が早く終わってな。ティファーナに急な来客だというから、重要な話でもあったかと顔を出した」

クレウス様の後ろにはロッドが控えていた。きっと急ぎクレウス様に使いをやってくれたのだろうけれど、それにしてもまさか本人が現れるとは予想外すぎた。

クレウス様は私の様子をさりげなく上から下まで確認した後、周囲にさっと視線を走らせた。白い手袋を嵌《は》めたセイラス、比較するように置かれた小さな皿、そしてセイラスの前に置かれたワゴンにはお茶の入ったティーカップ。

さらにシルキー様の前にだけカップが置かれていないところまで確認すると、クレウス様の眉間に三本の皺《しわ》が寄り、何事か言わんと口を開いた。

それを見て私が慌てて小さく首を振って見せると、これ以上は打つ手なしと察してくれたようだ。クレウス様は一瞬だけ眉を吊り上げると、小さく息を吐き出し「そうか。残念だ」と低く呟いた。

小さいながらも部屋を震わせたその声に、令嬢たちの肩がびくりと揺れる。部屋の温度が数度下がったような気がした。

「楽しく歓談していた折申し訳ないが、妻には急な用事ができた。重要な話でもないなら、申し訳ないがお引き取り願おう」

冷たい目が、全員さっさと帰れと言っている。罪のない令嬢たちは慌ててガタガタと席を立つ。

ただしシルキー様だけは立ち上がった目的が違っていた。

「クレウス様！　お久しぶりでございます、シルキー＝セレソニークでございますわ」

いやたった二日ぶりだが。

先ほどまで憎々しげに私を睨《にら》みつけていたのに、まるで何もなかったかのような変わり身が恐ろしすぎる。

「扉はそこにある。執事に案内させる必要があるか？」

「せっかくお帰りになったのでしたら、一緒にお茶をいたしませんこと？　最近はクレウス様が社交の場に出ていらっしゃらないので、寂しく思っておりましたの。ずっと家とお勤めに縛られていたら退屈でしょう？　たまには楽しくお話でも」

びっくりした。全然話を聞いていない。

かまわず一人喋り続けるシルキー様に、クレウス様は感情の見えないその顔で問いかけた。

「何故私に執着する」

これまでは一方的に拒絶の言葉を突き付け続けていたクレウス様が、初めてシルキー様に問いかけた。そのことに驚いたように目を見開きながらも、シルキー様は興奮したようにまくし立てた。

「クレウス様がこの国の貴族で最も高位であり、誰もがうらやむ容姿をされているからです。身分も、容姿も、釣り合うのはこの私しかいません。幼い頃からそうと決まっているのです」

その言葉に、私は思わず動揺した。

「もしかして、お二人の間には幼い頃から婚約のお話があったりとか……？」

「いや、ない」

「いえ、ありませんわ」

二人揃《そろ》った答えに、シルキー様もそこは思い込みとか妄想とかはないのかとやや驚く。

「以前はお父様も反対していらしたけれど、最近は背中を押してくださるようになりましたのよ。ですのに、その時にはもう結婚が決まっていたのですもの。お父様がもっと早く決断してくださっていたら、今頃は私がクレウス様の妻となっておりましたのに」

「それはありえない。言ったはずだ。私は強い人間としか結婚するつもりはないと」

「たくさん護衛を雇《やと》う財力はありますもの、問題ありませんわ。いくら鍛えたところで、大勢に囲まれたら終わり。自分を鍛えるだなんて馬鹿の考えること。結局一人でできることなんて、限られているのですから」

確かにシルキー様の言うことには一理ある。けれどそれは私の性分ではないのだ。

今はシリスたち護衛に頼っている部分もある。それでも、だからもう鍛えなくてもいいやとは思わない。私が強くあれば、私も周囲の人も身の危険を減らせるのだから。

「そうだな。だがそこまでして、そなたが危険だとわかっている場所に身を置くことに、どんな意味がある？」

地位や羨望《せんぼう》の眼差しはそのリスクに見合うのか。私の価値感では答えは否だ。

シルキー様はそんなことを考えもしなかったのか、垂れた眉を寄せて呆然としながら言う。

「意味？　地位、お金、容姿、すべてに恵まれている私が得るべきものだからですわ。とても簡単なことではありませんか」

シルキー様は何故そんな当たり前のことを聞くのかと困惑しているようだった。

両者の間には深い溝が見えた。

クレウス様は諭《さと》すように、ゆっくりと言葉を選んだ。その溝を越える橋をかけるように。

「貴族の地位も金も、国民を守るためにあるものだ。己の美しさが重要なら、それを誉めそやしてくれる者を選べばいい。私とそなたでは求めるものが違う。だから共に歩むことはない」

シルキー様は、しっかりと目を合わせ告げたクレウス様に呆然としていた。けれどやがてその目に怒りが滲《にじ》む。

「問いかけてくださったのは初めてだったから、私に興味を持ってくださったのだと思いましたのに。そんな女よりも私のほうが優れていると、何故わかってくださらないの？」

やはりダメだったか、というように、クレウス様は深いため息を吐き出した。

「これ以上言葉を重ねても無意味だな」

「クレウス様がここまで拘《こだわ》るだなんて——。変わられましたのね。これまで誰にも等しく、興味を向けられたことなどなかったのに」

「私は変わっていない。子供の頃から、何も」

クレウス様はそう言うと、すっと扉に手を向けた。

「時間の浪費だ。帰って、価値のある相手を探すがいい」

「いつか後悔なさるといいですわ」

捨て台詞のようにそう言って最後に私をひと睨《にら》みすると、シルキー様は開け放たれた扉へ向かってつかつかと歩き出した。令嬢たちも慌てて後を追う。

「ロッド。お客人がお帰りだ」

「はい。丁重にお見送りさせていただきます」

恭《うやうや》しく礼をしたロッドが部屋から出ていくと、来客担当であるルナもそれに続いた。

クレウス様はまるで胸に悪いものを溜め込んでいたかのように、深く長い息を吐き出した。

「大丈夫だったか」

「はい、問題ありません」

私の答えに少しだけ眉が寄る。かわいげのない言い方だっただろうか。慌てて言い添える。

「あの、シルキー様がお持ちになった花の花粉をご自身のカップに塗《ぬ》り付けて口にしようとしていたのですけれど、未然に防ぐことができました。なので、大丈夫です」

「そういうことだったか。それなら問題はある。このままにしておくことはできない」

片眉を跳ね上げたクレウス様に、セイラスがとりなすように口を挟んだ。

「そうなんですがねえ。知らなかったと言われれば罪に問うのは難しいかと。一般に流通している花でありながら、毒性があることは知られていませんから」

「だとしてもだ。あのような聞く耳を持たぬ人間がすんなり引き下がるとも思えない。二度とティファーナに手出しする気が起こらぬようにしておかねば」

クレウス様は不本意ながら彼女と付き合いも長いわけで、随分と辟易《へきえき》していたようだ。溜まっているものもあるのだろう。

カチャカチャと仕事道具を片付け始めたセイラスは、完全に他人事な顔で笑った。

「どれだけ叩いても不死鳥のように甦《よみがえ》ってきそうですもんね。あの方を完全に諦めさせる方法なんて、この世に存在するんでしょうかねえ」

「不死鳥なら永遠に出てこられぬようにするまでだ」

馬車に乗り込むシルキー様を窓から見下ろすクレウス様の瞳は、身震いしそうなほどに冷たい。

私は空気を改めるように意識して明るい声を出した。

「今日はありがとう、セイラス。急に呼び出してしまってごめんなさいね。でもおかげで助かったわ」

「いえいえ、私も今日は面白いものを見せていただきましたから」

その発言にクレウス様が顔をしかめたけれど、セイラスに悪びれる様子はない。

「あの方に対する時のティファーナ様は、なんと言いますか、小説でいうと悪役のご婦人のような迫力があって、思わず跪《ひざまず》きたくなりましたよ」

私にそんな趣味はない。というかまだクレウス様には私の対令嬢用戦闘モードを見せていないのに、そんな言い方をされたら誤解を招きそうだ。

しかし慌てて振り返れども、クレウス様の表情はまったく変わっていなかった。

別に私が悪役だろうがなんだろうががかまいはしないのだろう。ほっと胸を撫《な》で下ろしたけれど、なんとなく微妙な気分だった。

「クレウス様、お仕事は大丈夫だったのですか？」

「ああ。先ほども言っただろう」

「いつも多忙な公爵様でも、暇になることもあるんですねえ」

セイラスが意味ありげに笑って肩をすくめた。

「……たまたま、家でしなければならない仕事があっただけだ。先に失礼する」

そう言うと、クレウス様はつかつかと部屋を出て執務室にこもってしまった。

楽しそうな目をちらりと私に向けたセイラスも片付けを終え出ていくと、入れ替わりにルナが戻ってきた。

「ルナ、今日は大変だったわよね。お客様の対応ありがとう」

「まあ、ああいう人には慣れてますから」

まだこの邸《やしき》には来たばかりらしいのに、と思ったけれど、スーザンから聞いた話を思い出した。

「ルナは伯爵家の生まれなのよね？」

「ええ。今はもう縁はありませんけどね。父がまだ若い時、使用人だった母に手をつけて私が生まれて、一応娘として育てられただけで。そのうちどこかの令嬢と政略結婚が決まって、私と母は捨てられたんです」

普段の振る舞いが令嬢らしさを残していないのは、そんな境遇への反発なのかもしれない。

「それにしても。クレウス様、ティファーナ様を心配して駆け付けられたんですね」

ルナの目が思い出すように扉に向けられた。

「家で仕事があったからだと仰《おつしや》っていたわよ。早々に執務室にこもってしまわれたし」

そう告げると、ルナの目が呆れたように私を見た。しかしすぐにふいっと逸《そ》らし、小さく息を吐く。

「……ほんと鈍感。あんな条件のいい人、こんな人にはもったいないのになあ」

「え」

茶器を片付けるルナの独り言は、しっかりと私の耳に届いていた。

けれど、にっこりと笑んで「では失礼しまーす」と何事もなかったように言われると「はーい」としか返せなかった。


その後、すぐにセレソニーク侯爵家から手紙が届けられた。内容はシルキー様の『誤解を招くような言動』を詫《わ》びるもの。

それがシルキー様ではなくセレソニーク侯爵から送られたものだということにも驚いた。

クレウス様はじっと手紙を見つめ、何度も読み返していた。

「あの令嬢のことだから素直に引くとは思えなかったが」

「侯爵は元々、クレウス様との結婚を反対していたそうですから、これ幸いと娘を諦めさせたかったのかもしれませんね」

シルキー様とてこのような謝罪の手紙を送らなければならない事態を招いてしまった手前、侯爵の言うことを聞かざるを得ないだろう。

けれど、シルキー様が素直に自分のやらかしたことを父親に話すだろうかという違和感があった。やらかしたとも思っていなくて、愚痴のつもりで話しただけだろうか。

取り巻きをさせられていた令嬢たちが監視の役目も担っていたのかとも思ったが、セレソニーク侯爵家側についている、という感じはなかった。

クレウス様も考え込んでいるようだったけれど、ロッドはどこかほっとしたようだった。

「まあ一安心といったところではないでしょうか。これで旦那様も、少々警戒を解《と》いていられますね」

「まあ結局、ああいう令嬢には効果もなかったようだしな。だがまだ警戒は続ける」

苦々しげに眉を寄せるクレウス様に、ロッドが意味ありげに笑う。

「ふふふふふ。そうですね。徐々にでよいのではないでしょうか。急な変化があれば驚いて逃げてしまわれるかもしれませんから。きっと少しずつ、様子を窺《うかが》いながらがお互いのためにようございますよ」

こんなに目尻に皺《しわ》を刻《きざ》んで嬉しそうにするロッドは珍しい。どこか気まずそうな、何かを必死に押し隠そうとしているようなクレウス様も。

仲良しだなあ。

長い付き合いの二人には割り込めないものがある。

私も妻としてずっとこのお邸《やしき》にいたら、その中に入れるのだろうか。

そんな風に思った。

その日は私宛てにもう一通手紙があった。

送り主はルイ。

何故今更、と思ったけれど、部屋を出ていきかけたロッドを引き留めてその場で封を開けた。

相手は元婚約者だ。後ろ暗いところがあるとは思われたくなかった。

しかし、読み始めてすぐに眉を顰《ひそ》めた。

そこには『公爵に騙《だま》された』とか、『婚約を解消するつもりはなかった』だとか書かれていたからだ。

ルイ曰《いわ》く、すべては誤解で、もっと鍛えなければ私とは結婚なんてできないと思っただけだったという。

それもクレウス様に『貴殿は彼女に相応《ふさわ》しくない』とか『私のほうがよほどマシだ』だとか横槍を入れられ、焦って言わされたのだという。そうして私が誤解した隙に横からかっさらわれたのだということが長々と書かれていた。

けれど、クレウス様がその発言をするに至った経緯は書かれていない。

一方的で、ただルイの主張だけが書かれたその手紙になんら心が動かされることはなかった。

だって、あまりに今更だった。

誤解だろうがなんだろうが、ルイがここまで何もしなかったのは事実だ。父はきちんとマクラレン伯爵の同意をとって婚約解消の手続きをしているし、誤解なら撤回する機会は今までにあったはず。

もっと早くに聞いていたら違っていたかもしれない。私だって無駄に傷つかずに済んだだろう。

けれど今はもう、私はクレウス様の妻だ。

過去は変えられないし、結婚をなかったことにもできはしない。

できたとしても、今更ルイと結婚したいとは思わない。

私はもうこのお邸《やしき》で生きていくと決意を固めてしまったから。

ただ、クレウス様がルイと話していたなんて知らなかったから、そのことだけはとても意外だった。

どうしてそんな話になったんだろう。クレウス様はどうしてそんなことを言ったんだろう。

考えるのはそんなことばかりだった。


その日の夜。また夕食後のお茶に呼ばれた。

昨日は裏の仕事について話すためだったけれど、今日はなんの話だろう。

そう思ってソファに座ると、「今日は何をしていた」と聞かれた。

昨日と同じだ。

「ええと……。シルキー様が帰った後は昨日と同じように素振りやら邸《やしき》のお仕事やらを」

本題が何かわからないから、気もそぞろになりつつ返すも、クレウス様は「そうか」と言っただけで黙り込んでしまった。

え。なんだろう。言いたいことか聞きたいことがあるなら早く言ってほしい。

そうしてそわそわとお茶を口に運んでいると、唐突にクレウス様が口を開いた。

「危険なことはなかったか」

「あ、はい」

え。それだけ？

そしてまた黙り込む。

もしかしてだけど。用はない？

「あの。クレウス様？」

「私は、仕事をしていた」

「はあ……」

まあ、そうでしょうね。仕事に出かけたんだし。

いや、会話が下手くそか。

そうして趣旨《しゅし》がよくわからないままその日のお茶タイムは終わった。

だが、次の日も夕食後にお茶に呼ばれた。そしてまた次の日も。

そして気付くと、食事も毎日一緒に摂《と》るようになっていた。

私がレイファン公爵邸にやってきてから二週間が経った。

今日は気分を変えて、中庭で花に囲まれながら素振りを嗜《たしな》む。

今日のノルマの半分ほどをこなして、そのまま中庭でメアリーとお茶をすることにした。

「いつも付き合ってくれてありがとう、メアリー。でも退屈でしょう？　中にいていいのよ」

「いえ。外は外で危険がありますので」

「まあ、確かに建物という壁がない分、矢を射かけられでもしたら防げないけれど」

ただ、そういう時は何人いてもダメなものはダメだと思う。

「確かにそれは私にはどうしようもありませんが。外には人間より怖いものがいますから」

「ああ、魔物とかね。でもここは山からは離れてるし、人里に下りてきたとしてももっと手前で大騒ぎになってるでしょう」

「翼のある魔物もいます。油断はできません」

「なるほど。それは矢よりも厄介ね。でもそれならなおさらメアリーは中にいたほうがいいわ。魔物相手じゃさすがに私もどう戦えばいいかわからないし」

「確かに私は戦えませんし、すぐぼこぼこにされてしまうくらいに弱いですが」

え、ぼこぼこにされたことあるの？　本当にどんな辛い人生を歩んできたの？　言葉の途中だったけれど、ものすごく引っかかってしまった。

けれど次の言葉に、そんな動揺は吹っ飛んだ。

「でも私は魔物の気配を感知することができます。ですからティファーナ様が外に出る時は必ず傍《そば》にいろと、クレウス様より仰《おお》せつかっているのです」

「え!?　魔物が近づいたらわかるってこと？　すごいじゃない！」

魔物を感知できる人がいるなんて聞いたことがない。

シリスを護衛につけてくれたことといい、もしかしてメアリーが私付きなのも、クレウス様がその能力を買ってのことだったりするのだろうか。

そもそも本物の魔物を見たことすらない人は多い。魔物は基本的に人の前に姿を現さないから。山や洞穴《ほらあな》など人の近寄らない場所に住んでいるし、魔物の領域として踏み入ってはならないと決められている場所もある。

「いいえ、あの、別にすごくはないです。ただの生まれつき、といいますか、習性といいますか……」

はっとしたように視線を彷徨《さまよ》わせ、しどろもどろに答えるメアリーはあまり触れてほしくなさそうだったので、話はそこで終わりにした。

ものすごく気になったけれど、誰にでも言いたくないことはある。

「でも平和になったわね。シルキー様からもあれから音沙汰がないし、暗殺者が差し向けられるようなこともないし」

「はい。あの方がこれほどあっさり諦めてくれたのは予想外でしたが、ひとまず安心ですね」

話が変わったこともあってか、メアリーは心底ほっとしたように胸を撫《な》で下ろした。

それからお茶をこくりと一口飲み、思い出すように微笑んだ。

「ティファーナ様とクレウス様がお話しする機会も増えましたし。嬉しいです」

自分が仕えている主《あるじ》夫婦がギスギスしているのは、使用人にとって心労だろう。けれどメアリーにとってはそれだけでなく、私とクレウス様に仲良くいてほしいと思っているのだと思う。

クレウス様は最初こそ私を避《さ》けているようだったけれど、今は歩み寄ってくれていると感じる。

食事も一緒に摂《と》るのが当たり前になったため、ささみとゆで卵ばかりのメニューにする計画は頓挫《とんざ》したけれど、毎食さりげなくタンパク質の多い食材を取り入れてくれるのが嬉しい。

「このお邸《やしき》の人たちは、温かいわよね。私、みんなのこと好きよ」

この邸《やしき》の使用人たちは、みんな私によくしてくれる。温かくて、ギスギスしたところがなく、みんなが自然に笑みを浮かべ、はきはきと働いている。それを見ているのがとても気持ちいい。

メアリーははにかむように笑んだ。

「嬉しいです。私もここの人たちはみんないい人だと思います。だから、連れてきてくださったクレウス様には心から感謝しているんです」

「その気持ちは私にもわかるわ。この居心地のいい空気はクレウス様が作ったものだと思うから」

この二週間見ていてよくわかった。この邸《やしき》の空気がいいのは、使用人に対するクレウス様の気遣《きづか》いと信頼によるものだ。私に対してもクレウス様は不自由をしないように気遣《きづか》ってくれているし、互いにコミュニケーション下手なせいで続かないながらも会話を試みてくれる。そんなクレウス様だから、使用人たちが報いたくなる気持ちがよくわかった。

「よかったです……。ティファーナ様に誤解されてしまうのではと、ずっとハラハラしていました。クレウス様が、その――」

言い淀《よど》んだメアリーに苦笑した。

「まあ、ね。最初は噂《うわさ》通りに冷たい人だと思いもしたわ。けれど大事なことはきちんと話してくれたし、怪我をしたり、シルキー様の襲来にあったりすれば心配してくれた。だから、先入観はなるべく取り払って、ちゃんと向き合おうと思ったの」

そうして私からも歩み寄るようにしてみれば、関わるつもりはないとか、ただ邸《やしき》にいてくれさえすればいいとか、結婚式の時に受けた突き放すような雰囲気を感じることはなかった。

それで気が付いた。あれは拒絶ではなく、許容の言葉だったのではないかと。

表情に乏《とぼ》しくて何を考えているのかわからないのは相変わらずだけど、それでもまったく無表情というわけではないのだとわかってきた。眉間に皺《しわ》を寄せたり、わずかに口元が緩んだり、そういった表情の変化を見つけることも増えた。

シルキー様の襲来を受けた後くらいからその変化は顕著《けんちょ》になった。ロッドが言っていたように、張り詰めていた警戒の糸が緩んだからなのかもしれない。

そうして私はとても居心地よく、不満なく過ごしていた。公爵夫人としての仕事もあるから忙《いそが》しくはあるけれど、周囲の視線を気にする必要がなくなった分、鍛える時間もとれるし、気持ちも楽だ。

「私、クレウス様には感謝しているわ。ここに来てよかったと思う」

もうまともな嫁の貰い手もなかった私を拾ってくれた。

命の危険のある結婚だったと知り、驚いたし戸惑ったし、覚悟も決めたけれど、この平穏な生活を守ってくれているのがクレウス様だとわかるから。

私も何かできたらいいのに。そう思うようになっていった。

◇

ああ、まただ。またこの夢。

どこまで逃げても追いかけてくる。

真っ暗な闇の中を、黒い帽子をかぶった黒い服の男がにやにや笑いながらついてくる。

その手にはきらりと光る刃が握られていて、私は振り返り振り返り必死に逃げるのに距離はどんどん縮まっていく。

必死に周りに視線を走らせても誰もいない。誰も助けてくれない。

叫びたいのに、喉が干上《ひあ》がってしまったように張り付いて声が出ない。

それどころか満足に息も吸えなくて、どんどん苦しくなっていく。

私の苦しさに反比例して、男との距離はどんどん縮まっていく。

男が昏《くら》い瞳に私を映しているのが見えるほど近づき、荒い息遣《いきづか》いまで聞こえるようになり、私はがくがくと震える足を必死に動かした。

逃げなければ。男の手の届かないところまで。

どこまでだって逃げなければ、足を動かさなければ。

私は知っている。

追いつかれてしまったら、あの刃が私を貫《つらぬ》くのだ。

誰かに殺される終わりなんてごめんだ。恋も知らず、将来のためにと蓄えた知識を活かすこともなく、育ててもらった恩を親に返すこともなく。何もかもが途上なまま、ただ悔しいと呟きながら終わっていくなんて、絶対に嫌だ。

死にたくない！

声にならない声でそう叫んだ私の腕を、ぐいっと引っ張る手があった。

暗い闇の中に薄明かりが差すのが見え、そこに向かって私はぐんぐんと引っ張り上げられていく。

「大丈夫だ」

はっとして耳を澄ませば、低い、けれどどこか懐かしいような声が聞こえた。

「ティファーナは強くなった。今なら勝てる。それにもう、一人ではない。共に戦おう。私が傍《そば》にいる」

優しく、力強く、その声は言った。

誰だろう。この声を知っている気がする。

前にもどこかで、共に戦おうと言ってくれた人がいたような――


はっとして目を開くと、そこには人の顔があった。逆光になっていて表情はよくわからないけれど、それが誰かは一瞬でわかる。

「ク……、クレウス様!?」

寝起きでかすれた声で思わず叫べば、クレウス様はすっと立ち上がり、すたすたと部屋を出ていってしまった。

「え？　あれ？　何？」

閉まった扉を呆然と眺《なが》める。まだ心臓がばくばくしていた。

見ればカーテンから漏《も》れた朝の光が部屋をうっすらと照らしていた。

クレウス様が出ていった後、廊下から珍しくバタバタと足音が聞こえて、もしかしてもう遅い時間なのかしらと体を起こす。

じっとりと汗ばんだ体は重だるかった。いつもこの夢を見た後はこうなるのだ。けれど今日は夢の途中で目覚めることができた。最後の光景を見なくて済んだ。

ほっと息を吐き出しながら、もしかして私がうなされていることに気付いたクレウス様が起こしてくれたのだろうかと気が付いた。

ふと、夢の中で聞いた声を思い出す。あれはクレウス様の声だったのだろうか。

いやいや、あんなに私に都合がよすぎることを言ってくれるだなんて、妄想力が強すぎる。

けれど、確かについさっきまで、誰かが手を握ってくれていたような気がする。それだけではない。頭も撫《な》でてくれていたような――

温もりが残る頭に触れてみる。

一体どこまでが夢だったのだろう。

ぼんやりと支度を終え、朝食へ向かった。

「今朝はサラダに、蒸した鶏を入れてくれているそうですよ」

「そのさりげなさということは、今日もクレウス様が一緒なのね？」

「はい！　……ところで、もしかして熱があるのではありませんか？」

嬉しそうに笑ったメアリーだったけれど、私の顔をちらりと見て心配そうに眉を下げる。

「いや、全然大丈夫！　風邪とかじゃないから」

クレウス様と聞いたら一気に頬に熱が集まってしまったとか、なんかもうどうしたらいいんだろう。慌てて手でパタパタと風を送るけれど、思い出してしまうともうダメだった。

「先ほどから何度も顔が赤くなっていらっしゃるので。心配です」

「大丈夫！　朝食の席につくまでにはなんとかするわ」

とは言ったものの。

気まずい。

先ほどのことはどこまでが夢だったのだろう。どんな顔をしたらいいかわからない。

クレウス様は既に朝食の席についていて、慌てて声をかける。

「おはようございます、クレウス様。いつもお待たせしてしまって申し訳ありません」

クレウス様はいつも朝が早く、私が起きた時にはベッドにその姿はない。だからこうして待たせてしまうのが心苦しいのだけれど。

「待ってはいない。私は朝から執務室で仕事をこなすのが習慣だからな」

クレウス様は淡々とそう答えた。

つまり『気にするな』と言ってくれているのだと思う。今ではクレウス様の言葉をそんな風に変換して聞いている。

ほっとしつつも、その声を聞いたらなんだか今朝のことが思い出されてしまって、私は思わずわーっと叫び出したくなってしまった。自然と頭を抱えれば、その感触が誰かの手の温もりを思い起こさせ、首から上へ熱が這い上がってしまう。

いかん。このままでは不審でしかない。

よし、一旦忘れよう！　と決めて、ふうっと息を吐き出しながら向かいの席につく。

よし、なんとかなった。

ちらりと視線を上げれば、クレウス様は何故かあらぬほうを向いていた。何かあるのだろうかと視線を追ってみたけれど、窓の向こうには鳥一匹いない。

私の視線に気が付くと、はっとしたように彼の視線が泳ぐ。

あれ。めちゃくちゃ動揺してる。

自分がついさっきまでそうだったことも忘れて、なんだか面白くなってつい観察している間に食事が運ばれてくる。

そうして小さな器のスープに目を留め、我に返った。今日は毒の日だった。

動揺していて気が付かなかったけれど、部屋の隅に控えていたセイラスがいつもより二割増しのにこにこで私を見守っていた。

「おはようございます。今日も毒、頑張って飲み干しましょうね」

ぐっと拳を握り「ファイト☆」とばかりに応援されるが、どうしても腰が引けてしまう。これまで体に異常をきたしたことはないから信頼してはいるけれど、毒への不安はいまだ薄れない。

最初の日を終えてから、スープに混ぜるのはやめてほしいと頼んだのだけれど、原液そのままでは刺激が強すぎて飲めたものではなかった。

結局、少量取り分けたスープに混ぜることに落ち着き、今日も今日とて毒入りスープは妙な色味をしている。白いはずのクリームスープが、謎の赤みを帯びている。怖い。

「今日もおいしそうね。スープ以外は」

「毒入りスープのほうも最初の毒よりは苦みが少ないかと思いますよー?」

「でもまずいんでしょうね」

セイラスはにこにこと笑ったまま否定しない。

もう何種類か試しているけれど、毒というものがおいしかったためしはない。

眼下の謎の赤いスープから目を逸《そ》らせば、気まずいクレウス様。クレウス様から目を逸《そ》らせばにこにこのセイラス。どこを見ても休まる場所がない。

思わず視線を彷徨《さまよ》わせると、ルナの姿があった。ルナは来客担当だけれど、この邸《やしき》には滅多に客がないから普段は人手の足りないところを回っている。

公爵家ともなれば使用人をたくさん雇《やと》うお金はあるけれど、厳選しているから決して人手が多いわけではない。素性《すじょう》のわからない者は雇《やと》えないし、色恋沙汰のトラブルを生みかねないからクレウス様を見て頬を赤らめるような者は門前払いなのだとスーザンから聞いて、なるほどと思った。

その代わり働きやすい環境なのか、一度勤めたら辞める者はほとんどおらず、結婚したり子供ができたりしても、休みをとってまた戻ってくる人が多いのだそうだ。

「ティファーナ」

毒入りスープから現実逃避するようにパンをちまちまとちぎっていると、唐突にクレウス様に声をかけられ、はっとした。

顔を上げれば、先ほどまで泳いでいた目が今はしっかりと固定されていた。

しかし視線は合わない。私からわずかに逸《そ》れた斜《なな》め後ろを見つめているけれど、そこには絵も何もない。

「邸《やしき》に来てから二週間ほどが経つが、少しは慣れたか?」

「みんなよくしてくれますし、家のことは大分わかってきたかと思います」

「そうか。不自由はないか」

「はい。むしろ快適です。自由にさせていただいているおかげです、ありがとうございます」

お礼を言われるとは思っていなかったのか、クレウス様の目が思わずというように私を向いた。

けれど目が合うと、はっとしたようにまたさりげなく視線を外された。

やっぱり先ほどのは現実だったのだろうか。そう思えるほどには、クレウス様を以前より身近に感じられているのだと思う。

そのせいなのかもしれない。あんな至近距離にクレウス様の顔があっても、驚いただけで恐怖を感じることはなかった。

それほど長い時を共に過ごしたわけではないのに、まだクレウス様のことなんて何もわからないのに、私はもう警戒心を持っていない。それどころか、もっと知りたいと思っている。

もっと会話が続くようになればいいと思うし、一つひとつの言葉にクレウス様の気持ちを探している。誰かにこれほど興味を持ったのは初めてのことだった。

「ティファーナ？　どうした」

気付けば穴が開くほどクレウス様を見つめてしまっていたらしい。

驚いたようにやや目を丸くして問われ、私は「いえ、なんでも」と慌てて、スプーンに手を伸ばした。

毒は、スープが冷めるとより一層苦みが際立つ。今はこの毒スープをなんとか攻略してしまおう。

そう腹を決めて、スプーンをそっと口に運んだ。途端、舌に痛みを感じた。ぴりりというレベルではない。前回よりも毒の量を増やしているせいだろう。

しかしその後に独特な苦みが喉の奥に残った。これは最初に慣らした毒ではないだろうか。別の毒を試している今、何故それを感じるのか。

そう考えてスプーンを持つ手を止めた。

「奥様？」

セイラスの声に顔を振り向けようとしたところ、頭がぐらりと傾《かし》いだ。あれ？　と思う間もなく、気付けば私は椅子から転がり落ちていた。

「ティファーナ!!」

「奥様!?」

視界がグラグラと揺れて、定まらない。

けれどその中に、クレウス様がテーブルを乗り越え駆け付けてきたのが見えた気がした。

「ティファーナ！　しっかりしろ!!」

必死な形相のクレウス様が目に映ったところで、私の意識は途切れた。


「今回の毒は主に胃腸に症状が現れるもので、たとえ量が多かったとしても口にしてすぐ倒れたり、意識が混濁するようなことは――」

「別の毒が混入されていたということか。解毒剤は？」

「残ったスープから特定します。少々お時間をいただきたい」

「一刻も早くしろ！　ロッド、スーザン、おまえたちは使用人を一か所に集めろ。互いに互いの動きを監視させよ。怪しい者は報告するように」

そんな声が聞こえていた気がする。

ふっと目を覚ますと、右手が重くて動かなかった。毒のせいだろうか、と思ったが違った。冷たい手に握られている。

「クレウス様……」

呟いた声はがさがさと耳障《みみざわ》りで。喉がひどく痛んだ。

はっとしたように私を見たクレウス様は、すぐに顔を歪《ゆが》めた。クレウス様のほうがよほど痛そうに見える。

「ティファーナ。気分はどうだ」

いつの間にか寝室に運ばれていたらしい。

クレウス様に背を支えられて起き上がり、水の入ったコップを受け取る。少し口に含むと、からからに渇いていた口内が潤《うるお》い、ほっとする。

「なんとか、大丈夫そうです」

がさがさの声は少しマシになったけれど、クレウス様はさらに顔を歪《ゆが》めた。

どうしてそんなに泣きそうな顔をしているのだろう。私が毒に倒れたことを、誰よりも嘆《なげ》いてくれている。

やはりクレウス様は優しい人だ。自分が狙われ続けてきたからこそ、その苦痛もわかるのだろう。だからこそ、心を痛めてくれるのだろう。

安心させたくて口を開こうとすると、首を振って止められた。

「無理に喋らなくていい。ゆっくり休め」

背を支えながら、再びそっと寝かせてくれる。その手を、嫌だとは思わなかった。私は人に触れられるのが苦手だった。家族以外には近づかれるのも好きではない。だからこれまでは、弱っている時に誰かに傍《そば》にいられるのも嫌だったのに。

いつの間にか、『家族』になっていたんだろうか。

安心して傍《そば》にいられるほどに。

そんなことをぼんやりと考えながら、私はまたうつらうつらと眠りに落ちていった。


どれだけ眠ったのだろう。実はそんなに時間は経っていないのかもしれない。

時折聞こえる声に、私の意識はまた浮上しかけていた。

「犯人は誰だ！　セイラスではないのだろう？」

苛々としたクレウス様の声に答えたのはロッドだ。

「はい。これまで通り邸《やしき》に入る前に所持品はすべて調べておりますから。慣らしに使用する以外の毒は持ち込んでおりませんし、量も計算された通りです」

なるほど。こういう時に疑われてしまわないように、そういう取り決めをしているのだろう。

「毒の日に仕掛けたということは、セイラスに罪をかぶせるつもりだったのだろう。犯人は使用人の中にいるはずだ。ティファーナを快く思っていない奴に心当たりはないのか？」

「いえ、それが――」

言いにくそうに口ごもっているのは、ロッドの声だ。

「なんだ。はっきり言え！」

珍しく声を荒らげるクレウス様に、ロッドが慌てて答える。

「まだ確証は持てていないのですが」

「ルナが気になるんでしょ」

すたっ、と下り立つ音と同時に、シリスの声が聞こえる。

「ルナが……？　何かあったのか」

「何、ってことじゃないんだけど。なんとなぁく、だね」

「はい……。他の使用人から話を聞いても特に悪い評判もありません。ただ、時折奥様に対しての言動が気になることがありまして」

私のことをズルいとか、何かもやっとするようなことをルナが呟いていたのをロッドも聞いたことがあるようだ。けれど普段はルナから恨《うら》まれているとかそういったことは感じないし、仕事もきちんとしてくれていた。

「ルナはティファーナが嫁《とつ》いでくるのにあわせて新たに雇《やと》ったうちの一人だったな。出自にも疑わしいところはなかったはずだ」

「はい。最初はクレウス様にも特段興味を持っていないようだったのですが、だんだんと様子が変わっていきまして……旦那様への好意というよりは、大事にされている奥様に嫉妬しているようでした」

「明らかに腹に一物抱えてる顔してたもんね。だからオレもあの侍女のことは軽く気にしてたけど、最近よく外出してたよ」

「そういえば、そうですね」

シリスの言葉にロッドが思い出したように返せば、部屋が静まり返った。

痛いほどの沈黙を破ったのは、クレウス様の声だった。

「もう誰も信用などできん。どんなに慎重に選んでも、人間がどう変わってしまうかまではわからないのだからな」

その声からは色が失われていた。

怒りを胸に沈ませたまま、ただ事実だけを告げるように、淡々と放たれた言葉。

胸が痛んだ。クレウス様の心が死んでいくみたいで、たまらなくなった。

ぼんやりしていた頭がはっきりしてきて、私はそっと目を開けた。まだうすぼんやりとした視界に、クレウス様とロッドの姿が見える。

「今後はこのようなことのないように、一層使用人たちの管理を厳しく――」

「いや。もういい」

感情もなく遮《さえぎ》る声に、ロッドの言葉がぴたりと止まる。

その後に続いたクレウス様の声は、息も止まるような冷たさだった。

「全員解雇だ。ロッドも、スーザンも、他の使用人たちもすべて、クビだ。もう誰のことも信用できん」

わずかな間の後に、ロッドが息を呑む気配がした。

私は必死に、「待って……」と痛む喉から声を押し出した。けれど、ロッドの絶望したような声に掻《か》き消されてクレウス様には届かない。

「そんな、旦那様――!」

「今も名乗り出ないでいるということは、逃れる気でいるのだ。平気な顔で嘘をついている。他の使用人たちも内心では何を考えているかなどわからん。誰も信じられん」

声にも、顔にも。なんの感情もない。

けれどそれは悲痛な叫びだった。心をえぐられるようだった。

だから私は、必死に声を絞り出した。

「クレウス様……！　お待ちください！」

「――すまない。起こしてしまったか」

はっとしたように振り返ったクレウス様の顔には、苦しげな色ばかりがあった。

「クレウス様。全員を解雇するなど、おやめください」

私の言葉に、ロッドが痛ましげに顔を歪《ゆが》める。

ロッドがこれまでどれだけクレウス様のことを思い、仕事にあたってきたのか、ここに来たばかりの私にだってわかる。スーザンも、メアリーも、多くの使用人たちがクレウス様と私のために仕えてくれている。

「疑わしきはすべて排除しなければならない」

「いいえ。敵が多いからこそ、味方を多く持つべきです」

喉の痛みを堪《こら》えてじっとクレウス様を見つめると、その瞳は揺れていた。それでも首を振り、続けた。

「共に働いていながら同僚を止めることができなかった使用人たちにも咎《とが》はある」

「それならば、お邸《やしき》のことをクレウス様から任されている私もまったく気が付きませんでしたし、止めることもできませんでした。私も公爵夫人という役目を返上しなければなりませんか」

「それはならん!」

強く否定され、心からほっとした。

「ええ。私も嫌です」

そう返すとクレウス様は、何故か泣きそうな顔をした。

クレウス様はちゃんと私の言葉を聞いてくれている。その手ごたえを感じて、私は続けた。

「鍛えたこの身を期待されて妻となったのに、こうして倒れてしまった私が言えることではありません。でも失敗することがあるからこそ、味方は必要だと思うのです」

努めて冷静に振る舞う私をクレウス様のアイスブルーの瞳がじっと見ていた。

「この邸《やしき》にはクレウス様の敵よりも味方のほうが多いはずで、それを失うのは損失にほかなりません。信頼は一朝一夕で築けるものではありませんから、人を入れ替えればよりリスクは高まります。たとえ心変わりしそうになったり、誰かに唆《そそのか》されたりすることがあったとしても、その時にその人を踏みとどまらせるのは情なのではないでしょうか」

「……情などにとらわれると、足元を掬《すく》われる。それを嫌というほど知っている」

顔色も変えずに言われたその言葉に、胸が痛む。

これまでもこうしてこの人は戦ってきたのだ。ずっと、一人で。

私は一度きゅっと唇を引き結んで、クレウス様の揺れる瞳を覗《のぞ》き込んだ。

「確かに誰が犯人かを見極める際に情は排除せねばなりません。しかし大多数の使用人たちは、突然嫁《とつ》いできた私によくしてくれました。それぞれがクレウス様のことを思って行動してくれているのが私にもわかります。それらは得難いものではないでしょうか」

「それでも――」

言いかけたクレウス様の声を優しく遮《さえぎ》り、言葉をかぶせた。

「それでも。一人ひとりともう一度向き合って、その結果裏切られたのなら、それは自分の見る目がなかっただけと思えるじゃないですか。そのほうが、『じゃあ、しょうがないか！』って思えません？　どうせいつか死ぬのなら、私は悔いなく死にたいです」

人を見る目に絶対も完璧もない。

だけど自棄《やけ》みたいに使用人たちを解雇したら、誰よりもクレウス様自身が深く後悔するだろうことは、私にだってわかる。

瞳を揺らしていたクレウス様をじっと見つめる。クレウス様は唇を噛みしめ、そっと目を閉じた。

やがて困ったように笑みを浮かべた。

「ティファーナにはかなわないな」

それは、唇の端をほんの少し歪《ゆが》める程度の小さな動きで、そこから感情を窺《うかが》うのも難しいほどのわずかな変化だったけれど。

確かにクレウス様は笑った。その表情は苦かったけれど、それでも。

初めて、クレウス様が笑ったのを見た。そう思ったら、私は自然と笑っていた。

そんな私を驚いたように見て、それからクレウス様も小さく笑った。

今度は苦笑じゃない。

柔らかく、ふっとほぐれるみたいな笑みだった。

美しい人が笑ったら、見た人の目も心臓も吹き飛んでしまいそうなほどの衝撃がやってくるのだと、私は初めて知った。

心臓がばくばくして痛い。

顔が熱くて、破裂しそうだ。

美しい人だから？　いや違う。こんなにも嬉しいと思うのは、きっと、その笑顔を見てみたいと思っていた人だからだ。

そして。

形ばかりの夫婦だった私たち二人の間に笑みの連鎖が起きたことが、何よりも嬉しかったのだ。

少しだけ心が通い合ったような、そんな気がしたから。

犯人は何種類もの毒を混入させていたらしく、毒の特定にも解毒にもかなりの時間がかかった。解毒薬が見つからないものにできるのは対症療法のみで、頼れるものは私の体力だけだった。

私がこれまでに慣らした毒を知っているのは、セイラスとロッド、それからクレウス様だけ。

スーザンにすら知らせていないほど厳重にその情報を管理していたのは、慣らしていない毒を盛られないためだ。

今回は、使われた毒の多くがこれまでに慣らした毒と同じ系統のものだったおかげで、大事には至らずに済んだ。

胸中で文句を言いながらも耐え抜いたあの辛く苦い毒の訓練は、無駄ではなかったのだ。

結局あの後も私は三日ほど朦朧《もうろう》としたまま寝込んでいたらしい。今朝やっとはっきり目覚め、あとは何度かぶり返す熱が残るだけとなった。

その熱も毒に対する体の防御反応だとセイラスは言ったけれど、クレウス様の顔を見るたびに熱が上がってしまうので、面会謝絶となった。

クレウス様は「何故私だけダメなのか。今日もダメなのか」と不満げにしながら、ここにことしたセイラスに追い出されていた。

たくさん寝たおかげか今日は気分もよく、体を起こしていても平気だった。

「ねえ、ロッド。クレウス様は大丈夫かしら。後処理も一人でなさっているそうだし、お仕事も全部持ち帰ってきているんでしょう？」

「ええ。ですが、寝食は疎《おろそ》かにされておりませんし、顔色も悪くはありませんので、今のところは心配ないかと思いますよ」

「そう。それならよかったわ」

ほっとして頬を緩めれば、ロッドがお茶を渡してくれた。

「ありがとう。ねえロッド。今回のこと……誰のしたことか、わかったの？」

お茶を受け取り訊《たず》ねると、ロッドは沈痛な面持ちで答えた。

「はい。やはりルナでした。役人が到着するまで私とスーザンが交代で監視をしております」

もしかして、とは思っていたけれど、いざその名を耳にすると気持ちが沈む。

気になる発言はあったものの普通に接していたのに。何故殺意を抱くようになったのかと、どうしても考えてしまう。

「セレソニーク侯爵令嬢の花もそうでしたが、毒というのは意外と身近にあるそうでして。ただ、その知識も、これほどの種類を集めるのも、ルナ一人でしたこととは思えず気にかかっております」

「協力者がいるということ？」

「はい。自分がやったと認めたものの、詳細については口をつぐんでおりますが……。使用人たちからそれらしい情報は得られませんでしたし、これといって怪しい者もおりませんでした。来客担当のルナは外の方と接する機会も多くありましたし、近頃外出も多かったので、疑うべきはそちらかと。ただ、外部との接触が多いため、まだ絞り込めていないのですが」

「なるほど。だとすると、何度も外出していたのは撹乱《かくらん》のためだったという可能性もあるわね。目的の場所を悟られないようにするために」

「……確かに」

「ただ、その場合、協力者を隠さなければならない理由があるということかしら」

自分の勝手でしたことだから巻き込みたくないとか、そういうことを考えるタイプには思えない。そもそもそんなことを考える人間は毒殺を企《たくら》んだりはしないだろう。隠さねば不利益を被るか、あるいは大事な相手を庇《かば》いたいのか。

私の意図を察したのか、ロッドが頷《うなず》く。

「クレウス様もまず身内をお疑いになられていました。それでルナの母親を訪《たず》ねたのですが、既に姿がなく。近所の方に話を聞いたところ、その数日前に『娘の知人』だと名乗る者がやってきたそうなんです」

その知人はルナの伝言と金を渡し去っていったそうだが、母親はそれを持って早々に引っ越したのだという。その金で店を出すと言って。

「行き先は誰も聞いておらず、一週間後に出ていくという話だったのに、翌日にはもう姿がなかったと言っていました」

もしかしたら罪が露見した時のことを見越して、母親を遠くにやったのだろうか。噂《うわさ》が流れれば、そこで暮らしていきにくくなるから。

だがそれだけ大事に思う親なら、お金を他人に託して、自分は直接会わないというのも妙な話だ。

「わからないことは多いけれど、そんな念入りに計画するほど憎まれていたとはね」

「いいえ。奥様がどうというより、ルナは自分が公爵夫人になりたかったのだそうです」

その言葉に私は驚いた。

「え……。でもルナは」

言い淀《よど》むと、ロッドは頷《うなず》いた。

「はい。雇《やと》うのを決めた時も、旦那様のような、人を愛さない人には興味がないと言っていたのですが――。ルナが伯爵である父親の結婚で家を追い出されたという話はご存じですか？」

「ええ」

だから私の結婚に対して、道具として求められるのはかわいそうだとか言っていたのだと思うのだけれど。それが何故クレウス様の妻になりたがったのだろうか。

ロッドは床に視線を落とし、続けた。

「愛のある結婚をしたかったのだそうです。愛されてさえいれば、家を追い出されたり、浮気されたりもしない、と」

「――それで何故クレウス様だったのかしら。平穏とはほど遠いことはルナもわかっていたでしょうに」

シルキー様が仕掛けてくるのもその目で見ていたはずだ。安定を求めている人間にとって、好ましい環境とはとても思えない。

「最近の旦那様が、表情豊かになったからです。冷たい人ではない、愛のある人だと思った、と」

ルナはクレウス様に恋心を抱いてしまったのだろうか。だから周りがよく見えなくなってしまった、とか。

「だとしても、何故一線を越えるまでいってしまったのかしらね」

理由を聞けば納得する面もあれど、どこかもやもやとしたものが残る。何かルナが正常に考えられないほど追い詰められていたように感じてしまう。まるで、高いところから誰かに背を押されて転げ落ちたかのように。

「実行に移すことを決意したのは、あの日の朝だったそうです。旦那様が顔を赤らめながら寝室から出てくるところを目にして、その、奥様と何かあったと思ったようで……。衝動的にクレウス様が欲しいと、そう思ったのだそうです」

あの日の朝？　何かあっただろうかと思い返して、はたと止まった。

いつもの夢を見て、起きたら目の前にクレウス様がいた、あの日だ。

平然として見えたけれど、急に私が起きてクレウス様も恥ずかしくなったのだろうか。

何故だか、顔が熱くなってくる。

けれど、ルナの気持ちを考えるとそれは急速に冷えていった。

ルナの気持ちを推し量ることはできても、完全に理解することはできない。

人を好きになったり、何かを欲しいと強く望んだりすると、自分でも気付かぬうちにどこかに歪《ひず》みが生じて、とても理性的とは言えない行動をしてしまうものなのかもしれない。

しかしそう割り切って終わらせてしまえないような、何かが胸の中に引っかかった。

ずっとしこりが残りそうだ。

クレウス様もずっとこんな思いをしてきたのだろうか。そう思うと一層やりきれなかった。

「クレウス様は仕事上の恨《うら》みを買うだけでなく、こうして色恋沙汰に巻き込まれては危険に晒《さら》されてきたのね」

漠然とそうなのだろうとは思っていたけれど、渦中に置かれて身に沁《し》みた。

クレウス様が無表情なのはそのせいもあるのかもしれない。綺麗な人が微笑めば、誰だって嬉しくなるから。

今は私にもそれがわかる。

「はい。元々大変お優しい方ですから。狙われるたび、裏切りに遭《あ》うたび、旦那様は一人で苦しまれてきました。そうしてどんどんそのお心も顔も、硬くなっていったのです」

それを見てきたロッドも、辛かったことだろうと思う。元のクレウス様を知っているからこそ、歯痒《はがゆ》く、なんとかしてやりたいと思ったことだろう。ロッドの顔にも言葉にも、その苦悩がありありと見えた。

「そうよね。そのたびにあれほどお怒りになり、自棄《やけ》になっていたのでは、クレウス様の心がもたないわ」

思い返して顔を歪《ゆが》めた私に、ロッドは、「ああ」と眉を下げ、少しだけ笑みを浮かべた。

「今回は狙われたのが奥様だったからですよ。旦那様はもう、ご自身が狙われてもあのように冷静さを失うことなどありません。それに、あそこまで取り乱した旦那様は私も初めて見ました」

「そうなの？」

「はい」

何故かロッドは少しだけ困ったように笑った。

◇

その夜、私は夢を見た。

いつものあの追いかけられる夢じゃない。耳に聞こえてくるのは、ぶん、ぶんという音。

その音の主は、金髪の女の子。子供用の短い木剣を一心に振っている。

あれは、子供の頃の私だ。

場所はどこか見覚えのある裏庭のようなところで、表ではガーデンパーティでもしているのか、遠くから話し声や笑い声が聞こえていた。

そこにぽつりと声が響いた。

「何をしてるの?」

現れたのは、黒い髪の男の子。艶々《つやつや》としたその髪には天使の輪ができていて、子供らしい丸みの残る頬は色白だった。

一目でどこぞの令息だとわかるその子は、アイスブルーの瞳でじっと幼い私を見ている。

俯瞰《ふかん》で見ていたはずの私は、いつの間にか夢の中の幼い私になって木剣を振っていた。

「死なないように」

――ぶんっ
「鍛えてるの!」

――ぶん。

素振りの合間に答えると、男の子は首を傾《かし》げた。

「もしかして病弱なの？　だから運動して体力をつけている、とか」

「切っ先はまっすぐ！　先手必勝、一撃必殺！」

びしり、と木剣を止めると、幼い私は額の汗を拭《ぬぐ》い、男の子を振り返った。

「え、何か言った？　ごめん、聞こえなかった」

彼の顔はぽかんとしていて、目が合うとその視線はおどおどと彷徨《さまよ》った。

戸惑うのも無理はない。ここは貴族のお邸《やしき》の裏庭で、現在はパーティの真っ最中なのだから。

しかも迷いなくこの裏庭にやってきたことを考えると、この邸《やしき》の子なのかもしれない。

それならなおさら一体こんなところで何をしてるのかと疑問に思うだろう。

だから幼い私は親切のつもりで答えた。汗を拭《ふ》き終えて、次のセットを開始しながら。

「パーティなんて、出てる場合じゃ、ないのよ。こんな小さな体で、戦ったって、大人にはまともに、勝てっこないんだから。今すぐにでも、強くならなくちゃ。二度と死んで後悔したくないもの」

だから馬車に木剣を忍ばせ、パーティを抜け出し、ここでこうして己の筋肉と剣と向き合っていたのだ。

しかし男の子は「わからない」という顔で眉を寄せていた。完全に困惑している。

まあ、それも無理はない。

何故そこまで必死になるのか、理解できないのだろう。他の女の子たちは大人に連れられつまらなそうにしているか、子供たちだけでグループになって小さな社交場を作っている中、まったく別方向に努力を傾《かたむ》ける意味がわからないに違いない。

「二十六、二十七、これで、通して、さんびゃく！」

三十回を十セット決めた最後はびしりと切っ先を止めて、私は剣を振るのをやめた。

小さな体ではすぐに体力の限界がくるのがもどかしいけれど、汗をかくのは気持ちがいい。

息を切らしながら、少し遠目に見ていた男の子にすたすた歩み寄る。

そうして「はいっ」と木剣を差し出した。

「あなたもやる？　木剣でも素手の暴漢くらいだったら倒せるよ」

そう言って自らの熱で上気した頬で、にっと笑んだ。

男の子は意表を突かれたように驚きながらも、口を開く。

「そんなことをしたって無意味だ。死ぬ時は死ぬ。うちはいろんな人に恨《うら》まれてるから、どうせ僕もすぐに殺されてしまう。君も言った通り、大人になんて勝てないんだから」

「だから鍛えるんじゃない」

心底わからなくて、私は首を傾《かし》げた。すると男の子はむっとしたように言い返す。

「どうせいつかはみんな死ぬんだ。だったら同じことだろ」

「同じじゃないわ。殺されてみなさいよ、悔しくて悔しくてもう素振り千回したってスッキリできないから。そもそも死んだら素振りも復讐もできないのよ。私はもう、理不尽に殺されるなんて嫌なの。絶対一矢報いてやるわ。死ぬなら相打《あいう》ちよ。転んだってただでは起きないんだから！」

腰に手を当て、ふんす！　と鼻息荒く宣言した私を、男の子はただじっと見つめた。

私は「絶対に死なない」なんてことはないと知っている。勝てない相手がいることも既に知っている。

それでもただ怯えて暮らすのなんて馬鹿馬鹿しいから、すぐに陥《おちい》りそうになる絶望を横にうっちゃっては、こうして剣を取るのだ。

男の子はぽつりと呟いた。

「どうせ死ぬのだから、頑張っても意味がないと思っていた。でも、君を見ていたら、頑張らないほうが馬鹿みたいだ」

「でしょ？」

「僕はまだ生きているのに、やれることをせずに、ただ時間を浪費していた。そんな当たり前のことを、僕はまともに考えられなくなっていたのかもしれない」

とても大人びた子だと思った。それに、共感してくれるなんて珍しかった。だから嬉しくて、私はもう一度手にしていた木剣を差し出した。

「じゃあ、一緒にやろ！」

けれど、彼は少しだけ目を優しく緩めて、笑った。

「やらない。僕の武器は剣じゃないから。それに一本しかない君の木剣を奪ってしまいたくはない。まだ練習するんだろう？」

確かに彼の腕は細くて、今ここで剣を振っても体が持っていかれてしまいそうだった。きっと彼には彼の戦い方があるのだろう。

「うん。私はパーティが終わるまで頑張るつもり。もしくはお母様に見つかるまで」

声を潜《ひそ》めると、男の子は思わずというように笑った。

その笑みに、今更声を潜《ひそ》めたって遅いのだと気が付いて、ちょっと恥ずかしくなる。

「うん、決めた。僕も戦うよ。やられるだけだなんて、そんなの黙って受け入れる義理もないものね」

「そうそう、死んでからじゃどんなに悔しくても倍返しはできないのよ。だから生きてるうちに一太刀浴びせないとね！」

剣呑なことを晴れやかに言えば、彼が腹の底から弾《はじ》けるように笑った。

彼も私と同じ、死の恐怖に怯えていたのかもしれない。

彼は同志だ。そう思ったら、自然と訊《たず》ねていた。

「ねえ、友達にならない？」

彼はまん丸に目を見開いて、それからぽつりと呟いた。

「僕も、君とずっと一緒にいたい」

「本当？　それなら……」

しかし彼はすぐに首を振り、視線を落とした。

「でもそれはダメなんだ。君を巻き込んでしまう。だから僕は、君とは友達になれない」

「どうして？　せっかくわかり合えそうなのに」

がっかりした気持ちが隠せない。

「今はまだ、ダメなんだ。もっと大きくなって、きっと僕は今のこの家を変える。安心して暮らせるように、恨《うら》みを買ったりしないようなやり方を考えなくちゃいけないんだ」

ぎゅっと固く握り締めた手には、決意が滲《にじ》んでいた。

彼は同志だ。だから応援してあげなくてはいけない。

「わかったわ。お互いに頑張りましょう」

「僕は君を守れるくらいに強くなるよ。だから」

「あ、それはいらない」

「え？」

「私は自分の命を守るために誰かを傷つけたくはない。だから他人に守られたくはないの。自分のことは自分で守るわ。そのために鍛えてるんだから」

にっと笑って彼を見れば、ぽかんとした顔に次第に笑みが浮かんだ。

「それなら、共に戦おう。僕が大人になるまで君には会えないと思うけど、でもきっと見守ってるから。君が困った時には、助けに行くよ」

「それなら私も、あなたが困っている時は助けるわ。友達になれなくても、一緒にいられなくても、何がなんでも生き抜くっていう志を持つ限り、私たちは同志なんだから」

彼が笑った顔に、アイスブルーの瞳がよく映《は》えた。

綺麗な笑顔だった。

彼がずっとそうして笑っていられればいいなと、そう思った。

◇

目が覚めて、ぼんやりと天井を見つめた。

見覚えのあるあの庭は、今毎日私が素振りをしているレイファン公爵邸の裏庭だった。

「クレウス様……だったのね」

クレウス様はあの時のことを覚えているのだろうか。でも一度もそんな話をされたことはない。私だって今の今まで忘れていたくらいだ。あれ以来会った記憶もないから、クレウス様ももう覚えていなくても無理はない。

今だって、はっきりと目が覚めるにつれて夢の内容はどんどん零《こぼ》れ落ちていき、細かい会話はもう覚えていない。

けれどあの時のクレウス様には困ったり、唖然《あぜん》としたり、笑ったり、子供らしい素直な表情があった。

あれから、私には想像も及ばないような辛いことや大変なことがあったのかもしれない。そうしてロッドが言っていたように、どんどん心も顔も硬くなってしまったのだろう。

あの綺麗な笑顔を思い出す。それから、大人になったクレウス様のほぐれるような、あの笑みを。

またあんな風に笑ってほしい。そう思った。

ここ数日、クレウス様を見るとなんだかもどかしいような、胸がぎゅっとなるような、そわそわとして落ち着かないような、そんな気持ちになることがあった。それがなんだったのか、幼い頃の夢を見てわかった気がした。

私はクレウス様の味方になりたいのだ。ずっと一人で戦ってきたクレウス様を、支えたい。私たちは同志だから。

私が夢を見てうなされている時に、クレウス様がそこから引っ張り上げてくれたように。

硬くなってしまったクレウス様の心と顔が、自然な柔らかさを取り戻せるように。

これまでただ死なないことを目的に生きてきた。振り返れば、生きることだけに必死すぎて、自分の人生は空っぽだったのではないかと思ってしまった。

人生を楽しみたいから生きたかったはずなのに、いつの間にか死なないことが目的になってしまっていた。これでは本末転倒だ。

もっと、二人笑い合って過ごせるようになりたい。私たちはせっかく長い時を共に過ごす夫婦となったのだから。

そのために私は何ができるだろう。ベッドに一人横になりながら、ずっとそんなことを考えていた。

# 第三章　笑わぬなら　笑わせてみせよう　旦那様

ルナは公爵夫人を害そうとした罪を問われることとなり、役人に引き渡された。

クレウス様は改めて使用人一人ひとりと面談をしたけれど、共犯を疑われる者はいなかった。

それだけではなく、クレウス様や私に害意を抱いていそうな者はいないと判断された。ロッドも、スーザンも、メアリーも他の使用人たちも、クレウス様の出したその結論に心底からほっと胸を撫《な》で下ろし、改めてクレウス様のために努めると誓った。

信じてもらったこと。それがさらなる信頼へ繋がったのだ。まさに『雨降って地固まる』だ。

すっかり回復した私も、改めて使用人一人ひとりと話をした。とは言っても、クレウス様のように一人ずつ呼んで面談したのではない。

邸《やしき》のことをもっと知りたかったから、仕事している様子を見せてもらいつつ、話を聞かせてもらったのだ。

その最後の一人がスーザン。

侍女頭であるスーザンはいつも忙《いそが》しく動き回っていたから、無理矢理つかまえて私の部屋でお茶をした。

「みんなと話をしていてより実感したことがあるわ」

「なんでしょうか、奥様」

さほど興味もないような平坦な声音が返ってくる。けれどこれがスーザンにとっての通常営業なのだ。私も既に慣れた。

「クレウス様って、みんなからとっても慕《した》われてるわよね」

「当然でございます」

言葉どおり、まさに当然のように答えるところがすごいと思う。

私の父について、フィリエント伯爵家の使用人たちに同じように問いかけたら、曖昧な笑みが返ってきそうだ。

「ルナと数名は、ご結婚が決まったために新たに雇《やと》ったのですが、他の者たちは勤めて長い者ばかりです。旦那様が使用人思いであることも、常に労働環境を改善し、何かと気にかけてくださっていることも存じています」

主《あるじ》に似て顔色をあまり変えないスーザンだけれど、クレウス様のことを語るその様はどこか誇《ほこ》らしげだった。

クレウス様が妻を迎え入れたことを使用人たちが喜び、何も知らぬ私を何かとフォローしてくれていたのも、期待の表れだったのだと思う。

当主としてクレウス様が抱えているものを半分受け持ち、他人からの害意で心身共に疲弊《ひへい》しているクレウス様を癒《いや》してほしいと、そう思っていたのだと思う。

今となっては、それは私の願いでもある。だが問題があった。

「ねえ。スーザン。クレウス様の支えになるにはどうしたらいいのかしら。肉弾戦しか役に立つ方法が見つからないのだけれど、あまり出番もなくて」

理想像を思い描くことはできても、具体的にどうしたらいいかがまったくわからなかった。

「今でも十分奥様は支えになってくださっているかと思いますが――。まず、そう思い至った経緯をお聞きしてもよろしいですか？　奥様は一人で考え込まれると少々斜《なな》め上の結論に辿《たど》り着かれることがありますので、根本的なお悩みをお聞きしたほうがお力になれるかと」

確かに。さすが年の功といったところか、まだ付き合いはそれほど長くないのに私をよく見抜いている。

私は『支える』に至った思考を順を追って話した。

「せっかく夫婦になったんだし、お互いの人生を豊かに生きるために笑い合って過ごせるように、クレウス様の味方になりたいなと思ったのよ。そのためには、まずクレウス様に心を開いてもらわないといけないでしょう。さらにそのためには、クレウス様に心身の余裕がなければならない。ということで、妻としてクレウス様を支えて、心がほぐれるようにしたいなと思ったわけなのよ」

「なるほど。奥様にしてはなかなかまっとうな思考かもしれません。ただ、だとしたら肉弾戦は逆効果以外の何物でもありません」

「他に私に特技なんてないのに……絶望だわ。具体的にどうしたらいいかしら」

スーザンとの面談だったのに、うっかり私のお悩み相談室になっていることに気が付いた。けれど正直私は手詰まりだった。短期間ながら私のことをここまで見抜いていて、かつクレウス様のことを幼い頃からよく知るスーザンだからこそ、知恵を賜《たまわ》りたい。

縋《すが》るようにスーザンを見つめると、なんてことないように答えが返ってきた。

「そうですね。ただ寄り添ってさしあげればよろしいのではないでしょうか」

「だから、どうしたらクレウス様の心に寄り添えるのかしら」

「物理ではいかがですか?」

「物理って。肉弾戦？」

「それは先ほど違うと申し上げましたよね」

そうでした。つい得意なほうへ思考が逃げる。

「心で寄り添おうとしてもそれが伝わらなければ意味がありません。ですから物理的にクレウス様に寄り掛かるなどしてみてはいかがかと申し上げたのです」

「なるほど。って、それじゃ私が甘えてるだけじゃない」

「甘えてさしあげるのも手だと私は思いますが」

「ええ？　重荷でしょ？」

まったく理解できなくて眉を寄せると、スーザンはわずかに苦笑した。

「奥様。身体的距離は心理的距離をも表すのです。ただ傍《そば》にいて、味方であると示す。それだけでも人は救われることがありますよ」

「味方であると、示す……身体的距離……」

「そうです。つまりは身体的接触と言い換えてもいいでしょう」

つまりはボディタッチということか。一番苦手なのがきた。

私はあわあわとしながらスーザンに縋《すが》りついた。

「他は？　もっとこう、初心者向けの」

「ではそのまま『味方になりたいです』と宣言されたらいかがです？」

ため息は吐かれていない。けれどスーザンがなんとなく投げやりになっているのがわかった。

それはそうだ。自分から聞いておきながら、あれもこれも文句をつけているのだから。

しかし私はもごもごと返すことしかできない。

「いや、あの、それもそうだけど……。口だけで言われても、『で？』って感じよね」

中身が伴《ともな》わなければ意味がないというか、急に言われても信じられないのでは。

そう思ったのだけれど、スーザンはもはやそっけなく「では物理で攻めるしかないのでは？」と最初に戻ってしまった。

うーん。これはスーザンの言う通りだ。自分で決めたのだから、ここで逃げるわけにはいかない。

それに、これまで何度か些細《ささい》な接触があったけれど、嫌だと思ったことはなかった。共に過ごす中で安心感を覚えているからかもしれない。同じベッドに寝ていても触れてきたりしないし、私が壁を作っていることに気が付くと、すっと距離をとってくれるような人だから。

そう思うとやれる気がしてくる。

「よし。やってみるわ。ありがとう、スーザン」

勢い込んでそう答えた私に、スーザンは本当に大丈夫だろうかというような目を向けているような気がしたけれど、まあ、やってみなければわからない。

実行あるのみだ。

私はまず『隣に立つ』を目標に掲げた。これなら初心者でもいけるだろう。

そう思ったのだが、いざ帰ってきたクレウス様に近づこうにも、自然な近づき方がわからない。

これまで避《さ》けたり逃げたりしたことはあれど、自分から近寄ろうとしたことなどないから。

そこで急遽《きゅうきょ》私は目標を『ソファで隣に座る』に変更した。

食後の恒例となっている『今日何があったか事務連絡的に報告する定例会』というティータイムで、並んだティーカップとクレウス様を前に、じっとタイミングを見計らう。

しかし、それがぽっかりと空いているクレウス様の隣を睨《にら》みつける格好となってしまった。

「どうした。もしかして、こちらのソファのほうがよかったか」

立ち上がりかけたクレウス様を慌てて止める。

「いえ!?　そうではありません！　座ってください！　ソファなんてどこでも同じですから」

失言だった。自ら機会を潰《つぶ》した。小麦が粉になるくらいごりごりに。

「ではどうした？　何か気に入らないことでもあったか。そう睨《にら》まれても私にはティファーナの思っていることなどわからない。悪いが、言葉にして言ってくれないか」

どこか途方に暮れたように言われて、まったくの逆効果に慌てた。

「いえ、あの、違うんです！　これはですね、えーと」

「それほど言いにくいことなのか」

「確かに言いにくい。言いにくくはあるんですけど」

「もしや」

はっとしてクレウス様が口元を片手で覆《おお》い隠す。

「あ、いえ、歯に青菜がついているとかではないです！」

この後弁解するのにかなりの時間を使った。

ロクに人とコミュニケーションのとれない人間には、このミッションを完遂《かんすい》するのはかなり困難であると身に沁《し》みた。

次に目標としたのは、『手に触れる』だ。

本来なら手を繋ぐぐらいのことをしたかったが、それはさすがにハードルが高すぎる。だが小説や物語で、相手の手を取り信頼を示すシーンというのはよく見かけるから、心と直結したものとしての象徴なのだろう。これは実践する価値がある。

そう思ったのだが。

いつそれをすればいいのか。その大きな難題が私を苦しめた。

結果として私は、朝食の席からお見送り、お出迎えからまた食後の定例会までずっとそわそわと機を窺《うかが》い、クレウス様とその手とを交互に見つめ続けることになってしまった。

だが今度は抜かりない。正面からだとハードルが高いし、またクレウス様を困惑させてしまうから、背中から狙うことにしたのだ。これで余計な心配はいらない。

しかし食後のお茶定例会を終え、廊下で前を歩いていたクレウス様が急に振り返ると、そこには昨日よりも一層困ったような顔があった。

いや。それだけではない。そこには苦悩が滲《にじ》んでいた。

「ティファーナ……。頼む。正直に言ってくれ。ずっと何があるのかと気が気ではない。

決して怒ったり気分を害したりしないと誓うから、もう言ってくれないか」

「え⁉　な、何がですか」

「そんなに睨《にら》まれていては、気が狂ってしまいそうだ」

気付かれていたのか。考えてみれば常日頃から命を狙われているのだから、視線には敏感なのだろうし、そんな人がずっと視線を張り付けられていたら神経がおかしくもなる。

またもや失敗した。失敗どころか確実に穴を掘っている。昨日よりもさらに深く。

「も、申し訳ありません！　ただ私は、あの……」

「いや、やはりいい。それほど躊躇《ためら》われると聞くのが怖くなってきた」

ええ⁉　もはや弁解もできない。どん詰まりどころか作戦実行前よりも状況は悪くなっている。

これでは不審でしかないし、不信にもなる。けれどどう挽回すればいいのかも思いつかない。

真っ白になって固まる私に、クレウス様は小さく息を吐いた。

「ティファーナ。私が嫌ならば、無理をすることはない。食事も、お茶も、付き合わせて悪かった」

「違います！　そうじゃありません！　私は、どうしたらクレウス様を支えられるかと作戦を立てていただけで――」

勢い込んで口にすれば、クレウス様は面食らったようにわずかに目を見開き、けれどすぐに小さく苦笑した。

「そういうことだったのか。何故そのような思いに至ったのかはわからないが、それならもう十分だ。傍《そば》にいてくれるだけでよい」

さすがスーザンはクレウス様をよくわかっていたということだ。

しかし私は焦った。そうではなくて、現状よりももっと仲を深めたいのだ。このままではなく、もっと――

「ええと、ですから、もっとこう、信頼していただけるようにと」

「私は既にティファーナを信頼している。そうでなければ妻になどしない」

確かにそれはそうかもしれない。妻は寝首をかける距離にいるのだから。

まっすぐに見つめられてあわあわと視線を床に落としながら、そうか、クレウス様はもう私を信頼してくれているのか、と胸が温かくなるのを感じた。

けれど、私たちの間にまだ距離があることは確かだ。

もっと、気楽に笑い合えるような関係になりたい。それが遠くても、一歩ずつ歩み寄っていきたいのだ。

「ありがとう……ございます」

そう答えながら、絶望した。

これが最後の作戦だったから。

意図的に距離を縮めるって、難しい。

身体的距離にしろ、心理的距離にしろ、普通は徐々に近づいていくものなのだろう。

作戦を立ててギラギラと狙うようなものではないのだ。

まだ心も体も追いついていないのに、手っ取り早く結果だけを求めすぎたのかもしれない。

けれど私の場合、そんなことを言っていたらいつまでもこのままな気がして、何か行動を起こさねばと焦ってしまった。

信頼していると言ってくれたことは素直に嬉しかった。けれどいつもそうして喜んでいるのは私ばかりで、何も返せていない気がする。

私もクレウス様のために何かしたいのに。

ベッドに横になり、ため息交じりに考え続けているうちに、随分と時間が経っていることに気が付いた。

あまりに考えていたせいか、眠れそうになかった。

クレウス様はさすがにもう寝ているだろう。そっと寝返りを打つと、クレウス様がこちらに顔を向けて目を閉じていた。

呼吸が規則的に繰り返されるたび、布団がわずかに上下する。

目をつぶっているクレウス様は、より一層彫刻みたいで完璧な造形だった。それを近くで見てみたくなって、私はごろごろと、ゆっくり寝返りを打った。近づきすぎないよう一人分の距離を開けて、ぴたりと止まる。

閉じられた瞼《まぶた》が微動だにしないことを確認すると、私はそっとクレウス様を観察した。

通った鼻筋も頬の線も滑らかで、暗闇の中でもその肌は白く陶器のよう。

よく見ると、左耳の下にほくろがある。

いつもはこんなにまじまじとクレウス様を見ることができないから、知らなかった。

気付けばそっと指を伸ばし、それに触れていた。その瞬間、クレウス様の肩がぴくりと動き、私は慌てて身を引いた。息を止め、口と鼻を手で覆《おお》い隠す。

起きてしまっただろうか。じっと息を殺して見守ったけれど、それ以上クレウス様が動く様子はなかった。目もしっかりと閉じたままだ。

ほうっと息を吐き出して、私は再びクレウス様を観察した。

よく見ると、寝ている時まで眉間に皺《しわ》が寄っている。もみほぐしてあげたかったけれど、さすがに起こしてしまいそうだ。

クレウス様も嫌な夢を見ているのだろうか。私のように、夢にうなされることもあるのだろうか。

ふとあの日のことを思い出し、クレウス様の髪にそっと触れてみる。

起きないことを確かめて、その手を頭の形に沿ってそっと撫《な》でる。見た目通り艶々《つやつや》の髪は触れるとさらさらしている。撫《な》でているととても気持ちがいい。

あの時。悪夢を見て目覚めた朝、クレウス様が私を勇気付けるように頭を撫《な》でてくれていたと思ったら、後からじんわりと嬉しさが湧いた。その感触をおぼろげに思い出すと、心地よかったような気がして。

少しはいい夢に変わるだろうか。

そう思ったけれど、あまりに触り心地がよすぎて、どちらかというと私が癒《いや》されている気がする。動物を撫《な》でるとストレスが和《やわ》らぐと聞いたことがあるけれど、それがよくわかる気がした。

すっかり気が緩んでしまったらしい。私は自然と、ふふ、と笑う息を零《こぼ》していた。

その瞬間、もぞりとクレウス様の肩が動き、ぐるりと寝返りを打ち背中を向ける。

びくりとしたのは私のほうで、勢いよくごろごろと元の位置まで戻った。あまりに慌てたから布団を巻き込んでしまって、はっとして振り返ればクレウス様の布団を剥《は》いでしまっていた。

どうしよう!?

バクバクと跳ねる心臓を抑《おさ》えながら、ベッドの上にむき出しになってしまったクレウス様の様子を窺《うかが》うけれど、目を覚ました様子はない。

ほっと息を吐いたところで、天井から「――ぶふっ」と噴き出すのが聞こえた。

「――ぶっ……ぶふふはっ！」

シリスだ。盛大に噴き出すと、ついに堪《こら》え切れないように笑い出した。

いつから見てたの？　と思ったけれど、彼は私の護衛だ。ずっと見ていたに違いない。

すっかりその存在を忘れていた。

危険の少ない昼間に他の護衛（もちろん天井裏になど潜《ひそ》まない）と交代して休憩時間をとっているから、夜の間はずっとこうして寝室に張り付いているのだ。

しかしこれはいただけない。見ないふりをしてくれないと、いたたまれないではないか。

「大丈夫だよ、安心して。そういう空気になったらちゃーんと見えない、聞こえない位置で護衛するからさ」

などと言っていたくせに。今がその時ではないのか。

私は憤懣《ふんまん》やるかたない気持ちをどうにか落ち着かせながら、囁《ささや》くような声で必死に天井に向けて言った。

「クレウス様が起きちゃうでしょ？　静かにしてよね！」

「大丈夫だってば」

笑いを堪《こら》えているせいなのか、全然声が小さくない。

「ちょっと！」

「あーあ、オレ、すっごい明日が楽しみ」

そう言ってシリスはしばらく笑っていた。

もうどうしようもないと諦め、私は笑い声が聞こえなくなってからしばらく待ち、起き上がってクレウス様にそっと布団をかけた。

顔は見えないけれど、まだ規則的な息が聞こえていることにほっとしながら、私は天井をひと睨《にら》みしてようやっと眠りについた。


翌朝、起きるといつも通りクレウス様は既にいなかった。

そっとシーツに触れてみると冷え切っていたから、今日は随分と早くに起きたらしい。寝起きで顔を合わせずに済み、ほっとする。

何度も練習してなんでもない顔を作り朝食に向かうと、クレウス様はやはり席についていた。

「おはようございます」

「ああ、おはよう」

いつも通りの挨拶《あいさつ》だけれど、何故かくぐもっている。向かい側の席につくと、クレウス様は視線をあらぬほうに向けながら、口元を手で覆《おお》っていた。

「何か考え事ですか？」

「違う。いや、違わない……」

「え？」

「いや、その……。あれはどういうことだったのかと」

「え……まさか、起きていらっしゃいました!?」

「いや!?　起きてない！」

「そうですか、よかった……」

ほっと胸を撫《な》で下ろすと、また天井から「ぶっはっっ!!」と噴き出す声が聞こえた。

「ちょっとシリス⁉　いい加減にしてよね！　昨夜からなんなのよ、もう！」

「——昨夜、何かあったのか？」

探るような目に、私は慌てて首を振った。

「いえ⁉　何もありません‼」

「そ、そうか……」

さすがに勝手に観察した挙句に勝手に頭を撫《な》でていましたとは言えない。何故と問われても答えが返せない。衝動的なものだったから。

話題を変えようと関係のない話をしてみるけれど、クレウス様は、「ああ、そうだな」と「まあな」を繰り返すばかりで、心ここにあらずの様子だった。

しかもなんだか食事の間もずっと眉間に皺《しわ》が寄っていて、口元がむず痒《がゆ》そうに結ばれている。そういえば寝ている時も眉間に皺《しわ》があったし、何か悩んでいるのかもしれない。

「あの、クレウス様」

「ああ、そうだな」

絶対聞いてない。

「私はクレウス様の味方ですから。ちゃんと傍《そば》にいますからね」

まだたいした関係性も構築できていないのに、そんな言葉だけを聞かされても空々しく感じるだろうかと悩んでいた。けれど、どうせ聞いていないのならぐだぐだ悩まずともいいか、と言葉にしてみたら思ったよりもスッキリした。

意志表明をしてみると、何もできていないのになんだか一つやり遂《と》げたような気になって、ご飯がもりもり進んだ。

しかし、ふとクレウス様が動かなくなっていることに気が付いた。

「あれ？　クレウス様？」

クレウス様はテーブルに肘《ひじ》をつき、額を押さえていた。

「頭痛ですか？」

「いや――少々動悸が」

「毒ですか!?　セイラスを呼びますか？」

「いや、問題ない。そのうち、収まる。たぶん……」

見かねたようにロッドがそっとクレウス様に歩み寄り、ことりと水の入ったコップを置いた。

「クレウス様。ここで心臓を止めたら悔いが残りますよ。志半ばすぎます」

「――わかっている。だがここ数日の不安からの今だぞ。心臓への負担が大きすぎるだろう」

「クレウス様、まさか持病がおありで……？」

二人の会話に不安になって口を挟むと、クレウス様は少しだけ顔を上げ、小さく笑った。

「ああ。子供の頃にちょっとした衝撃を受けてな。局所的に弱くなってしまった。だからこそ誰にも知られぬようにしていたのだが」

弱点を知られればそこを突かれる。だから隠し通してきたのか。

私は悲愴《ひそう》な顔をしていたのかもしれない。クレウス様が苦笑するように眉を下げた。

「だが、ここ数日で隠し通せることではないと嫌というほど身に沁《し》みた。そんなやり方は間違っていたのかもしれない。まっすぐに向かってくる者が相手なのだから。その向き合おうとしてくれる気持ちを蔑《ないがし》ろにしてまで貫《つらぬ》くべきことではなかった」

「えっと……、ご病気の話ですよね？」

誰か、人のことを言っているように聞こえて戸惑う。

「私の弱点の話だ。私は守り方を間違えたようだ。だからこれからは改めて向き合ってみようと思う。――もう近頃は限界を感じていたしな」

「あの、私にできることはありますか？」

「ティファーナはありのままでいてくれれば、それでいい」

やはり、私にできることなどないということなのかと落胆する。そんな私を見て、クレウス様はわずかに頬を緩めた。

「傍《そば》にいてくれればそれでいい」

それはつまり、私を味方として信頼してくれているから、ということだろうか。

言われた言葉は結婚式の時とあまり変わらないのに、まったく違って聞こえるのが不思議だ。

前にも感じたことだけれど、突き放しているのではなく、許容とか、自由を与えるのに近い言葉。

それだけではない。なんだろう。何かこう、温かいような、いっそ熱いような。これまでに感じたことのないものが湧き上がってくる。

自分の中で何が起きているのかわからない。

完全にパニック状態に陥《おちい》った私は固まり、食事どころではなくなってしまったのに、今度はクレウス様がとてもスッキリとした様子でぱくぱくと食事を始めた。

「いやあ、氷の公爵閣下の雪解けが見られるとはねえ。こりゃあ観察の楽しみが増えたわ」

シリスのそんな呟きが天井から聞こえて、私は眉を下げたまま見上げた。

観察じゃなくて護衛でしょ、とかそんなツッコミをする余裕もない。

結局私たちの距離は縮まったのだろうか。なんだかクレウス様を見ると心臓が激しく鳴り出すし、前よりもっと顔が見られないし、近づけなくなってしまった気がして、むしろ距離が遠のいているような気がするのだけれど。

朝食の後、どうしたらいいのかとスーザンに訊《たず》ねると、淡々とした答えが返ってくる。

「旦那様がありのままでいてよいと仰《おっしゃ》ったのですから、そのままでいらっしゃればよろしいのでは？」

ロッドには何故か嬉しそうな笑みを向けられた。

「きっとそのうち、なるようになりますよ。これはいわば、通過儀礼のようなものですから」

そう言われれば、まあなるようにしかならないのは確かだ。

でも自分のよくわからない感情に振り回されてクレウス様から距離をとりたくなる今の状態は、私が望むのとは正反対だ。

せっかく信頼してくれたのだから、それを失いたくない。

だから私は逃げたくなっても、目を逸《そ》らしたくなっても、頑張ってクレウス様の傍《そば》にい続けることにしよう。

そして以前よりもっと自分から声をかけるようにした。

結局はそうして地道に距離を近づけていくしかないのだ。

急いては事を仕損じる。私は小手先の作戦を立てるのはやめて、長期戦でいくことに決めた。

少しずつ、少しずつ。橋をかけていこう。

◇

「ねえメアリー、クレウス様は？」

今日はクレウス様が休みの日。せっかくだから一緒にお茶でもどうかなと思ったのだけれど、執務室には姿がなかった。

「応接室でお客様をお迎えしています」

「そうなの？」

「はい。確か、マーサ衣装室の方だったかと思います」

マーサ衣装室といえば確かかなりの大手で、セレソニーク侯爵家御用達《ごようたし》の老舗衣装室だったはず。

「クレウス様の新しい服を仕立てるのかしら」

「いいえ、ティファーナ様用の新しいドレスを押し売りに……、いえ、ええと、買っていただきたいと。普段ならそういったお話はすべてお断りされているのですけれども、今回はお通しせよとの仰《おお》せで」

ドレスはたっぷりあるから、新しいものはまだまだ必要ないのだけれど、老舗で大手だから無下《むげ》にできなかったのだろうか。いや、クレウス様はそういう人ではないはず。

「私のドレスなら、私も行ったほうがいいわよね」

「いいえ、人払いをされていますので、近づかないほうがよろしいかと……」

「え」

それって、密会？

一瞬固まった私に、メアリーが慌ててぶんぶんと手を振る。

「違います、浮気だとか、密談だとか、そういったことではありません！　クレウス様は、刺客なのではないかと怪しんでいるようです」

「刺客⁉」

こんな剣呑にキラリと光る言葉は日常で初めて聞いた。

だけど。口だけではなく、物理的に味方だと示すチャンスだ。

「メアリー。お願いがあるんだけど」

にやりと笑むと、メアリーの肩がびくりと揺れた。

「はい……？」

ロクでもないお願いに違いないと、ずっと私の傍《そば》にいるメアリーは察したようだ。

「たぶん、メアリーの想像通りよ」

その言葉に、メアリーは途方に暮れたように眉を下げた。

「お手柔らかに……お願いします……」

カラカラとお茶を載せたワゴンを押す音と、カツンカツンという靴音が廊下に響く。

歩いているのは私一人で、近くに人の気配はない。

人払いされているせいか、いつもは活気ある邸《やしき》にはまったく物音がせず、余計に緊張が高まる。

応接室の前で足を止め、背中に忍ばせた木剣がうまく隠れているかもう一度確認した。

足首まで裾《すそ》があるから大丈夫そうだ。

着ているのは紺色を基調として白いレースのあしらわれたお仕着せ。メアリーの替えを借りたのだ。

生地もしっかりしている上にストレートのラインなおかげで動きやすい。

私はお盆を手に持つと、息を整えた。中から聞こえる声にタイミングを見計らう。

「奥様はマダム・ルージュのドレスをお召しと噂《うわさ》に聞いておりますが、私のデザインしたドレスは、より奥様にお似合いになると自信を持っておすすめしますわ」

結婚以来まだ外を出歩いていないのに、どこで聞いたのだろう。同業者の間では噂《うわさ》が流れるのも早いのだろうか。

「こちらは肩から袖《そで》が膨《ふく》らんだ形になっておりますので、ふんわりとした印象に見せることができます。今は肩を出すものが流行し始めておりますが、こちらは手首までありますので腕も隠せます。きっとお似合いになると思いますわ」

筋肉を隠すデザインをアピールポイントとして持ち込んだということか。クレウス様がどれも取り合わないという噂《うわさ》を聞いて、これならと考えてきたのだろう。

だがクレウス様の声は何故か苛立っていた。

「何故隠す必要がある？」

「……はい？」

こういう時は、話を聞くふりをして相手に油断させるものだと思っていたから、意外だった。

案の定、女性も大いに戸惑った様子だった。他意のないただのセールスだとしても、刺客だとしても、考えに考えて持ち込んだのだろうから、まあ、そうなると思う。

「ティファーナに会ったことがあるのか？」

「い、いえ。しかし奥様のご評判は、かねてより噂《うわさ》でお聞きしております。私のデザインでしたらお悩みを解決できるかと」

「だから。誰が何を悩んでいるだと？」

「いえ、その、逞《たくま》しい体つきの方だと聞き及んでおりますので。レイファン公爵も奥様を伴《ともな》って歩く際に、少しでも見栄えがよいほうがと」

「そういえば、どこかの誰かがそういったことをいやに気にしていたな。……話にならん」

「え？　あの、でも、奥様もお邸《やしき》にいらっしゃるのでしたら、一度あててみられればこのドレスのよさがおわかりいただけると」

「ティファーナに隠さねばならないところなどない」

その言葉に、ノックをしようとしていた手から力が抜けた。下がってしまった手で慌ててそのまま口元を覆《おお》う。

少しだけ気になっていた。社交の場に出なくてよいというのは、私を連れて歩くのが恥ずかしいからなのではないかと。今女性が言ったことを、クレウス様が気にしていたのではないかと。

それでもそれらはすべて事実だから、なんとも思っていないつもりだった。なのにクレウス様のその一言はじわじわと胸に沁《し》みて。嬉しかった。

しかしこんなところで頬を緩ませている場合ではない。気を引き締めねば。

襟《えり》を正し、再びノックのため手を振り上げるとクレウス様の声が響いた。

「ティファーナはそのままで綺麗だ。ティファーナ自身に魅力があるのだから、ドレスの良し悪しなど些細《ささい》なこと。極論を言えば、どんなドレスでもかまいはしない。ティファーナの魅力を引き立たせるものならばなおよいというだけ」

ちょ、ちょっと待ってほしい。

バリバリの戦闘態勢で乱入しようと思っていたのに。せっかく立て直したのに。こんなところで顔を赤くしている場合じゃないのに。

「そ……そうなのですね。どうやら実際はお噂《うわさ》でお聞きしていた姿と違うようです。ますますお会いしてみたくなりましたわ」

「だから会わせないと言っている」

「ですから、それは何故なのです？」

「減るからだ」

いや言い訳下手くそか！

刺客と疑っている相手から私を守ってくれようとしているのはわかるけど。でもあまりにきっぱりと言い切られると、本心のように聞こえてきて、とか、もう、あれだわ、このままじゃ出ていけなくなるし顔が恥ずかしさに溶けるわ！

と、私はそのままの勢いでドアをノックした。

「――私が出ます」

ロッドの声がして、足音がドアのほうに向かってくる。

私はじっとそれを待ち、ドアがガチャリと開いたところに滑り込んだ。片手にお盆を載せて。

「ティ――!?」

慌ててロッドがクレウス様と顔を見合わせた。それは刺客にとって初めて見えた隙だったのだろう。

クレウス様の向かいに座る女の人の顔に、さっと緊張の色が走るのが見えた次の瞬間には、並んだドレスと共に控えていた女がばっと足首から隠しナイフを抜いた。同時に私はお盆に載せていた空のティーカップをその手元目掛けて投げつける。相手の狙いが逸《そ》れたところを一気に走り出し、クレウス様を背に庇《かば》うように立つ。

驚愕に目を見開くクレウス様が目の端に映るのをそのままに、再び走り出す。他にも男が二人、それぞれ刃物を抜くのが見えたからだ。

しかし私よりも先に動いた者があった。扉の隣に飾られていた甲冑《かっちゅう》から細身の剣を拝借し、刺客の短剣をガキリと受けたのは、執事のロッドだ。

驚きながら私も背中に忍ばせていた木剣を抜き、もう一人の男に向かって振り下ろす。

部屋にはもう一人見知らぬ顔がいたはずだ。クレウス様は、と視界の端で捜すと、ソファの向かいにいた女性の手を後ろ手にし拘束していた。クレウス様の目も油断なくもう一人の女を追っている。

その視線を追えば、女が少し離れたところから筒《つつ》のようなものをクレウス様に向けていた。

吹き矢？

間に合わない――そう思い、気を取られた私の背後で男がナイフを振りかぶる。しまった、と思った次の瞬間、私の体は沈んでいた。

もう一人いたのか、と視線を走らせると、そこには見慣れた黒く細い人影。

膝《ひざ》に軽い蹴りを食らい床に膝《ひざ》をついた私の隣で、シリスはにっと笑った。

――シリスがどうして？　裏切ったの？

そう思ったけれど、シリスは楽しそうに笑いながら私の背後に迫《せま》っていた男の手首に手刀《しゅとう》を食らわせ、刃を落とした。それを拾い、すぐさま男に突き付けて、私のほうに視線を向ける。

「さっさと始末しちゃいたいんだけどさあ。殺しちゃダメなんでしょ？　ティ――」

「ティナです」

名を呼びかけたシリスに言い聞かせるようにかぶせれば、意図を察したらしい。面倒くさそうに肩をすくめて口を閉じた。

まだ敵の前だ。なるべく情報は与えないほうがいい。

ぱっと先ほど吹き矢を構えていた女を目で捜せば、既にロッドが床に沈めていた。

「クレウス様、大丈夫でしたか？」

慌てて立ち上がると、クレウス様は言葉を失い、私を見つめている。

「何故メイドなんだ！」

そして呪縛が解《と》けたように突然叫んだ言葉に、自ら「いや、そうじゃない」とばかりに首を振った。混乱しているクレウス様は珍しい。

「無事か？　怪我はしていないか」

何もなかったかのように仕切り直したクレウス様に、にこっと笑んで無事を示す。

「まったくの無傷です。問題ありません」

クレウス様はほうっと息を吐くと、表情を改めてソファに向き直った。

今は余計なことを話している場合ではない。彼らの耳があるから。

「誰に頼まれた？」

クレウス様の低く冷たい声に、拘束されたままソファに横倒しになっている女の人はびくりと身を縮めた。それでも懸命に首を振る。

「い、言えません！」

「何故こんな真似を引き受けた」

「……お金のためです」

「嘘だな。金のためだけに、伝統ある老舗がこのような名を汚すことをしでかすはずがない」

女の人は答えない。けれど、目がせわしなく泳いでいる。

この人は武器を持っていなかった。おそらくこの人だけが本物の衣装室の人なのだろう。

他はその筋の雇《やと》われだ。縛られている今も目つきが違う。鋭くクレウス様を睨《にら》みながらも誰一人自害しようとしない。ただ金で繋がっているだけの雇《やと》い主のために命まで捨てるつもりなんてないからだろう。

クレウス様はソファの間に置かれたテーブルに足を組んで座る。ソファの上でぐるぐる巻きにされて起き上がることもできない女の人は、間近から降るクレウス様の冷たい視線にびくびくと怯えるしかないようだ。

「──何か取引を持ちかけられたのか？　それとも脅《おど》されたか」

女の人が縋《すが》るようにクレウス様を見上げる。

「マーサ衣装室といえば、お得意の客がいたな」

「お願いします！　どうかその先は仰《おっしゃ》らないでください！　家族が、家族が人質にとられているのです！」

クレウス様の眉が寄せられる。

「──なるほどな」

クレウス様は怒りを滲《にじ》ませた目できつく空《くう》を睨《にら》む。

お得意様といえば、思い当たるのはシルキー様だ。

まさか。いやしかし。

頭の中がぐるぐるしながらも、ふと胸に引っかかるものがあった。それがなんなのか考えている間にクレウス様は静かに息を吐き出し、ロッドに「役人を呼べ」と短く命じた。

ソファに横倒しになった女の人の体から、観念したように力が抜けていくのがわかった。

「ロッドがあんなに強いだなんて、知らなかったわ」

役人たちが引き立てていくのを見届けた後。

私とクレウス様とロッドは、クレウス様の執務室へ移動した。

「私もまさか奥様に助太刀いただくとは夢にも思っておりませんでした」

少々乱れたシルバーグレイを撫《な》でつけながら、ロッドが苦笑する。

しかしそのやり取りに硬い声が割って入った。

「で、ティファーナ。その格好はなんだ」

クレウス様が睨《にら》んでいるのは、私の着ているお仕着せだ。立ち回りの間も私の動きを一切邪魔せず、意外にも戦闘着として向いている。

「相手を油断させるためですよ。普段は温厚な紳士であるロッドを戦闘要員としてあの場に置いていたのも同じことでしょう？」

「それはそうだが、ロッドは最初から護衛を兼任している」

なるほど。そうだったのか。しかし私とて負けてはいない。

「私だって最初から鍛えている妻として望まれ嫁《とつ》いだはずです」

「戦わせるために望んだのではない。そもそもこの邸《やしき》にはロッドだけでなく、シェフや駆者《ぎょしゃ》にも護衛を兼任している者がいる。だからティファーナの手を借りる必要はない」

そう言われると安心なような、落ち込むような、複雑だけれど。

しかしなるほどと思った。シェフが一日の大半を過ごす勝手口は侵入経路になり得るし、駆者《ぎょしゃ》なら護衛をつけられない訪問先にも連れていける。執事なら今日のようにさりげなく同席もできる。完璧な布陣だ。

となると、やはり完全に私は邪魔にしかなっていない。さすがに反省した。

「申し訳ありません。勝手に乱入したせいで敵に隙を見せることになってしまいました」

「そこはいい。どちらにしろ隙を見せてどう出るか、様子を見るつもりだったからな。だが今回はロッドがいれば十分だと判断し人払いをしたのだ」

「少しでもクレウス様のお力になれればと、出しゃばってしまいました」

しょんぼりとうなだれると、ロッドがフォローするように柔らかな声を上げた。

「しかし、さすがに普段鍛えておられるだけのことはあります。あれだけの者を相手に立ち回るとは」

「本当？　役に立てたかしら」

「ロッド、やめておけ。褒めるとまた同じことをしかねん。ティファーナ。二度とこのようなことはするな」

はい、と再びうなだれれば、ロッドがちらちらとクレウス様を見る。クレウス様はどこか苛立たしげにその視線を無視しようとするも、無視しきれずに深いため息を吐き出した。

「きつく言ってすまない。ただティファーナに無茶をしてほしくなかっただけだ」

「ありがとうございます。でも私もクレウス様にできることをしたかったのです。鍛えているここを見込まれて妻になったわけですから、こういう時にでも役に立たなければと」

「そんなことは考えなくてよい。それに、そんなつもりで言ったわけではない」

「なるべく死なないように、ということはわかっています。でも逃げるばかりで追いかけられて殺されるのはもう嫌なんです。だから私に刃を向ける者があるならば、隠れるよりも迎え撃ちたいのです」

そう答えれば、クレウス様はしばらく黙り込み、それから再び小さく息を吐き出した。

「しかし、危ないところだっただろう。シリスがいたからよかったものを」

「いえ、しまったとは思いましたがまだやれました」

「旦那、それ負け惜しみじゃないよ。ほら、これ」

いつの間に現れたのか、隣にしゃがみ込んでいたシリスが私の足下を指さした。

「それは……ナイフか？」

そう。私の靴の裏には折り畳み式のナイフが張り付けてあるのだ。廊下でカツンカツンと音を立てていたのはこれが原因。

背後から狙われた時、私は咄嗟《とっさ》にこの足で後ろ回し蹴りを放つつもりでいたのだ。しかし予備動作に入ったところで支点としていた右足にシリスから『膝《ひざ》カックン』を食らい、見事に床に膝《ひざ》をついてしまった。

「最初、シリスには邪魔をされたと思ってしまったわ。庇《かば》われるとは思わなかったんだもの」

「いや、オレもこういう奥方だってこと忘れてたわ。柄にもなく焦って飛び出すとか、オレもう暗殺者稼業に戻れないかも」

「いいじゃない、戻らなければ」

そう返せば、シリスは一瞬、面食らったように黙り込む。けれどすぐに肩をすくめてすたすたと歩き出した。

「戻らずにオレがどう生きていけるわけ？　奥方もやっぱり頭お花畑のお貴族様だね」

嘲笑《あざわら》うように言って、シリスはさっと姿を消した。

けれど私とて、何も考えずに言ったわけではない。

確かにそういった稼業は足抜けも難しいのだろうけれど、いつかシリスが平穏な日々を望んだ時は、力になりたいと思う。

小さく息を吐き、シリスの消えた窓からクレウス様に視線を戻す。

「ところで。先ほどのマーサ衣装室のことですが――」

「十中八九、黒幕はセレソニーク侯爵家だろうな」

「やはり。しつこそうなシルキー様があれで終わるのは、あっさりしすぎていると思っていました」

「ああ。だが令嬢というよりも――、いや、この件に関してはもっと裏を探る必要がある。ロッド」

「はい」

その一言だけですべて了承したように、ロッドは恭《うやうや》しく礼をした。

クレウス様は何か気にかかることがあるようだ。それが気になったけれど、黒幕が誰であれ、人質をとるようなやり方は許せない。人の命をなんだと思っているのか。

「ティファーナ。おそらく、また何か仕掛けてくるだろう。だから――」

「次はもっとうまくやります！」

失敗なんてしない。うまくいかなかったとしても、何かしらの尻尾は掴《つか》んでやる。決してただで転んではやらない。

ごうごうと燃える決意を胸に意気込むと、「そうじゃない――！」と即座に返された。

クレウス様ははっとしたように一度言葉をしまうと、じっと私の目を見ながら口を開いた。

「この件はティファーナと結婚する前に解決しておくべきことだったのだ。だから私に任せてほしい。何かあれば一人でどうにかしようとせず、すぐに頼ってほしい」

頼る、というのは慣れないけれど、私は黙って頷《うなず》いた。クレウス様の瞳がどこまでも真剣だったから。

「それと。私はティファーナを守りたいのであって、守られたいわけではない。誤解しないでほしい」

その言葉に、思わず目を見開く。

「守り、たい……？」

これまで無茶をするなとか、手を借りるつもりはないとか、似たようなことは言われていたけれど、その言葉は初めてだった。

誰かに守られたくはない。そう思ってきたのに、何故だか嬉しいと思っている自分がいる。

「そうだ。危険に怯えることなく、ありのままに生きてほしい。それが私の願いであり、そのために努力している」

私は鍛えているから、自分で自分を守れるから妻に選ばれたはず。

だからクレウス様に守りたい、だなんて言ってもらえるとは思っていなかった。そんな風に心を砕いてくれていたなんて思いもしなかった。

クレウス様のまっすぐな目は、私を案じているようで。

まるで私を大事だと言っているようで。

気付けば顔に熱が集まっていて、私は慌てて下を向く。

「あ、あの、これ、着替えてきますね」

「いや。別にしばらくはそのままでもいいんじゃないか」

思わずというように口にしたクレウス様は、慌てて口を覆《おお》った。けれど撤回はせず、その手を腰に当てあらぬほうを見た。

その間を繋ぐように、ロッドがにこりと笑む。

「ティファーナ様はどんな格好でもお似合いですね」

さすがロッドはお世辞がうまい。なんと返せばいいのか迷う。

「このような格好、クレウス様には怒られるかと思いました」

「そんなことはない。その……それも似合っている」

ぼそりと小さくぶっきらぼうな答えに、私は首を傾《かし》げた。

「そうですか？」

無理に褒めようとしなくてもいいのに。ロッドの手前、同意するしかなかったのだろうか。

ロッドが何故かクレウス様に「あーあ」というような目を向けている。

なんだろう。空気が読めない。二人の間で何が交わされているのか、どう受け止めればいいのかさっぱりわからない。

けれど。クレウス様が似合うと言ってくれたから。

「じゃあ……せっかくなので、お茶でも飲みます？」

メイドらしくお茶でも淹《い》れてみようかと思いつく。

いらん、と言われそうだと思ったけれど、意外にもクレウス様はすぐさま小さく頷《うなず》いた。

「ああ。そうしよう」

とりあえず怒っているわけではなさそうで、ほっとして頬を緩める。

何故かロッドがむず痒《がゆ》そうな顔をしていたけれど、私にはこれ以上の空気の読み方はわからなかった。

「なるべく私から離れるな。今日はシリスもついてきているはずだが、王城とあってはあれもどこまで自由に動けるかわからん」

「わかりました。十分注意いたします」

今日は王家主催の舞踏会。公爵であるクレウス様が出席しないわけにはいかず、もちろん私も同伴しなければならない。

けれどクレウス様はどうにも不安が拭《ぬぐ》えないようで、何度も私に念を押した。

「大事なことを言っておく。もし万が一のことがあったとしても、私を庇《かば》うな。ティファーナが傷つくようなことは許さない。いいな？」

「……はい」

何度も意を唱えたけれど、絶対に引かないクレウス様に諦めて頷《うなず》くしかなかった。

周囲のざわつきが聞こえて、私は慌てて背筋をピンと伸ばした。

またシルキー様が何か仕掛けてくるかもしれないし、それがなくとも舞踏会とは戦場だ。

クレウス様の腕に手を添え二人で揃《そろ》って歩き出すと、妙な緊張と恥ずかしさを感じる。

平常心とはなかなかに難しい。いつも顔色を変えないクレウス様はすごいなと改めて思う。

ふとクレウス様を見上げれば頬に朱がさしているような気がしたけれど、すぐに入口の篝火《かがりび》に照らされているせいだと気付く。

会場に入ると、案の定周囲の視線が一気に注がれた。

何やらこちらを見ながらひそひそと話す動きがあちらこちらで見えたけれど、こういう時には自動的に私の社交用戦闘モードのスイッチが入る。

瞳を細め、睥睨《へいげい》するように歩みを進めれば、あちらから視線を逸《そ》らしてくれる。

今日は周囲を牽制《けんせい》するための縦ロールではなく、後ろでアップにしていた。スーザンに『王家の方々にご挨拶《あいさつ》する機会もあるのですから、髪で威圧するのはおやめください』と言われたからだ。

代わりに私の心を強くしてくれているのは、シンプルながらもきらりと光る髪飾り。今日のためにクレウス様が贈ってくれたもので、私の金の髪によく映《は》えた。

不思議なもので、私にも綺麗なものを身につけると強くなれた気がするという、乙女のマジックが効くようだ。そんなものとは無縁だと思っていたから自分でも驚いた。

ドレスは結局この日のためにクレウス様が新しく用意してくれた。またもやマダム・

ルージュのオーダーメイドで、今回の薔薇《ばら》の飾りは左胸。そこを起点に広がるような水色のドレスは生地も滑らかで、川の流れのように涼やかだ。派手ではないけれど、ずっと見ていたくなるような美しさがあった。

そして当然動きやすさも兼ね備えている。ワイヤーでほどよく広げられたスカートは、立ち回るのに邪魔にならない構造だ。

会場内は武器の携帯はもってのほかだから、今日は隠し武器などはないけれど、私はこの身一つでも戦える。

しっかり気を引き締めて挑まねば。

そう思ったのに、真っ先に声をかけてきたのがあまりにも聞き慣れた声で、すぐに警戒が解《と》けてしまった。

「ティファーナ。元気にしていて?」

振り向けば、両親が揃《そろ》ってこちらに歩いてきたところだった。

「お父様、お母様。お久しぶりです」

挨拶《あいさつ》を交わした後、不意に父が下手くそな咳払《せきばら》いを始めた。

「ん。ンンッ。あー、喉が渇いたな」

「飲み物をいただいてきます」

素早くクレウス様が反応したから、私は慌てた。

「お父様、会場に着かれたばかりでは？　というかお父様が自分で――」

そう言いかけたものの、クレウス様は緩く首を振って「ティファーナを頼みます」と
その場をさっと離れてしまった。

きっと親子水入らずの機会だと気遣《きづか》ってくれたのだろう。父の咳払《せきばら》いに催促《さいそく》されたと
いうほうが正しいけれど。

クレウス様が離れると、父と母はさささっと私に身を寄せた。

「どうだ。うまくやっているか？」

「仲良くしてる？」

揃《そろ》って同じようなことを聞く両親に、「歩み寄りの最中です」と答えると、父は訝《いぶか》し
げに眉を顰《ひそ》めた。

「なんだ。もしかしてまだ何も聞いていないのか？」

「何を、ですか？」

眉を寄せる私に、母がじっと視線を向けた。

「ティファーナ。あなたはそこまで察しが悪くはないはずよ。直接聞いてはいなくても、
そろそろわかっているんじゃない？　何故私たちが『氷の公爵閣下』と呼ばれる人との

結婚を受け入れたのか。あの結婚式でも、何故私たちが一つも不安にならなかったのか」

もしかしたら、と思っていたことはある。

けれどそんなことを考えるのはあまりにも自分に都合がよすぎる気がして、確信が持てなかった。

「クレウス様は――私を守るために敢えて冷たく見せていたのでしょうか？」

母の顔にゆったりとした笑みが広がった。父はあらぬほうを見て私を見ようとはしない。

それで十分だった。

「お父様とお母様はご存じだったのですね」

ずっと小さな違和感があった。

腐っても私の両親だ。冷遇されるとわかっていて私を差し出したりはしない。いくら私が嫌がる、後継者を産むという貴族の義務を求めない相手だとしてもだ。

そしてクレウス様は結婚式の時や、その後数日は私を避《さ》けていた気がするけれど、シルキー様の襲来を受けてからは少しずつ距離が縮まっていったように思う。

それは、冷たくしていても敵意を向けられるのなら意味がないと思ったからなのではないか。

「それだけじゃないわ。閣下は仕事のやり方を大幅に見直されたのだそうよ。恨《うら》みを買わぬよう。身近な者を巻き込んでしまわぬよう」

母がひそひそと小声で話してくれたところによると、クレウス様は不正を摘発するよりも、未然に防ぐほうに力を入れるようになったのだそうだ。各方面に掛け合い、法改正も進めたのだという。

それから、摘発して終わりではなく、牢《ろう》に会いに行き、その家族にも会いに行き、その後のフォローも欠かさなかった。

だから一時的に仕事量は増えたが、件数は減ってきているし再犯率が格段に下がったのだそうで。

「そんなことまで知っていたのですか？」

「仕事のことを聞いたのは結婚式の後だった。だが我々が不安にならぬよう、ティファーナを危険に巻き込まぬよう心を砕き、八方駆け回ってくださった。我々にも可能な限り仕事の様子やティファーナのことも話して聞かせてくれたんだ」

「クレウス様が？」

まさか、フィリエント家に通っていたとは知らなかった。手紙でやり取りできる内容ではないから、忙《いそが》しい仕事の合間を縫ってくれていたのだろうか。

「ティファーナ。夫婦の関係というのは、一人の想いだけでは築けないわ。互いに思いやって育まれるものよ。今の二人は、私の目にはとても夫婦らしく見える。お互いに相手を気遣《きづか》い、思いやる気持ちが見えるから」

いつの間にか、私たちは夫婦らしい夫婦になれていたんだろうか。そのことが嬉しかった。

私だけが空回っているように思うこともあったけれど、確かにクレウス様も私のことを気にかけてくれた。歩み寄ってくれた。そのことがまた嬉しい。

「ありがとう、お母様」

「ふふ。閣下のお話を聞くのがとっても楽しかったのよ。ティファーナにも聞かせてあげたいけれど、まだ刺激が強いかしらね」

それはどういうこと。問い詰めようとしたところに父の咳払《せきばら》い。

「おい、ティファーナ。私には何かないのか」

「あ。お父様も」

「ちゃんとありがとうと言ってくれ」

「お父様、ありがとう」

「うむ。二人が仲睦《なかむつ》まじくいてくれるならそれでいいのだ」

よく言うよ、とも思ったたし、クレウス様の優しさを、温かさを知っていたならもっと早く言ってほしかった、とも思ったけれど、自分で気付くべきことだったのだと思う。

クレウス様が視界の端に映り、グラスを手にこちらに歩いてくるのがわかった。

「ちょうどよい遅さでしたな。ありがたくいただきましょう。お酒はどちらかな？」

「いえ、夫人からお酒はダメですと釘を刺されていましたから。どちらもジュースです」

「何⁉ いつの間に」

「ふふふふふ。また酔って娘のあらぬ噂《うわさ》を振りまかれては困りますもの」

ルイとの婚約解消を触れ回ったことをまだ根に持っているらしい。母のおっとりとした笑みに父が凍りついた。

「あの、こちらのジュースをありがたくいただきます」

父が恭《うやうや》しくグラスを受け取り、もう一つは母が受け取った。

「やだぁ、私まで閣下からお飲み物をいただくなんて。光栄ですわ」

「お母様。目がときめいておられます」

「あら、女は一生恋する乙女なのよ」

「私の旦那様です！」

「まあ！ 火傷《やけど》しそう！」

「……！」

何故かばっと後ろを向いて天井を仰《あお》いでしまったクレウス様を、母が下から覗《のぞ》き込むようにしながら、うふふふふと楽しげに笑う。

父がそんな母の肩を優しく掴《つか》んで引き戻す。

「喜ばしいことだが目《ま》の当たりにするとやってられんな。そろそろ失礼させていただくか」

そう父が促《うなが》すと、母は淑女の礼を一つ。それから笑みを浮かべてクレウス様を見上げた。

「今度はティファーナも連れて遊びにいらしてくださいね。お邪魔でなければ私も伺います」

「ええ、もちろんです」

そう答えたクレウス様の耳元に、お母様がこそりと何事かを囁《ささや》く。

途端、クレウス様の顔が真っ赤に染まる。俯《うつむ》き顔を覆《おお》ったけれど耳まで真っ赤だった。

そのまま母は、「また近いうちにお会いしたいわ」と満足そうに笑みを浮かべて父の腕を取り歩き去ってしまった。

「クレウス様……？　お母様は一体なんと」

まさか自称一生恋する乙女のお母様がクレウス様を籠絡《ろうらく》しようと……？

「いや、なんでおない」

噛んだ。クレウス様が噛んだ。

「貴族の義務を放棄しても夫としての権利はあるとか、いや、そういうことは互いの意志があって初めて成り立つものであって、私は何もティファーナが望まないのに無理にそういうことを望んでは」

完全にとっちらかっているクレウス様に、こちらまで焦ってくる。

「え。義務とか権利とか、私が望まないって、何を？　私、何か嫌がったりしましたっけ」

何かを拒《こば》んだ覚えはないのだが。

「いや、そんなことを訊《たず》ねられるわけが。だから、その――」

そう言ったまま、クレウス様は片手で顔を覆《おお》い、すっかり言葉を失ってしまった。

おそるべし、お母様――

こんなにも容易《たやす》くクレウス様を崩壊させるとは。今度こっそり何を言ったのか聞いておこう。

◇

「さて。挨拶《あいさつ》も済んだことだし、長居は無用だ」

「ええ。今日は久しぶりに両親にも会えましたし」

「よかったな」

少しだけクレウス様の口元に笑みが浮かぶから、思わずどきりとしてしまった。

「たまには実家に遊びに帰ってもよいのだぞ」

「そうですね。今度ゆっくり帰らせていただこうと思います。これまで日々を過ごすのに忙《いそが》しくて、すっかり足が遠のいてしまいました」

それだけ公爵邸での日々が充実していたということだ。実家に帰りたいとちらりと思っても、実行に移すほどの思いにならなかったくらいに。

そうして揃《そろ》って歩き出した時、ふと視界の端に見覚えのある赤毛がよぎった。それはすれ違い様に手にしていたグラスを勢いよく振り上げ――

はっとした時にはクレウス様が私を庇《かば》うように抱え込んでいた。

ぱしゃり、という水音と、キャッ、という小さな悲鳴がいくつか聞こえる。

「――、クレウス様！」

「問題ない」

クレウス様はその背に冷たい飲み物を浴びていた。

自分で仕掛けておきながら予想外の目に遭《あ》ったように驚き、唖然《あぜん》としているのは赤毛の――シルキー＝セレソニーク侯爵令嬢だ。

「な、何故その女を庇《かば》うのですか、クレウス様」

「私の妻だからだ」

「ただの妻じゃありませんか！　替えがきく、そこにいさえすれば誰でもよい、愛なんてないただの置物ですわ！　それなのに」

「愛がないと誰が言った？」

その言葉に、周囲が一気にざわめいた。

「言ったはずだ。私はティファーナ以外と結婚するつもりは毛頭ない。もしおまえがティファーナを亡き者にすれば、私は一生を抜け殻として過ごすだけだ。ただ役目をこなすだけの、それこそ置物として、な。そんな人間になんの価値を見出している？」

「そん……、そんな……」

「愛のない結婚であればおまえたちは満足するのだろうと思ったのだが、とんだ読み違いだった。私がどのような態度を見せようと、妻という座に誰かがいること自体が気に食わない者がいるのなら、妻を狙う者がいるのなら、私はもうなりふりかまわない。全力でティファーナを守ると誓う」

周囲のざわめきが消える。底冷えするような、けれど確かに温度を持ったその声が響いた。

「覚えておくがよい。今後ティファーナに手を出す者は、死ぬよりも辛い目に遭《あ》うと」

冷たく光る目で会場を見渡すと、クレウス様は私の手を取り会場を出た。

会場のどこかで小さく「キャー、クレウス様かっこいい！」と場違いなほど明るい声が響く。あれは絶対にお母様だ。

熱気に満ちたホールを出て夜風を頬に浴びても、私の熱は冷めなかった。

体中が熱い。クレウス様に握られる手も、先ほどの言葉をぐるぐると繰り返す頭も。

クレウス様の手はとても冷たく感じるのに、私ばかりが熱い。

「あの、クレウス様――」

呼びかけたものの、なんと言ったらいいのかわからない。

クレウス様はかまわずずんずんと歩き、馬車の前までやってきて、やっと全身から力を抜き去るように深いため息を吐き出した。

「――すまない。あのようなことを言うつもりではなかった。あれでは火に油を注ぐだけだ。こんなことにならぬよう、ずっと律してきたのに」

クレウス様は片手で顔を覆《おお》い、うなだれてしまった。

「ええと、あの……？」

「私がティファーナを心から求めたと知られれば、弱みになる。ティファーナが人質にされるかもしれない。命を狙われるかもしれない。だから愛のない結婚だと振る舞うしかなかった」

「え……？」

冷たくしていたのはわざとだったのだろうと察してはいた。

けれど、心から求めたというのは、それは……

「私に寄せられているのは嫉妬だけではない。仕事上の恨《うら》みもだ。だからたとえあのように煽《あお》られたとしても、流すつもりでいたのに。何故だか今日は耐えられなかった」

しゃがみ込んでしまいそうなほど深いため息を吐くクレウス様に、なんと声をかけていいのかわからない。触れようと伸ばした手に自分で気が付き、その手をどうすればいいのか迷う。

「いや、違うな。もう限界だったのだ。隠しきれるものでもなかった。結婚式での態度でもセレソニーク侯爵令嬢のような人間は変わらなかったのだから、そんな方法では守れないとわかってもいた。だから邸《やしき》の中では冷たく振る舞う必要もないと心を緩め、そうするほどにティファーナが近くに感じられて、緩んだ心は元には戻らなかった。あのような場でも、もう愛のないふりなどできはしなかったのだ」

愛のないふり。クレウス様はそう言った。では、本当は？

体中を血が駆け巡って、うまく考えがまとまらない。

「結婚式に言った言葉に嘘はない。妻にと望んだのは、ティファーナが鍛えているからだ。恐ろしい目に遭《あ》い、心に怯えを抱えていても、それでも剣を取り、立ち向かう姿を美しいと思った。頑《かたく》なに努力を続けるその姿を愛しいと思った。守りたいと思った。傍《そば》にいたいと思った」

クレウス様が力なく手を下ろすと、そこには、困ったように微笑むクレウス様の顔があって。私は思わず声を上げていた。

「昔……、子供の頃に会ったことを、覚えていらっしゃいますか？」

「ああ」

やはりそうだったのか。どうして結婚する前の私のことをそんなに知ってくれていたのかと思っていたから。

納得する私に、クレウス様はふっと緩むように笑った。

「ティファーナこそ、覚えていないかと思った」

「……、正直に言えば思い出したのは最近、です」

「そうだろうな。結婚式で顔を見た時に、覚えていないだろうことはわかった」

すみません、と思わず謝ると、クレウス様は夜空に息を吐き出した。

「あの時から、私は変わった。あの時ティファーナに会い、何もせずに諦めるほうが愚かだと気が付いたからだ」

そうしてクレウス様は私の目をじっと見下ろした。

「もう一つ、告げねばならぬことがある」

「なんでしょうか。今更もう何を言われても驚きません」

「ずっと、言えずにいた。騙《だま》しているつもりはなかったのだが」

気になる言い方に、私が眉を顰《ひそ》めた時だった。

「ティファーナ！」

私を呼ぶ声が聞こえて、顔をそちらに向けた。

「ティファーナ、待って、行かないでくれ！」

そこにいたのは甲冑《かっちゅう》の近衛騎士。暗闇の中をがしゃがしゃとこちらに駆け寄ってくる顔が次第にはっきり見えるようになり、思わず声を上げた。

「ルイ……？」

「なんの用だ」

クレウス様が私を庇《かば》うように前に立つ。

「彼は私の幼馴染のルイ＝マクラレン伯爵子息です」

慌てて声をかければ「知っている」と途端につれない答えが返る。では何故こんなにも警戒心むき出しで私の前に立つのだろう。まるで刺客にでも会ったかのように。

一気に張り詰めた空気の中に、ルイが息を切らして走り込んできた。

「ティファーナ、お願いだ。話を聞いてほしい」

「会場の警護にあたっていたのではないの？」

「交代してきたから問題はない」

珍しくきっぱりと言い切ったルイは、私に強い瞳を向けた。

戸惑い、眉を寄せた私には何も言わず、その目をそのままクレウス様に向ける。

「レイファン公爵閣下。ティファーナと話をさせてもらえませんか」

ルイの声も表情も、思い詰めているようだった。

「……ああ。だがここでは人目につく。場所を改めて」

「いえ。今すぐに、話をさせていただけませんか。理由は閣下がご存じのはずです」

クレウス様の声を遮《さえぎ》って声を強めたルイに、私は目を見開きその顔を見た。

ルイがこんなに強い態度に出るなんて。しかも相手は公爵だ。

クレウス様はしばしの無言の後、「わかった」と静かに答えた。

観念したような、そんなため息と共に。

◇

クレウス様は『馬車で話せばいい』と私とルイを馬車に乗せ、自分は会話が聞こえない程度に離れたところから見守ることにしたらしい。私をじっと見ていたアイスブルーの瞳が瞼《まぶた》に焼きついている。

「話って何?」

早く切り上げようと話を促《うなが》すと、ルイはぐっと奥歯を噛みしめた後、口を開いた。

「手紙のことだ」

ルイからは何度か手紙がきていた。けれど一度も返事は送らなかった。元婚約者といつまでもやり取りしているなんて、誤解されるようなことはしたくなかったから。

「どうせ読んでもいないんだろう？　だから、直接話がしたかった。けれどティファーナは社交の場にも出てこないし、やっと出てきたと思ったら今日は僕が警護の日で」

「読んだわ。すべて」

「なんだって……？　じゃあ、どうして」

「私とは婚約解消するつもりじゃなかった、という話でしょう？　鍛え直すつもりだっただけだ、と。でも今更そんなことを言われても、私はもうクレウス様の妻よ」

何通きても、言葉を変えているだけでどれも内容は変わらなかった。

ルイは伝わらなさをもどかしがるように首を振った。

「だけど、全部レイファン公爵の策略だったんだよ。唆《そそのか》されて、誤解されて、その隙にレイファン公爵は横からかっさらったんだ。それも、ただ強いティファーナを手に入れるためだけに。そんなのティファーナがかわいそうだ。僕のもとに帰ってきたほうがティファーナは幸せになれる」

私は思わず眉を顰《ひそ》めた。かわいそうだと決めつけられるのも腹が立つけれど、私の幸せを勝手に語らないでほしい。

「何を言っているの？　お父様がマクラレン家と話をして、両家の合意のもと婚約解消に至ったはず。誤解だったのなら、その時点で話をすればよかったでしょう」

「両親がフィリエント伯爵から話を聞いて、勝手に婚約の解消に合意してしまったんだ。誤解を解《と》こうにも、ティファーナはあっという間に婚約どころか結婚を決めてしまった。そんなにすぐ次に行くなんて、しかも相手はレイファン公爵だなんて、どうにもできないじゃないか！」

だから何もしなかった、というのだろうか。私は小さく首を振った。

「だけど話をすれば、ルイのことならお父様だってそれなりに立ち回ってくれたはず。たとえ相手がレイファン公爵でも」

「それは……、鍛えてからでなければ説得力がないと思ったから。レイファン公爵に勝てないと思ったから」

言い訳がましいその答えに、私は思わずため息を吐いた。

「唆《そそのか》されたとか、策略だとか。誰かが何をしたかよりも、自分がどうしたか、ではないの？　結果としてルイが私に対して何も言わず、何もしなかったことに変わりはないじゃない」

淡々とそう告げれば、ルイはかっとなって頬を赤くした。

「違う！　僕はティファーナのために」

「私のため私のためって言うけど、『ルイが描いた私』のためでしかないでしょう。手紙を読んでも、そこに私は存在していなかった。ルイはただ、自分にとって都合のいい『元婚約者のティファーナ』という肩書きを持った人間に向かってひたすら自己弁護しているだけ」

　自分が馬鹿にされないために、騎士団で鍛え直すことを決めた。クレウス様には勝てないと思って諦めた。そう言って私との婚約破棄を正当化しているだけ。

けれど、クレウス様が強い妻を求めて結婚を決めたと知って、『かわいそうな元婚約者のティファーナ』を救ってあげるための大義名分を見つけたのだろう。

　ルイは私と結婚したいわけじゃない。すべて、自分のためでしかない。私にはそうとしか思えなかった。

「あの時のルイの一言に、私は傷ついたわ。落ち込みもした。長年婚約者として寄り添ってきたつもりだったのに、突然妻として不適格だと言われたのだから。だけど今更弱くはなれないし、なりたくもない。私は、これまでの人生を全否定されたのよ。それは誤解だと早く言ってくれていたら、どれだけ救われたことか。でもルイは自分のことばかりで、私のことなんて考えもしなかったでしょう？」

　ルイは答えなかった。

「私が『かわいそう』だったのは、その時までよ」

まっすぐにルイを見つめれば、その顔が苦しそうに歪《ゆが》んだ。

幼馴染として、婚約者として、ずっと守ってきたルイ。強くはなくとも、優しさがあった。だから安心して隣にいられた。

けれど今はもう違う。

私は本当に自分が居たい場所を見つけたから。

「そんな私をクレウス様は必要としてくれた。嬉しかった」

「だ、だけどそれは便利な道具として……！」

「私も最初はそう思ったわ。でも違ったの」

むしろ、私はずっと守られていたのだ。

「クレウス様は、私を守りたいと言ってくれた。そんなことを言ってくれたのは、あの人だけよ」

幼い時も、夫婦になってからも。

変わらず守りたいと言ってくれた。そして大事にしてくれた。

「さっきだって、クレウス様は私の心を守ってくれたわ。たくさんの人が見ている場で、前のように『この結婚は形だけのものだ』とは言わなかった。そうしたほうがいいはずなのに、それでも、私に愛を示してくれたわ」

「あの公爵が……？」

守ってくれたのはこの身だけじゃない。妻として、女としての誇《ほこ》りも守ってくれたのだ。

「誰かにかわいそうとか幸せとか決められたくない。私は今、望んでクレウス様の傍《そば》にいるの」

不思議と心は凪いでいた。

言いたいことを言い終えて口を閉じれば、ルイは呆然としたまま、静かに馬車を降りていった。

◇

入れ替わりでクレウス様が乗り込んでくると、間もなく馬車は出発した。

クレウス様は視線を彷徨《さまよ》わせた後、覚悟を決めたようにしっかり私と向き合った。

「ここでどんな話があったのか、おおよそ見当はついている」

「え？」

「ルイからも聞いただろう。二人の婚約解消の原因は、私にある」

「どういうことですか？」

ルイもずっとそのようなことを言っていたけれど、詳しい経緯については一切話さなかった。

「先ほど言いかけていた話だ。私の口から話したかったのだが、もう聞いたのだろう。確かに夜会でマクラレン伯爵子息に会った時、『貴殿は彼女に相応《ふさわ》しくない』『私のほうがよほどマシだ』と言ったことは事実だ」

クレウス様は一息に言い切り、まるでまな板に載せられた鯉《こい》がさばかれるのを待つみたいに、膝《ひざ》の上で拳を握った。

同じ言葉でも、ルイからの手紙で呼んだ時とは違って聞こえてしまって困る。けれどクレウス様のそんな様子を見ていたら、疑問ばかりが膨《ふく》らみ、思わず眉を顰《ひそ》めてゆっくりと首を傾《かし》げた。

「ええと。何故そんな話になったんですか?」

「彼はたちの悪い男どもに囲まれていた。悪友とでもいうべき間柄なのか、何を言われても言い返せずにいたようだった。その中で、ティファーナの話が出た」

「ほう」

話の流れがわからなくて真剣に聞いていたら、変な相槌《あいづち》になった。

「男たちは一度紹介しろだの、その……、下品なことを言い始めた」

なるほど。クレウス様は言い淀《よど》んだけれど、なんとなくどんな話だったのかは想像がつく。私も不意に聞いてしまったことがあるからだ。あんな筋肉女のどこがいいのかとか、ルイがかわいそうだとか。しかし、下品なことって？　と思わずさっきとは反対側に首を傾《かし》げてしまえば、クレウス様は詰まりながらも言葉を探した。

「だから、その、鍛えた体というのも珍しいから、一度試してみたいだとか、そのようなことだ」

あー。なるほどそれは下品だ。

クレウス様は気まずさからか、まくし立てるように続けた。

「それでルイが、やめろとティファーナを庇《かば》い始めたんだが、それがよくなかった。ティファーナは男が苦手で、触れるのも嫌だからそんなことはしてくれるなと言い出してしまった。そうなれば男たちの好奇の目がどこに向くかはわかるだろう」

まさかそんなところで私の弱点を晒《さら》されていたとは。

クレウス様は悔しげに吐き出した。

「いずれティファーナに邪《よこしま》な手が及ぶのを放っておくことはできなかった。だからその場で男たちはシメておいたのだが」

シメるという言葉をクレウス様の口から聞くとは。物理的になのか言葉によるものなのか気になったけれど、聞かずにおいた。

「あのように婚約者を危険に晒《さら》すような男にティファーナを守れるわけがない。そう思ったらつい口から出ていた」

なるほど。それで『貴殿は彼女に相応《ふさわ》しくない』『私のほうがよほどマシだ』だったのか。

確かにクレウス様の傍《そば》にいれば命を狙われはするけれど、でも守ってくれている。クレウス様にはその力がある。

「それは、助けていただいてありがとうございました」

やっぱりクレウス様には感謝しかない。そう思うのに、クレウス様はもどかしそうに首を振った。

「私の言葉で彼は鍛え直さねばと焦ったのだろう」

それは聞いた。けれどそれがなんだと言うのか。ひたすら首を傾《かし》げる私に、まな板の上のクレウス様は一向に包丁が振り下ろされないのをもどかしがるように言い募《つの》った。

「それで二人が婚約解消したことを知り、私はすぐさまフィリエント伯爵にティファーナとの結婚を申し出たのだ」

「重ね重ね、ありがとうございます?」

疑問符付きの私の返答に、クレウス様はこれから言わねばならない言葉に歯噛みするように顔を歪《ゆが》めた。

　そして一息に吐き出す。

「私は横からティファーナを奪うような真似をしたのだ。卑怯な真似をしたのだ！」

　クレウス様は、『さあ、さばいてくれ』と言わんばかりにぐっと拳を握りこむ。

　私はさらに首を傾《かし》げた。耳が肩につきそうだ。

「ええと。卑怯とは具体的にどのあたりが、でしょうか。先ほどから申し上げている通り、私としては感謝するばかりなんですが」

　きっかけはクレウス様だったかもしれないけれど、私のこれまでの努力を全否定するようなことを言ったのはルイ自身で、私もそんな風にルイに婚約解消を望まれて抗《あらが》う気にならなかっただけ。そうしてフリーになった私に結婚を申し込んだクレウス様が、卑怯だなんてことあるはずがない。

　それなのに、クレウス様は眉を下げ、途方に暮れたような顔をした。

「何故……？」

　何故、って。わかっていないのはクレウス様のほうだ。

「クレウス様。クレウス様はルイと正反対ですね」

　急激に腹が立って、ついそう言ってしまった。たとえどんな話であれ、元婚約者と夫を比べるようなことを言うべきではない。そう思うのに、口は止まらなかった。

「ルイは他人のせいにばかりする。それも情けないですが、何故クレウス様は全部自分のせいにしたがるのです？　どちらも極端です。二人とも、私の意思なんておかまいなしですか。私の声は聞こえていないんですか？」

「いや、そういうわけではない。ただ、二人は元々仲睦《なかむつ》まじかったと聞いた。あのままなら問題なく結婚に至っただろうとも。そこに横やりを入れ、危険の多い公爵家の妻になどした。だからまずは」

「だからなかったことにしたいとでも仰《おっしゃ》りたいのですか？　後悔していると」

「そうではない！　私は私にできる限りのことをするつもりだ」

「そうですよね？　クレウス様は私を大事にしてくださっていますよね？」

「ああ、決してティファーナを死なせたりはしない」

「私も死にたくはありませんので抗《あらが》います。クレウス様の隣で」

「そうだ。だから……、――うん？」

勢いに任せて何かを言いかけて、はたと我に返ったように、クレウス様はまん丸の瞳で私を見た。自分で自分の尻尾を踏んでしまって驚いた猫みたいに。

「ルイにもはっきり言いました。私は私の意志でクレウス様の妻として今ここにいるのだと。不要だと言われるまで出ていくつもりはございません！」

はっきりきっぱりと言い切ると、何故だかとてもすっきりとした。

言いたいことは言った、と私が口を閉ざすと、クレウス様は唖然《あぜん》として私を見つめる。

何か問題でも？　とやや喧嘩腰に見つめ返せば、クレウス様の表情が少しずつほどけるように笑みに変わっていった。

それを間近に見てしまって、私は慌てた。

なんて柔らかい顔で笑うんだろう。

笑みを見せてくれるたび、いつもいつも違うクレウス様が現れる。だからいつもどぎまぎしてしまう。

「そうか。よかった」

クレウス様はただ一言、そう言った。

満ち足りたように。安堵《あんど》したように。

そんな顔で言われたら、まるで私を心から欲してくれているみたいで。強い私、自分で自分を守れる私ではなくて、ただ私自身を必要としてくれているみたいで。

そう思ったら、首から上が真っ赤に染まっていった。

舞踏会でクレウス様が言ってくれた言葉が急に蘇《よみがえ》る。

いつの間にか私は手をとられていて、優しく引っ張られて。気付けば私はクレウス様の胸の中にいた。

ここは走る馬車の中ですよ、危ないですよ、とか言いたいのに喉が塞《ふさ》がって声が出てこない。触れられた手が熱い。いやそれどころではない、頭だけが目まぐるしく動いているのに、体は全身固まってしまったようで、何一つ自由にならない。

「ありがとう。私の隣を選んでくれて。ルイのもとへ帰ると言われるのではないかと、ずっと気が気ではなかった」

「……私はもうクレウス様の妻、ですから」

喘ぐように言葉を押し出す。

「奪うように妻にした。無理矢理その立場を押し付けた。だからずっと不安だった。ティファーナが後悔していないかと。それでもルイにくれてやるつもりも、他の誰かに渡すつもりもなかったが」

「先ほども言いましたように、私は私の意志でここにいるのです。私は流されるだけの人形ではありません。ですから最後まで責任は果たします」

嘘偽りない本心を告げると、クレウス様の低くも柔らかな声が「そうか」とほっとしたように呟いた。

「ならば誰よりも長生きできるよう、一生ティファーナを守ろう。長い時を、共にいられるように」

まるでプロポーズみたいだ。

そう思っていたら、静かに響く声が耳元に降ってきた。

「ティファーナ、好きだ。この世界のどんな存在よりも愛しく思う」

「え……？」

うるさいくらいにばくばくと跳ねていた心臓が、止まった気がした。

いや、実際に一瞬止まっていたのかもしれない。

信じられないことに、私はそのまま意識を失ってしまったらしい。

気が付いたら私はベッドの上で、朝の光が枕元に優しく降り注いでいた。

# 第四章　攻守交代　～敵は本能にあり～

今日は朝早くから仕事があると言っていたのに、クレウス様は朝食の席について私を待ってくれていた。

「おはよう、ティファーナ」

笑っているわけではないのに、何故だかその目尻は柔らかくて。

何故だか蕩《とろ》けるように甘く見えて。

今朝、目覚めていつもと変わらぬ景色に、昨夜のことは夢だったのかな？　と思った。

けれどどうやら夢じゃない。

終わらない現実が今そこにある。

「おはよう、ございます……」

なんとかそれだけを返せば、クレウス様が緩く笑む。

何か私の目にはおかしなフィルターがかかっているのかもしれない。

これはいつものクレウス様だろうか。あの氷の公爵閣下だろうか。

「よく眠れたか」

その声さえも、どこか柔らかく聞こえるのはどうしてだろう。

「はい、眠っていたことにも気が付かないほど」

「そうか。それならよかった」

そう言ってくすりと笑う。

――わ、わ――笑った!?

クレウス様が、くすりと!?

こんな思わず零《こぼ》れたような爽《さわ》やかな笑いは見たことが――いや、昨日も見たな。破壊級の特大の笑みを。

昨夜クレウス様は私に好きだと言ってくれた。それについて何か答えなくてはと思うのに、頭やら顔面やらが爆発しそうになってうまくまとまらない。

そこへこんな甘い顔を向けられては、なおさら何を話せばいいのかわからなくなる。

目を泳がせ、挙動不審な私をクレウス様はゆったりとした笑みで見つめる。

「ただひたすらに朝が待ち遠しいと思ったのは初めてのことだ」

え、と思わず顔を上げれば、そこには微笑を浮かべるクレウス様がいた。

私をじっと見守るような視線が、なんだかいつもと違って見えるのは何故だろう。

フィルターが切れない。いつもと同じに見えない。

氷の公爵の微笑とはこんなにも甘いものなのか。今なら毒入りのスープでも苦く感じないと確信ができる。

破裂しそうなほどにバクバクと跳ねる心臓を抑《おさ》え付けながら、私は必死で口を動かした。

「あの……、クレウス様。今朝は早く仕事に行かれると仰《おっしゃ》っていませんでしたか？」

「その予定だったが、変更した」

「大丈夫なのですか？」

「ああ、些事《さじ》だ。それよりも、昨夜最後まで言えなかった言葉を告げておかねばならないからな」

そう言ってクレウス様は、口元に妖艶《ようえん》な笑みを浮かべた。

「これまではマクラレン伯爵子息のことがあったから抑《おさ》えていたが、もはや誰に気兼ねすることもなくなった。もう遠慮はしない。覚悟するといい」

そう言ってクレウス様は、口元に妖艶《ようえん》な笑みを浮かべた。柔らかながらも私をまっすぐに見るその目は、逃がさないと言っているようで。

つまり。これまでは、ルイを騙《だま》して横から奪った負《お》い目から遠慮していただけだったたということだろうか。

いやいやいやいや。

こんなに楽しそうに宣戦布告されることなどあるだろうか。

「心配するな。ティファーナが嫌がることはしない。私の抑《おさ》えが利くうちは」

そしてこのとんでもなく甘い笑みを浮かべた人は一体誰だろうか。

誰が氷の公爵閣下などと言ったのか。こんなにいろんな笑みを見せる人の、どこが氷なのか。

もはやシロップをかけすぎてデロデロに溶けたかき氷、口に含んでも甘さしか感じない状態だ。

ただでさえ突然のことに処理能力が限界を迎えている私に、このような甘い目と言葉を向けてくるとは。私を殺しにかかっているとしか思えない。

とても心臓がもつ気がしなかった。

あまりの衝撃にその後何を言われていたのかも、味もわからないまま朝食を終え、仕事に向かうクレウス様の見送りに立った。

「大事なことを言い忘れていた」

いつもの氷の公爵閣下の顔で振り返ったクレウス様に、はっと我に返る。姿勢を正しクレウス様の言葉を待つと、彼は真剣な顔で言った。

「昨日の舞踏会で着ていたドレス。とても似合っていた」

「あ……りがとうございます」

「髪を後ろでまとめているのはメイド姿の時に見たが、ドレスに合わせたアレンジだと随分と印象が変わるものなのだな。私が贈った髪飾りをつけてくれたことも嬉しかった」

今その話？　そんな真面目な顔で？　しかも饒舌。

「もちろん普段のティファーナも美しい。シンプルな装《よそお》いを好むのは動きやすさを重視しているからだろうが、やはり思った通り、ティファーナは目鼻立ちが整っているから美しさがより際立つ」

「ありがとうございます……」

褒められた時の返しなんて、レパートリーがない。いたたまれない。やはり私の好みを知っていて見立ててくれたのだと思うと、嬉しくてしょうがないのだけれど。

「だが結婚式の時も」

「遡《さかのぼ》りすぎです！　いえ、あの、ありがとうございます、でももうお腹いっぱいです」

耐え切れなくなって思わず声を上げても、クレウス様は平然としていた。

「言わなければ伝わらないだろう？　これまでは言葉にすることができなかったからな」

「ルイのことがあったからですか……？」

この機に聞いてみれば、クレウス様は小さくふっと笑った。

「それもあるが、好意を示せば重荷になるからだ。責任感が強く、心の優しいティファーナが私の想いを知れば、私との結婚が嫌になっても逃げ出しにくくなるだろう？」

そこまで考えてくれていたのか。改めてクレウス様がどれだけ私を尊重し、大事にしてくれていたかを思い知る。

嬉しさともどかしさで言葉にならずにいる間に、クレウス様が再び口を開く。

「だが昨夜、ティファーナは傍《そば》にいると言ってくれた」

言った。確かに言ったけれど、それでこんな甘いシロップ漬けになるとは思ってもいなかった。

「距離を置かねばならないと思ったものの、それができたのはほんの数日ほどのことだったな。同じ邸《やしき》にいると思えば、どうしても顔が見たくなる。声を聞きたくなる。どんどん距離感がわからなくなって、保てなくなって。冷たくしても意味がないとわかったからなどというのは言い訳で、単に自制ができなかっただけだ。こんな自分がいるとは、私も知らなかった」

私も人間の顔がこんなに熱くなるものだとは知らなかった。

「寝首をかかれそうになったと聞いた時もそうだった。傍《そば》にいなければ守れないと考えを改めたつもりだったが、実際は私自身がティファーナの傍《そば》にいたいと思っただけだったのだろうな」

何事も完璧に計画通りこなすイメージのあるクレウス様が、こうして苦笑する姿は意外で。

しかもその言葉がどうにも甘くて。

私を想ってくれてのことなのだと思うと、胸がぎゅっとなって、余計に言葉が出なくなってしまった。

だけど。そんな自分が嫌になる。クレウス様は私に想いを告げてくれたのに、私はロクに言葉を返すこともできない。

これではダメだ。そう覚悟を決め、私は真っ赤なままの顔でクレウス様を見つめた。

「あの……！」

「うん？」

予想以上に優しい眼差しに、私は挫けそうになった。

いや、それではいけない。私はぐっと腹に力を込めた。

「あの。私はクレウス様の妻として、寄り添っていきたいと思っています。その役割を、責任を持って果たしたいと思っています。でも私は、好き、とか、そういうものがまだよくわかりません。こういったことにも慣れていないのです。ですから――」

「ああ。なんだ、そのようなことか」

あっさりとした声で返され、私はいささか拍子抜けしてしまう。

「突然のことで戸惑わせたことはわかっている。ティファーナに何かを求めているわけでもない。気にせずともよい」

ただひたすらに縋《すが》るような目で見つめる私に、クレウス様がふっと笑いかける。

「今はその言葉だけで十分だ」

なんて優しいのだろう。クレウス様は私に甘すぎる。

けれど、続いた言葉に私は撃沈した。

「どうしたらよいのかわからず戸惑い悶《もだ》えるティファーナを眺《なが》めるのも楽しい」

「たの……!? そ、なんっ……!?」

「いや、言葉が悪かったな。ただ私の言葉であれこれと表情を変える様を見ているだけで、十分に満たされている。それは私の言葉と心を受け止め、響いてくれているということだからな」

言葉を失ったままの私にも、クレウス様は容赦《ようしゃ》しなかった。

「焦らなくていい。最初から長期戦は覚悟している。ティファーナが私を好きになってくれるまで、いくらでも待つ。もちろん、そうなるように努めた上でな。――だから覚悟しろと言ったのだ」

そう言ってクレウス様は笑みを浮かべた。あの妖艶《ようえん》な笑みを。

そうして赤くなるやら青ざめるやらわけがわからなくなった私を満足そうに眺《なが》めると、ちらりと壁にかかった時計を見上げた。私もつられて見ると、気付けばすっかり時間が経ってしまっている。

「そろそろ本当に行かねばならんな。名残惜しいが、仕方ない」

そうして流れるような動作で私の手をとり、口づけを落とした。

「では、行ってくる」

そうして扉の向こうへ消えるクレウス様を見送り、私は力が抜けていくのを感じた。

唇が触れたところが熱い。顔も、これ以上ないくらいに熱い。クレウス様の姿が見えなくなって、ほっとしている。けれど何故か、すぐにどこか物足りなくなった。

そんな自分に気が付いて、私は顔を覆《おお》った。

「わーーーーーーああぁぁ!!」

突然叫びを上げた私に、通りかかった使用人たちはびくりと肩を揺らした。

ただ共に見送りに出ていたロッドは、私の肩をぽんぽん、と優しく叩いてくれる。

「お察しします」

その言葉は何故か、「諦めてください」と言っているように聞こえた。

◇

今日は雨。部屋の中で軽く素振りをしていたのだけれど、すぐにぼんやりとして集中力を失ってしまう。

クレウス様は焦らなくていいと言った。待つと言った。

けれど私は、早くクレウス様の気持ちにこたえたかった。

なのに私は『好き』がどういうことなのかがわからないのだ。

ルイのことは好きだったのだと思っていた。けれどあれは家族に向けるような感情だったのだと今はわかる。

それならクレウス様は？　と考えてみれば、男女の『好き』ってそもそもどんなもの？　という問いに直面してしまい、そこから先が考えられない。

クレウス様のことはもちろん好きだ。けれどそれは整った容姿に惹《ひ》かれているだけなのか、甘い言葉を言われて舞い上がっているだけなのか。接すれば接するほど、わからなくなってしまう。

思い悩み、私は木剣を片付けた。

一人で悩んでいても埒《らち》が明かない。助っ人を呼ぼう。

と言っても私が頼れる人といえば限られている。

「スーザン。ずばり、『恋』とは何かしら」

そう問いかければ、スーザンの静かな瞳が何故かすうっと平行に移動した。そのまま停止すること数秒。それからすうっと視線が戻ってきて問いかけが返ってくる。

「なんですって?」

真顔で聞かれて答えに詰まった。

「いえ、あの。その、ね? クレウス様が、その」

「ああ、ついに奥様にお気持ちをお伝えになったのですね」

淡々と言われて、そうなの、とつい返してしまいそうになった。

「え。ついに、って……知ってたの!?」

「この邸《やしき》で知らないのはメアリーだけかと。あの子はそういったことに疎《うと》いですから。

奥様が大事にされていることはわかっても、それがなんの感情からなのかはわかっていなかったでしょうね」

奥様のように。という言葉はどうにか呑み込んだような表情で私から目を逸《そ》らす。

「旦那様がいつからそのようにお想いだったのかはわかりませんが。奥様を社交の場で見かけて帰ってくるたび､頬を染めて嬉しそうにしていらっしゃって､『私も頑張らねば』と日々がむしゃらに励《はげ》んでおられて。まさに恋は栄養といったご様子でした」

恋は栄養とか初めて聞いた。スーザンの名言ぶりにいやが上にも相談相手としての期待が高まる。

「それで奥様は、何にお困りなのです？」

「自分の気持ちがわからないの。クレウス様を好きだとは思うのだけれど、それが恋なのか、家族としてなのか、同志としてなのか」

クレウス様が向けてくれた想いに対して､『私もです』と答えてよいものなのかどうか、それがわからないのだ。

「悩まれることもないと思いますが。ありのまま、素直に感じるままでよいのではないでしょうか」

「うーん。そうなんだけれど。分類がわからない、というか」

「区別が必要なものなのでしょうか。家族としての好意も、恋も、同志としての友愛も入り混じっていておかしくはありませんし、共存し得るものなのでは？」

「そう……かもしれないけれど、じゃあそこに恋はあるのか、っていうとどうなのかなと」

私も好きです、と答えて、もし後から違うものだったとわかったら？　がっかりされてしまうだろうし、なんだか不誠実な気がした。

「クレウス様は焦ることはないと言ってくれたわ。だからこれから好きになっていけばいいのかもしれない。けれどそもそも好きがわからないのだから、いつまでも好きになったことに気付けないのでは？　というのが一番の懸念《けねん》なのよ」

そうすると、永遠に待たせることになる。死ぬ間際になって「やっぱり恋でした」と告げるなんて不毛だ。

「なるほど。それは確かに大事な問題ですね。奥様の場合ありえそうですから。微力ながら、ここは真面目に考えることといたしましょう」

「ありがとう」

もういちいちスーザンの言葉にツッコんだりはしない。

スーザンは早速考えているのか、難しい顔で黙り込んだ。

「そうですね……。恋をすると、こう、胸がしめつけられたり、痛くなったり、心拍数が過剰に上がったりしますね」

「ええと。初めて会った時から今に至るまでほとんど毎日、心拍数が過剰に上がる瞬間があるわね。毎日顔を合わせるたびに新しい発見があったり、いろんな顔を見たりする時に」

「じゃあ恋なんじゃないですか」

簡単に結論づけようとするスーザンに、私は慌てた。

「待って、だってあのクレウス様よ⁉　あの美麗な顔を目にしたら誰だってそうなるんじゃないかしら。それもちょっと口元が緩んだりだとか、ふっと笑ったりだとか、そんなのを見たらひとたまりもないでしょう」

「なるほど。やはりそれは恋のように聞こえますが」

「ええ？　だって普段笑わない人が笑ったら誰だって驚くし、なんていうか、すごいものを見た！　ってなるでしょう？」

「まあ、そうですね」

「それに容姿とかそれだけでは恋かどうかは判断できないと思うのよ。目の保養と仰《おっしゃ》る奥様方もいらっしゃるし」

「確かに。しかし、一目ぼれと言う言葉もありますよ。顔が好きだから好きだと仰《おっしゃ》る方もいますし」

「うーん。確かにクレウス様の顔は美しいと思うけれど。特に最近は顔を見るだけで胸がバクバクするのよね。なんだかこう、威力が増したっていうの？」

「それは恋をなさったからでは？」

「でも最近のクレウス様の色気は半端ないわよね。そのせいなんじゃないかと」

「確かに。もはや冷たいガラス瓶が割れてだだ漏《も》れになった、ただのシロップですからね」

深く頷《うなず》いて返す。

「あとは私の何十年も前の記憶を掘り起こしてみますと、恋をするとずっとその人のことを考えてしまったり、ずっとその人の傍《そば》にいたいと思ったりしましたね」

淡々としているスーザンにもそんなことがあったのかと驚く。でも私にもほんのり心当たりがある気がする。

「なるほど。私もずっとクレウス様のことを考えてしまってはいるけれど」

「それは恋ですね」

「でも四六時中傍《そば》にいたいとは思わないわね」

「では違いますね」

いやだからスーザン、結論を急ぎすぎでは。絶対面倒くさくなってると思う。

話を打ち切られてしまう前にと、慌てて考える。

だって傍《そば》にいるとドキドキしすぎて疲れるし、胸が苦しくなることもあるし。

ずっと傍《そば》にいるのは無理だ、とてももたない。

なのに、離れると寂しいと思ってしまう自分を、持て余していた。あまりに自分勝手なそんなことは口にできなかったけれど。

「あとは触れたいとか、触れられると嬉しいという者もいますね」

「私、そもそも人に触れられるのがあまり好きではないのだけれど」

「では他の条件にいきましょう」

だから早いって。

「でも不思議とクレウス様は平気なのよね」

以前はクレウス様が私に関心がないからだと思っていたけれど、今でも嫌ではない。

ドキドキして顔が爆発しそうになることはあるけれど。

「それは奥様にとっては恋と言っていいのでは」

「でも触れたいと思ったことはないわ」

「では違うんでしょうね」

なんだかこのやり取りは前世で見た漫才のようだなと思いながら、私はうーんと唸った。

だって、手に触れることだってできなかったのだから、自分から触れてみるだなんて顔だけではなく全身爆発すると思う。私にはハードルが高すぎる。

そもそも、恋愛をしたことがないどころか、ルイ以外に年の近い男性とこれほど親しくなったこともないし。私には恋なんて早いのかもしれない。そう思ったらなんだか落ち込んでしまった。

そんな私を見かねたようにスーザンが小さく息を吐く。

「答えを出そうと必死になっているから逆にわからなくなっているのかもしれませんよ。理詰めで考えず、もっと素直にご自分の想いを感じてみては？」

◇

——ぶんっ
「ティファーナ様？」
——ぶんっ、ぶんっ
「あの、そろそろ休憩されてはいかがですか？」

　――ぶんっ

「あまりお続けになられると、お体を壊しますよ……！」

　メアリーの必死な声に、やっと私は我に返った。

「あ、ごめんなさい、つい集中していて」

　結局私がクレウス様をどう思っているのかは、わからないままだった。

　それでつい、素振りに明け暮れていたのだけれど。

「ティファーナ様、さあ、こちらの木陰でお休みください」

　メアリーが用意してくれていた椅子に座れば、根を詰めすぎたのか腕が重だるかった。

「お茶をどうぞ。水分を取らないと、倒れてしまわれますよ」

「ありがとう、メアリー」

　メアリーが淹《い》れてくれたお茶は喉をすっと通って体に染み渡った。

　こんな風に、『恋』が何かということもすっきりわかったらいいのに。

「ティファーナ様。お聞きしてもいいですか？」

「なあに、メアリー」

　お盆を手に、おずおずと訊《たず》ねた彼女に目を向けると、メアリーはためらいながらも口を開いた。

「あの。ティファーナ様は騎士団のスカウトをお断りしたと以前お話しされていましたよね。こうして毎日鍛えているのは誰かを守るためではなく、自分を守るためだから、と」

「ええ」

それは今も変わっていない。けれどメアリーは、即答した私を心底不思議そうに見つめた。

「それならば何故、身を挺してまでクレウス様を守ろうとなさったのですか？」

「それは、自分を守るのと同じだからよ」

お仕着せを借りて乗り込んだ時のことを言っているのだろう。

当然のように答えると、メアリーは首を傾《かし》げた。

「私がお役に立ちたいと思っているのは恩義があるからですが、ティファーナ様はそのようなこともありませんよね。それなのに、何故ご自分の命よりも大切なのですか？」

私は瞬発的に、『だって家族だもの』と答えようとして言葉を止めた。

嫁《とつ》いできた当初はそんな風には思っていなかった。

だけど今は、もしクレウス様に何かあれば……そう思うと、恐怖ばかりが湧く。

メアリーに言われて気が付いた。私はいつの間にか、クレウス様を自分の半身のように、いやそれ以上に大切に思うようになっていたのだ。

それがどんな愛かなんて、私にもわかる。

私は、クレウス様が好きなのだ。

一人の人として。

すべてのことが繋がったような気がした。

そうして気が付いてみれば、私の胸はこんなにも温かいもので満たされていたのだと知った。

クレウス様が好き。

ずっと悩んでいたのがおかしく感じるくらいに、それは当たり前みたいな顔をして私の胸の中にいたのだった。

◇

「お話があります。この後、お時間をいただけませんか？」

帰ってきたクレウス様にそうお願いすると、驚いていた。私から改まって話をすることなんてこれまでになかったからだろう。

着替え終わった頃を見計らって部屋にお邪魔すると、既にティーセットが用意されていた。

私のただならぬ様子を察して、ロッドが気遣《きづか》ってくれたのだと思う。

「ティファーナから話など、珍しいな」

私が部屋に入るなり、そう言って手早くお茶を淹《い》れ始めたクレウス様に、私は開口一番に告げた。

「好きです」

ガチャンッ、とティーセットが鳴る。

それでも私は続けた。止まってしまったら言えなくなってしまいそうだったから。

「クレウス様が、好きです。理屈ではないのだと、気が付いたのです」

そう認めてみたら、簡単なことだった。

「私たちは最初から夫婦でしたから、大切な存在でしたし、クレウス様は綺麗なお顔ですからそれでどきどきするのかと思っていました。でもいつの間にか、私はあなたを失いたくないと思うようになりました。誰にも代えられないのだとわかりました。それで気が付きました。私はクレウス様が好きです。好きなんです」

一気に言い終えてからクレウス様の様子をそっと窺《うかが》うと、片手で顔を覆《おお》いよろりとよろめいていた。

「クレウス様?」

顔が見えなくて不安になり覗《のぞ》き込もうとすると、小さなため息が聞こえた。

「ティファーナ。君はいつも本当に予想がつかない。私はまた、別れでも切り出されるのかと覚悟していたところだったのに。茶を淹《い》れ、落ち着いているふりまでして」

「寄り添いたいのだと申し上げたはずです。別れるなんて、そんなこと言うわけがありません!」

「突然態度を変えた私に嫌気が差したのではないかと思ったのだ。戸惑っているのはわかるのに、もう想いを隠さなくてよいのだと思うと抑《おさ》えきれなかった。こんなに自分が思い通りにならないものとは」

「戸惑ったのは確かです。でも、私はすぐに夢だったのかなとか、誤解だったのかもしれないとか思ってしまいますから。はっきりと言葉にしてそれを向けてくださるクレウス様が、嬉しかったですし、やっぱり好きです」

そう答えれば、クレウス様がそっと手を口元まで下ろした。

現れた頬も、耳も赤い。

それを見たら、私まで真っ赤になってしまった。

それでも目を逸《そ》らさずにまっすぐにアイスブルーの瞳を見返せば、その瞳は熱に潤《うる》み、揺れていた。

「好き、と言ってくれたのか？　私の都合のいい妄想か」

「言いました。四回も」

「いや五回だ」

数えてた。

「私は夢を見ているのか」

数えていた割にはなかなか信じてくれないクレウス様に、それもそうかと思う。

私だってクレウス様に想いを告げられた時は戸惑ったし、何度も疑った。

それでも私は、すぐにでも伝えたかったのだ。

唐突だったとも思うけれど、人はいつ死ぬかわからない。死んで後悔するなんて二度としたくなかったから。

「すまない。あまりに急すぎることで、少々感情の処理が追いついていない。嬉しいのだが、本当かどうか信じられない思いもあって、ここでぬか喜びだということになれば私はしばらく立ち直れそうに――」

「――えい」

私は口元を覆《おお》ったままのクレウス様の肘《ひじ》をくぐるようにして、懐に飛び込んだ。

そしてその胸にぎゅっと抱きつく。

「夢じゃありません。ちなみに幻でもありません。嘘でも誤解でもありません。本当に、好きです」

頭上からクレウス様が息を呑む気配がする。

その胸に抱きついているからだと気が付いて、なんと大胆なことをしたのかと自分で驚く。

なかなか信じてくれないクレウス様がもどかしくて、つい衝動的に動いてしまった。

けれど。

「証拠に、クレウス様に触れるのは平気みたいです。別の意味で平気じゃありませんけど。こうやって恥ずかしくて爆発しそうになるのも、好きな相手だからだと思うので、やっぱり私はクレウス様が好きなんだと思います」

「ティファーナ……。本当なんだな。振り向いてもらうまでにはもっと時間がかかると思っていた。三年でも、五年でも、根気強く想いを伝えていこうと思っていた」

「そんなの、私の心臓がもちませんよ！」

あんな甘々な態度で迫られて一か月でも耐えられたらそれはもう聖人か何かだと思う。

「今後もやめるつもりはないが」

「……！」
その言葉に絶望するやら……嬉しいやら。
恥ずかしさにクレウス様の胸に顔を埋《うず》めると、クレウス様の腕が背中に回された。
私も同じようにして、彼の背をきゅっと掴《つか》んだ。
心臓がばくばくとうるさく鳴っている。
けれど私の耳元でももう一つの心臓が同じようにばくばくと音を立てている。
そのことにとてもほっとする。
熱い。だけど温かい。私の知らなかった温もり。
どきどきするのに、緊張するのに、どこかほっと和《やわ》らぐ気がする。
ずっとこうしていたいと思った。この温もりを愛しいと思った。
わかってしまえばこんなにも簡単なことだったのだなと思う。
クレウス様が好き。
それはもう自分でも疑いようのない事実となっていた。
「ティファーナ、好きだ。愛している」
耳元で囁《ささや》かれる低音が心地いい。
「改めて誓おう。命のある限り、ティファーナを慈しみ、大事にすると」

「私も。クレウス様を誰よりも大切にいたします」

「ティファーナの次に、にしてくれ」

そう言われたけれど、そのつもりはなかった。

ただ笑みを返した私に、クレウス様は困ったようにもくすぐったそうにも見える笑みを口元に浮かべた。

幸せとはこういうことを言うのだと、私は初めて知った気がした。

死なないために生きてきた。

けれど私は、やっと心から欲しいものを知り、そして手に入れたのだ。

ほっとしたせいなのか何故か涙が出そうになって、それを隠すように顔を俯《うつむ》けた。けれどすぐに顎《あご》を持ち上げられてまっすぐなクレウス様の瞳と目が合う。

「ティファーナ。口づけてもいいか？」

「……はい」

自分で顔が真っ赤になっているだろうとわかった。細く長い指がそっと唇に触れる。

一気に真っ赤になった顔が恥ずかしくて俯《うつむ》こうとすれば、反対に顎《あご》をくいっと持ち上げられた。

そこにはまっすぐなクレウス様の目があって、じっと私を見下ろしていた。

その目は熱く潤《うる》んでいて。何かを堪《こら》えるように、欲するように見つめられる。

どうしたらいいのかわからなくて、クレウス様の背を掴《つか》む手にぎゅっと力を込めると、クレウス様の指が頬を包んだ。長い指がさらりと耳に触れると、びくりと肩が揺れた。

その瞬間、クレウス様の唇が優しく降ってきて、私はただそれを受け止めることしかできなかった。最初は確かめるみたいに触れるだけだったそれは、何度も唇をついばむ。

間断ないそれに息ができずにいることに気が付いたのか、クレウス様の唇が離れてほっとする。

しかし柔らかなそれは私の肌すれすれをつっと移動し、耳元に触れた。

「!? ちょ、ま、待ってください、クレウス様！」

力の入らない腕でなんとかクレウス様の肩を押す。けれど微動だにしないどころか、むしろより隙間なく抱き込まれる。

「ま、待って、あの、今日はダメなんです！」

真っ赤な顔で眉を下げれば、クレウス様が我に返ったようにはっとした。

「すまない。そういうつもりではなかったのだが、……いや、その、あまりに性急すぎた」

やはり誤解させてしまった。

さっと離れようとしたクレウス様をつかまえるようにぎゅっと抱きしめ、慌てて言葉を続ける。

「いえ、そうじゃなく！　嫌とかじゃないんです。ただ、ついさっき都合が悪くなってしまって……。だから、一週間後なら」

その言葉に、何事かを察したらしいクレウス様は顔を赤らめ口元を覆《おお》った。

「……、すまない。気付いてやれず」

「いえ⁉　気付かれるほうが嫌です！　ですから、その」

「わかった。ティファーナの体調が万全になるまで待つ」

「ごめんなさい……」

「謝ることはない。最初からどれだけでも待つつもりであったし、義務とか権利とかではなく、ティファーナの気持ちを大事にしたいのだ」

もしかして。舞踏会の日に母が何やらクレウス様に囁《ささや》いていたのはこのことだったのだろうか。恥ずかしさにより一層顔が赤らむけれど、クレウス様は穏やかに微笑んだ。

「何よりも今は、ティファーナが心を向けてくれたということだけで満ち足りている。人とはこんなにも幸せな気持ちになれるものなのだな」

「私もそう思っていました。今とても、幸せです」

心が、体が近づくほどに満たされていく。

ずっとこうしていたいと思った。

きっと二人でいれば、これからもっと幸せなことがあるんだろう。そう確信できる気がした。

# 第五章　眠れる雪豹を起こすとどうなるのか私も知らない

そうしてあっという間に一週間が経った。

ベッドの端と端で背中合わせに眠っていた私たちは、真ん中でお互いに向き合って眠るようになっていた。

目を覚ますとクレウス様が愛しそうに私の金の髪を梳《す》いていて、おはようと言ってくれる。

自然と微笑めば、優しいキスが額に降る。

そうして触れ合っているだけで、想いを通わせ傍《そば》にいられるだけで、幸せだった。

これ以上の幸せなんてあるのだろうか。

そうは思いながら、今日がくるのが怖くもあり、不安なような、そわそわするような。

そんな私に気が付いたのか、今朝お見送りに立った私にクレウス様は言った。

「無理をすることはない。前にも伝えたが、義務ではないのだから。私はティファーナを大事にしたいし、傍《そば》にいられるだけで十分に幸せだ」

「いえ！　約束ですから！　それに、もしクレウス様が他の女の人と世継《よっ》ぎを作ることになったりしたら絶対嫌ですし。私も、その、義務と思っているわけではないですし、……嫌なわけではないので」

尻すぼみになりながらごにょごにょ言えば、クレウス様は「ティファーナ以外の女性に触れるつもりはない」ときっぱり言った後に、晴れやかに笑った。

「だがよかった。もう待たなくともよいということだな？」

「……はい」

赤い顔を隠すために俯《うつむ》き、なんとか小さな声を返せば、額に優しいキスが落とされた。

「邪魔な仕事を片付けてくる」

爽《さわ》やかにそう笑って、クレウス様は出発してしまった。

恥ずかしいやら、夜が恐ろしいやら。気を緩めると「わーーっ！」と叫び出したくなるのを振り払うように日課の素振りに勤《いそ》しんだ。

そのまま中庭でメアリーとお茶をすることにしたのだけれど。

「あれ……。いつも日用品を持ってきてくれる業者さんですね。もう一人は新人さんでしょうか」

不意に言われて振り返ると、そこには台車を押し歩いている二人組の男がいた。

一人は私も見たことがある。髪にも髭にも白いものが交じり始めていて、いつも朗らかに笑っている印象の人だ。けれど今日はなんだか顔色が悪いし、怯えるようにおどおどとしている。

もう一人の男は小柄だけど引き締まった体をしている。彼は見たことがない。息子を見習いに連れてきたにしては容姿が似ていないから、新たに雇《やと》ったのだろうか。

なんだかその二人の姿に違和感を覚える。

なんだろう、と見ていて気が付いた。台車があるなら石で舗装された道を通ったほうが押しやすいのに、わざわざ芝生の上を通っている。だから音がしなかったのだ。近道をするつもりでもないようで、道から少しずれたところをずっと歩いている。

なんとなく気になり目を離せずにいると、髭の男のほうが小柄な男をちらりと振り返った。その視線にこたえるように足を止めた小柄な男は、さっと背中に手を回し、細長い筒《つつ》のようなものを取り出した。

それは本能だった。

「メアリー、逃げて！」

叫ぶのと同時に椅子から受け身をとって転がる。近くの芝にプスリと何かが突き刺さるのが目の端に映った。

吹き矢だ。この至近距離ではまずい。避《よ》けられない。

それでもすぐさま立ち上がりメアリーの手をとろうとしたけれど、その時にはもう次の矢が届いてしまっていた。突然のことに戸惑い、身動きがとれなかったメアリーは呆然としたまま男を見つめ、ゆっくりと倒れた。

「メアリー!!」

倒れ込むメアリーを受け止めようと腕を伸ばす。けれど背中にちくりと痛みを感じた瞬間、頭がくらりとして視界が薄暗くなった。

ああ――

このままメアリーが倒れ込んだら頭を打ってしまう。大怪我になりかねない。それだけは、なんとか――

メアリーの頭に手が触れる。

そこで意識が途切れた。


重く、暗い、どろどろとした眠りだった。

うっすらと光が見えるのに、なかなか意識が浮上してこない。

体が重い。ゆっくり、ゆっくりと時間をかけて、指がぴくりと動いたのがわかった。

そしてはっと目を覚ます。

咄嗟《とっさ》に起き上がろうとして鈍い痛みに呻《うめ》き、起こしかけていた頭を戻せばそこは硬い床だった。

痛む頭に触れようとしたけれど、手がうまく動かない。手だけではない。足も縛られている。

そっと首を動かすと、部屋の中には人どころか物も何も置かれていないのが見えた。

ここはどこだろうか。

体を動かそうとして、背中の違和感に気付いた。腫《は》れぼったく、熱を持って痛む中心に、針で刺されたような鋭い痛みがある。

まさか敷地内にやすやすと入り込まれ、しかも吹き矢で狙われるとは。

間が悪いことに、シリスはちょうど交代の時間だった。敷地内に護衛はいるけれど、彼らはずっと私に張り付いているわけではない。だから私自身が私を守らなければならなかったのに。

油断していたのだ。最近は危険なこともなく、穏やかな日々が続いていたから。

悔しさに歯噛みしたけれど、すぐに冷静になった。きっとすぐにクレウス様が助けに来てくれる。

一緒にいたメアリーが無事か気にかかったけれど、ここにいないということは同じように眠らされてそのまま置いていかれた可能性が高い。

彼らが押していた台車は私を運ぶためのものだったのだろう。あれに二人は乗せられない。

あの見覚えのない男が業者を脅《おど》して邸《やしき》に入り込んだのかもしれない。そうなると、用済みとなった業者も無事でいるか心配だった。

今頃は誰かが倒れているメアリーを見つけて、クレウス様に連絡してくれているだろう。

私は助けが来るまで自分の命を守ればいい。無理に逃げ出そうとするほうが、身を危険に晒《さら》すことになる。

そう考えて、少しだけ頬が緩んだ。

以前の私だったら、怪我をしたとしても逃げるべきだと考えただろう。自分で自分を守る、誰も頼りはしないと決めていたから。

けれど今の私は実家などよりもっと危険な公爵邸に身を置いているはずなのに、夜間の安全をシリスに任せ、邸内でも気を張らずに過ごしていた。

それは私にとって、必要な変化だったと思う。

一人で戦うのには限界がある。それをずっと認めたくなかったのだ。

そうして気を張り詰め続け、生き延びるために生きるだけの人生で、生きている意味がわからなくなっていた。

けれど公爵邸で暮らす中で心穏やかに過ごす日々を知り、何気ない日々を楽しめるようになり、そして味方という力を得た。

それはクレウス様と共にいることで得た大切なもの。

だから、絶対に無事でいなければならないのだ。

しかし。犯人もなんて日に行動を起こしたのかと思う。

今頃クレウス様は烈火のごとく怒っているだろうか。それとも氷点下のブリザードをまき起こしているだろうか。どちらも見たことがないのに、何故だか想像がつくような気がした。

そんなことを考えていたら、クレウス様に会いたくなってしまった。そのためにも、まず拘束を解《と》きたい。

しかし手首が後ろで縛られていてうまく動かせない。

足首から膝《ひざ》もぐるぐるに巻かれているけれど、仮にも淑女の足に直接触れるのは避《さ》けたのか、拘束が服の上からだったのが救いだ。服がひらひらして邪魔だっただけかもしれないけれど。

残念ながら靴は邪魔で脱がされたのか、運ばれる途中でどこかに落としたのか、素足だった。

素振りの時でも履いていた隠し武器であるピンヒールも、靴底にナイフを張り付けたお忍びメイド用の平たい靴も履いていないのは痛い。

幸いだったのは、口には猿ぐつわをされていたものの、手と足ほどには念入りではなかったこと。一応、というようにただの布を噛まされ後ろで縛られているだけだ。万が一にも外れて大声を出されても困らない場所に連れてこられたのか、息ができるようにと配慮してくれたのか。

筋肉令嬢との呼び名のある私への警戒と同時に、そういったところに気遣《きづか》いを感じるのは脅《おど》された業者が縛ったからなのかもしれない。

やはりこれもシルキー様が企《たくら》んだことなのだろうか。人を脅《おど》して意のままに動かそうとするやり方がマーサ衣装室の襲撃と同じだ。

でもなんとなくだけれど、ずっと違和感がある。

結婚式の場でさえ真っ向から喧嘩を売ってきたシルキー様のイメージと合わないのだ。

シルキー様が公爵邸に襲来した時から感じていた。誰かが裏で糸を引いているのではないかと。

だとしたら、ここは黒幕が所有する敷地なのかもしれない。

部屋の造りは目を引くものはないけれど、隙間風が入り込んでくるようなことはなく、しっかりとしている。貴族の邸《やしき》の物置小屋か別宅というところだろうか。

胸くらいの高さに窓が一つ、反対側に扉が一つ。

辺りが静かなことから、まず街中ではないことは確かだ。

叫んだとしてもやってくるのは敵ばかりで助けは望めないだろう。

それなら、さっさと縄をほどいていつでも戦えるよう体勢を整えておきたい。

だがこの状態ではロクに身動きもとれず、イモムシのように転がっているのがせいぜいだった。

体をくねらせ、唯一自由に動く首で辺りに何かないかと見回す。

がらんどうで物は何も置かれていないけれど、壁に釘が刺さっているのが見えた。膝《ひざ》くらいの高さだ。あれを利用しよう。

私はイモムシのようにずりずりと這いずっていき、うつ伏せになった。

うおおおお！　私の背筋《はいきん》！　腹筋！　今こそ出番だ。鍛えた成果を生かすのは今をおいてほかにない！

私は背を反らして思い切り上体を起こすと、壁に左の頬を向け、その釘に猿ぐつわが引っかかるようにぐいぐいと顔を押した。

体をうごうご動かして位置を微調整し、もう一度上体を起こせば猿ぐつわが釘に引っかかる。けれど、すぐにはとれない。

やっと顎《あご》の下にそれを外すことに成功した時には、太ももがつりそうになっていた。私の背筋《はいきん》も腹筋も、よく頑張った！　私の筋肉をナメるなよ！

一通り筋肉を褒めた後は壁を使って体を起こし、足を前に投げ出した格好で座る。前屈をするようにそのままぺたりと上体を伏せ、膝《ひざ》の辺りまでぐるぐると伸びている縄の結び目に噛みついた。

歯は人間の体の中で最強の武器といえるだろう。動きが制限された状態では時間がかかったけれど、なんとか足の縄を解《と》くと解放感がすごい。ただし口の中は縄の繊維だらけで最悪だ。

私は自由になった足と壁を使って立ち上がり、部屋の中に一つだけあった窓に近寄った。

そっと外の様子を窺《うかが》うと、芝生とその奥に建物の壁が見えた。その邸《やしき》には見覚えがある。ありすぎるくらいにあった。

どういうこと――?

何故私がこの場所に連れてこられたのか。それを考えると腹の奥底が重くなる。私の誘拐と無関係とは考えにくい。

だったら。もしかして黒幕って――

その時、廊下からコツコツと一つの足音が聞こえて、はっと身構えた。

相手が誰かは重要じゃない。今はとにかく己の身を守らねば。

気持ちを切り替え、自分と部屋とをぱっと見回した。

まだ眠っているふりをしたほうがいいだろうか。いや、猿ぐつわも外してしまったし、足の拘束もない。残っているのは手の拘束だけだから、起きて全力で活動していたことは秒でばれる。

それならば。

私はドアの横に張り付き、足音が近づくのを待った。

コツン、と足音がドアの前で止まる。起こさないためか、そっと鍵を開ける音がカチャリと響き、ドアノブが回され。

開いたドアから滑り込んだ人影に向かって、私は問答無用で右上段蹴りを繰り出した。

が。それは女性だった。

寸前で気が付き力を弱めたものの、軽い体は簡単に吹っ飛び、ドアにぶつかって床へ転がった。

「いっ……、いった……！　ぐぅっは……っ」

呻《うめ》いていたのはどこかで見覚えのある令嬢。

「あ。シルキー様」

先ほど頭をよぎったものの、こんなところにいるとは思っていなかったから驚いた。

だが、私の体は考えるよりも先に倒れ込んだシルキー様に馬乗りになり、両腕を膝《ひざ》で押さえていた。

「痛い！　ちょっ……、あなた、本当に女⁉　なんて格好を」

「大きな声を出すと喉を潰《つぶ》しますよ」

そう警告すると、シルキー様はぐっと言葉を呑み込んだ。けれど、低く小さな声で文句を言うのはやめない。

「あなた、侯爵家の娘に対してなんてことをしますの⁉」

「公爵夫人を無理矢理さらってぐるぐるに拘束した人に言われたくはありません」

「はっ⁉　よく見たらその拘束も解《と》けてるじゃありませんか！　どんだけ化け物なの⁉　信じられませんわ」

「信じられないはこちらの台詞です。さすがにしつこくないですか」

「しつこいって言わないでくださる⁉　根性があるとか、根気強いとか、執念深いとか！」

同じことだが。

「こんなことをして無事で済むとお思いですか？」

じっとその吊り目がちな目を見下ろすと、シルキー様はふん、と顔を歪《ゆが》めて笑った。

「あなたがクレウス様の前から消えてくれたら私はそれでかまいませんの。あとは他の方々にお任せしていますのよ」

その言葉に眉を寄せる。やはりシルキー様の背後には誰かがいる。それがこの邸《やしき》の住人だとしたら。

暗くなる思考を振り払い、どう動くべきか忙《いそが》しく頭を働かせる傍《かたわ》らで、インク壺が転がっていることに気が付いた。この部屋には何もなかったはずだから、シルキー様が持ってきたのだろう。

「何故インクを……？」

「ああ。まだしばらくは起きないだろうと聞きましたので、顔に落書きをしてさしあげようかと。もし万が一逃げおおせたとしても、落書きだらけの顔ではクレウス様も一層幻滅なさるでしょう？」

どやぁっ、と私を睨《にら》み上げる。見た目は大人、中身は子供かな？　ていうか本当にまだ諦めていないのかと驚愕する。

「たぶん……それくらいじゃびくともしませんよ。それどころか丁寧に洗ってくださりそうです」

外見で好きになってくれたわけではないことは知っているし、最近何かにつけて触れたがるから、むしろ嬉々として洗ってくれるのではないかとさえ思ってしまう。

「何を仰《おっしゃ》ってるのかしら？　あの氷の公爵閣下が手ずからそんなことをするわけありませんのに。お傍《そば》にいながら、まだなぁんにもわかっていませんのね。クレウス様はいつもクールで、冷たくて、冷酷無比で」

三重重ねで強調するほど冷たいとしか思っていない人の、どこがよくてつきまとうのだろうか。理解できない。

「そうですね。私が連れ去られ、拘束されたことを知っただけで、烈火の……いえ、吹雪のごとくお怒りになるでしょうね。そんな姿は見たことがありませんが、不思議と目に浮かぶようなんですよね」

以前も首の薄皮一枚切れただけで包帯でぐるぐる巻きにされたけれど、最近の過保護ぶりは留まるところを知らない。

「あ、怒った姿でしたら想像がつきますわ。私、何度もゴミを見るような目で見下されて――、いえそうではなく！　どうせあなたごときがいなくなったところで、クレウス様は痛くも痒《かゆ》くもありませんわ。微動だにしないのではありませんこと？」

ふんっ、と鼻で笑ったシルキー様に私は眉を下げて、ふっ、と苦笑を返した。

「顔は微動だにしていないかもしれませんね。凍りついて」

「だーかーら！　クレウス様はあなたなんかのことではお怒りになったりしないのです！　舞踏会であぁ仰《おつしや》っていたのは体面というものにすぎませんわ。そんなこともわからないだなんて、ああ、なんて恥ずかしくもかわいそうな方なのかしら」

私とクレウス様のことなんて何も知らないのに、何故ここまで思い込めるのだろう。

「シルキー様の出番は一生ありません」

蛇みたいな目がこれ以上ないほどに吊り上がる。

「…………！　ただの筋肉が思い上がるんじゃありませんわ！　貴族として妻を娶《めと》り、子をなすのは義務！　いくら再婚しないと宣言していたところで、あなたが消えた後にこの美貌の私が再婚でもかまわないと申し上げれば、私の純愛に気が付き、健気さに心をときめかせてくださることでしょう」

「自分にとって都合のいい虚像しか見ない人にクレウス様は渡しません。いいえ、他の誰にも譲りません。だから私は消えませんし、死にません。何があっても」

クレウス様の妻は私だけ。他の女《ひと》がクレウス様の隣にいるなんて、考えるのも嫌だ。だからこの場をなんとかしなければ。黒幕の狙いがわからない以上、ここでいつまでもシルキー様に付き合っているわけにはいかない。

なんとか彼女を拘束する手段はないだろうか。手が使えないから縄で縛ることはできない。武装もしていない非力な女性を攻撃するのは気が進まない。それでも他に手がなければやるしかないのだけれど……

そう悩んでいた時、なんの前触れもなく屋根に衝撃が走った。ドゴォン、という破壊音と共に何かが降ってくる。

「大丈夫ですか？　ティファーナ様！」

がれきの中心にすたんと降り立ったのは、背中に白い大きな翼を広げた、メアリーだった。

私が呆気にとられて言葉を失っているうち、メアリーはシルキー様に馬乗りになっているどう見ても無事な私を認めて、うるりとその瞳から涙を零《こぼ》した。

「ううぅー！　怖かったです……！　ティファーナ様が、殺されちゃうんじゃないかって」

私の知っているメアリーだ。いつも懸命に私に仕えてくれて、私の心を和《なご》ませてくれる、メアリーだ。

「メアリー、助けに来てくれてありがとう！　ラッキーだわ、飛べるならさっさと逃げてしまいましょう」

いろいろと聞きたいのはさておき、助けに来てくれたことを喜ぶと、メアリーが困ったように眉を下げた。

「すみません。子供ならまだしも、大人を抱えて飛ぶのは無理だと思います」

屋根を蹴破って現れたから期待してしまった。だが筋肉は重い。仕方ない。

私の見ている前で、使えない宣言されてしまった翼がぴゅっとなくなる。

そんなに簡単に収納できるのか。痛くはないのだろうか。そもそもメアリーは一体何者なのか。

どうしてもその疑問がちらつくのだけれど、とはいえ今はそんな場合ではない。

はっとしてシルキー様を見下ろすと、あまりのことに限界を超えたのか気を失っている。いや。おでこが赤いから木片が当たったのかもしれない。

ひとまず息があることを確認し、私はメアリーに助けてもらいながら立ち上がった。

「メアリーお願い、この縄を解《と》いて！」

残りは後ろ手に縛られた縄のみ。

あれだけの轟音を立てては、すぐにでも人が来るだろう。今ここから慌てて逃げ出しても鉢合わせするだけ。だったら、今のうちにこの手を自由にして戦える態勢を整えておかなければ。

「それほど固く結ばれているわけではありませんね。でもほどけません！」

振り返れば、メアリーが「ふぬぬぬ！」と気合いを入れるも、その手はぷるぷるするばかりで結び目はびくともしていない。

先ほど屋根を蹴破って登場したとは思えないくらいに非力だが、そう、これがメアリーだ。

「いつもならガーターベルトにナイフが仕込んであるのだけれど。どうせとられてるわよね？」

「失礼します」

メアリーがぱたぱたと服の上から確認したけれど、やはりなかったようで力なく首を振った。

「じゃあ私の脇の下、胸の横の辺りに小さなカミソリを隠してあるから、それをとってくれる？」

前世では女性用の下着にはワイヤーが入っていた。それを応用して下着のサイドに仕込んであるのだ。

「重ね重ね失礼します」

メアリーは胸元から手を突っ込もうとしたけれど筋肉でムチムチだったので断念し、背中の紐を少しだけ外して脇に手を差し込む。

「あ！　何か硬いものがあります」

「ケースから外れると手を切ってしまうから気を付けてとってね」

「はい、とれました！」

早速メアリーがカミソリを縄に当てたけれど、刃が小さいから時間がかかる。

ざしゅざしゅと必死に刃を動かしながら、メアリーは「あの……」と口を開いた。

「ずっと正体を隠していて申し訳ありません。先ほど目にされた通り、私は魔物なのです。怖い……ですよね」

「まさか。味方の何が怖いというの？　たった今だって助けてくれたばかりだし、嬉しい限りよ」

正直驚いた。心臓がぽろりと転がり出るかと思うくらい衝撃だった。

でも思い返せば、洞穴《ほらあな》で暮らしていたとか、魔物の気配がわかるとか、なるほどと納得できることはたくさんある。人の感情に疎《うと》い、勉強中だと言っていたのも。

そういえばシリスも「旦那って変なもの飼う癖あるよねー」とぼやいていたっけ。シリスと私のことだと思っていたけど、メアリーも含まれていたのかも。いや、あれは絶対知ってたやつだ。猫と小鳥とか言って完全に遊んでたな。

まあ、こんな状況じゃなかったら私だって、「どういうこと!?」と取り乱していたと思う。けれどメアリーがいつもと変わらず私を案じてくれる姿に、自然と「まあ、メアリーはメアリーだし」と思えた。

笑って返した私に、メアリーは泣きそうに眉を下げた。

「でも私、飛べるだけでなんの役にも立たないんです。弱いんです。戦ったり、傷ついたりするのが怖くて、魔物の棲む山から逃げてきたから……。人間の世界は聞いていた通り平和でしたけど、どうやって生きていけばいいかわからなくて、彷徨《さまよ》って……。そのうちにクレウス様に拾われたんです」

「そう。クレウス様は最初から知っていたのね」

「はい……。いつか大事な人を迎えに行くつもりだから、その人の侍女になってほしいって。痛みがわかる人に傍《そば》にいてほしいからって」

そんなことを思ってくれていたなんて。私はまた知らないところでずっとクレウス様に守られていたんだと実感する。まだまだ知らないことがあるのかもしれない。

クレウス様が考えた通り、メアリーと一緒にいるのは心地よかった。いつも懸命で私を気遣《きづか》い、心配してくれるメアリーに心が温まり、励《はげ》まされていた。

「そうだったのね。ありがとう、メアリー」

感謝の気持ちしかない。けれど微笑めば、メアリーはいよいよ泣きそうに目を潤《うる》ませた。

「でも私、お傍《そば》にいたのに何もできなくて、みすみすティファーナ様を連れ去られてしまって」

「助けに来てくれたじゃない」

「いえ……！　本当は奴らを追いかけて一度ここまで来たんです」

同じように吹き矢を食らったものの、魔物だからかメアリーの薬はすぐに切れたらしい。

男たちが私を布で隠して台車に乗せ、運び出していくのを目にしたメアリーは、体が動くようになってすぐに後を追ったのだという。気付かれぬよう空を飛んで場所を突き止めたメアリーは、助けを呼びに戻った。

そう話してくれたメアリーは、悔やむように唇を噛みしめた。

「私が強ければ、もっと早く助けられたのに。せっかく私もティファーナ様を見習って筋トレを始めたのに……」

そうだったの⁉　と驚き一瞬目を剥《む》く。だからいつも鍛える私をあんなに凝視していたのか。

「こういう時は一人で突っ込まずに助けを呼ぶのが正解なのよ。それに、メアリーは正体が露見するのも厭《いと》わずに私を助けに来てくれたじゃない。勇気と優しさがなければできないことだわ。本当にありがとう」

そう笑めば、メアリーは瞳を潤《うる》ませて不器用に笑んだ。

「私、お役に立てたんでしょうか。すごく、嬉しいです……」

「いつも助かってるわよ。それに言ったでしょ、人の強さはそれぞれだって。それが証明されたわね」

二人笑い合って。

はたと気が付いた。

「――というか、クレウス様が来ていたりする？」

「あ、はい！　もう、すぐそこまで来ているはずです」

ぱっと顔を明るくしたメアリーとは裏腹に、私はさっと青ざめた。あの轟音でも誰もここに駆け付けないのは、クレウス様の乱入への対応で手一杯だからなのでは。

助けに来てくれて嬉しい。けれど今はまずい。拘束されている姿など見たら火に油を注ぐことになる。無事ですアピールをしなければ。

「メアリー、急いで！」

「は、はいー！」

そんな中に、ドタバタと荒々しい足音が近づいてきた。

「何事だ！」

姿を現したのは――ルイ。

起きて、しかも拘束から自由になっている私に、ルイは明らかに戸惑っていた。助けに来た人間のする顔じゃない。

やはりここはルイの邸《やしき》だったのだ。小さい頃から何度も来ているのだから間違えるはずもないのだけれど、信じたくない気持ちがまだ残っていた自分に気が付く。

シルキー様が現れた時、やっぱり何かの勘違いかもしれないと思ったのに。そんな自分にもルイにも悔しくて、唇を噛みしめた。

ルイは何かを言いかけたが、背後に立つ男二人に視線をやって口をつぐむ。

男たちはその筋の人間だと一目でわかるほど、立ち姿からしてルイとは違っていた。どこか人を見下すように、自分が強いとわかっている目で睥睨《へいげい》している。

一人は引き締まった体に短剣。

もう一人はムッキムキのゴリゴリの筋肉を身に纏《まと》い、拳に皮の手袋を嵌《は》めていた。なんて凶暴な筋肉なのか。冷や汗が出そうになりながら睨《にら》みつけ、ふと気が付いた。

もう一人、けっこうな筋肉がいる。

「え……、ルイ？　何その筋肉」

まくられたシャツの袖《そで》からは筋ばった腕が覗《のぞ》いており、胸もパツパツでボタンが弾《はじ》け飛びそうな巨乳具合になっている。

舞踏会の夜に会った時はこんなではなかった。

いや、違う。あの日は甲冑《かっちゅう》を着ていたからわからなかったのだ。思い返せばあの時から頬がシュッとしていた気がするし、既に甲冑《かっちゅう》の中は筋肉だったのだろう。

だとして、一体ルイの身に何が起きたのか。

軽くパニックになった私に、ルイは「あ、これは――」と、気まずそうに目を逸《そ》らした。

訝《いぶか》しげに目を細めると、ルイは小さな声で絞り出すように話し出した。

「本当はこんなの間違ってるってわかってた。けど、どうしても早くティファーナを超えなければ、って。それで、つい、薬に手を出してしまったんだ……！」

「なんですって……!?　そんな！　それは一体どんな薬なの？」

「麦と麻の実、チルの種、それと牛乳から水分を抜いた粉を混ぜたもので、水で溶いて鍛練の後に飲むと、軟弱だったこの体にもだんだん筋肉がついて……」

──いやそれプロテイン。

「紛《まぎ》らわしい言い方を……。薬といえば薬だけど、別に手を出してダメなものではないじゃない」

「だけどこの筋肉はティファーナのように努力した結果ついたものじゃない！」

「摂取しただけじゃ筋肉はつかないわよ。その上で鍛えないと意味ないんだから。効率的に筋肉がつくように補助してくれるもので、怠けていても強くなれるようなものではないわ」

「そう……なの？」

「うん」

この世界でプロテイン的なものを作ろうとした私だからわかる。母に止められて断念したのだけど。

ルイが言った材料の中にこの国で禁止されているものは入っていない。合成した結果、化学変化を起こすわけでもないし、単に筋肉によい栄養の集合体なだけだ。

ほっとしたような、それでもまだ戸惑ったような顔のルイを、後ろの男二人がさりげなく窺《うかが》っているのがわかる。

もしかしたら――

「ルイ。その薬はどうやって手に入れたの？」

「そ、それは――」

ルイは明らかに後ろの男二人を気にしていた。やはり思った通りだ。男二人はルイと雇用関係にある態度ではない。おそらく彼らはルイにつけられた監視なのだろう。

ルイもまた、脅《おど》されているのだ。ルイは黒幕ではない。

少しだけほっとしながら、それを押し隠すように訊《たず》ねた。

「何故そんな手を出してはいけないと思うような取引をしたの」

「ティファーナともう一度話したかったからだ。変わった姿を見せて、その上でならもう一度僕を見てくれるかと」

「言ったはずよ。私たちはもう終わったのだと」

「でもそれは公爵が近くにいたから！　だから本音を言えないだけかもしれないと思ったんだ」

その言葉に、私は一瞬言葉を失った。

私がクレウス様に怯えて、思ったままに発言できない状況にあるとでも思ったのだろうか。馬車で、あれほど真正面から向き合ったのに。

落ち着け、冷静になれと自分に言い聞かせる。外からの情報だけで判断すれば、ルイがそう思ってしまうのも無理はないのだから。

「クレウス様は私を脅《おど》して支配するような人じゃないわ。むしろ私に自由をくれた。私は今までで一番自由で、満たされた日々を送っているの。毎日が幸せなの」

今度こそ私の本音であると通じるようにまっすぐにルイの瞳を見つめて告げれば、どこかわかっていたことのようにルイは顔を歪《ゆが》めた。

「公爵に言われたんだ。ティファーナは男が苦手だけど、僕のことだけは大丈夫だっただろう。そのことで、優越感を抱いているんじゃないか。だから弱いままでい続けているんだ。そんな卑怯な考えで自信を持とうとするな、って。それで腹が立って、がむしゃらに鍛えて強くなってやろうと思った。けれど図星だったからこんなに感情を乱されたんだって気が付いたんだ」

ルイは悔いるように床に目を落とし、それから強く私の目を見つめた。

「だけど同時に、ティファーナと何気ない時間を過ごすのが僕にとってかけがえのないものだったってことにも気が付いたんだ。ねえ、ティファーナ。今の僕なら君を守れる。自信を持って君の隣に立てる。誰かに馬鹿にされても卑屈になったりしない。だから、もう一度僕を見てくれないか」

「見たわ。今のルイを見て、よく話を聞いた上で答えるけれど、ルイはやっぱり私のことじゃなくて自分のことを見ているんだと思う。ルイが話す時はいつも主語がルイなのよ」

そう答えると、ルイは何かを言い返そうと口を開き、しかし言葉にならないまま俯《うつむ》いた。

「私はクレウス様が好き。誰よりも大切なの。クレウス様と離れるなんてありえない」

一度違《たが》えた道をもう一度歩み直すつもりは私にはない。どんな道よりも今が幸せだと確信を持っているから。

「なあ、もういいかい、坊ちゃんよ」

痺《しび》れを切らしたように、筋肉の男がルイの肩を掴《つか》む。

「オレたちの仕事はこれからなんでね。話がついたなら引っ込んでてもらおうか」

「僕が聞き出すと言っただろう。これから話す」

ルイは硬い声を返した。眉間には皺《しわ》と、焦りが見える。

「ははっ！　どうせ『教えてくれ』って頼むくらいの甘っちょろいことしか考えてねえんだろ？　いいからオレたちに任せとけよ、さっさと聞き出してやるからよ。雇《やと》い主様が『時間がねえから早くしろ』ってカリカリしてたからな、ここでしくじると後が怖いぜ？」

「時間がない……？　それはどういうことだ」

「オレだって知らねえよ。そんで坊ちゃんはもっと知らなくていいことだ。怪我したくなかったらどいてな。そもそも雇《やと》い主様はあんたを信用してなかったようだぜ。尻込みするかもしれねえから、とにかくすべての罪をかぶらしときゃいいってよ」

男たちは下卑た笑いを浮かべ、ルイから私に視線を移した。

「筋肉令嬢だっていうからどんなかと思ったが、そこそこいい女じゃねえか」

小柄な男が短剣をぺちぺちと掌《てのひら》に叩きつける。

「筋肉がある分、いい具合に違いねえ。こんな女は他にいねえからな。いろいろ試してみてえとずっと我慢してたんだ、さっさとやるぞ」

こんなムキムキの男に下卑た笑いを浮かべながらそんなことを言われるとぞっとする。いくら鍛えていても同志とは思いたくない。

私が後ろ足を引いて構えるのと同時に、後ろ手に縛られた手の拘束がはらりと解《と》け、自由が返ってくる。メアリーが怯えて私の後ろに隠れるふりをしながら、ずっとカミソリを動かしてくれていたのだ。

「ティファーナ様、これをどうぞ」

メアリーが囁《ささや》く声が耳に届く。震える手で渡してくれたのは、近くに落ちていたらしい棒状の木片だ。

「ありがとう」

その感触を確かめる私の前で、ルイは男たちに譲るようにすっと体を横に避《よ》けた。後ろの男二人はにやにやと笑いながら、足を踏み出した。

舐めるような視線に寒気がするけれど、それを気取られるのすら耐え難い。私は表情を消し、ひたすらに男たちにまっすぐ目を据えた。

圧倒的不利だ。それがわかっていてもなお、私は木片を構えた。

「ティファーナは変わらないね。いつでも、どんな時でも強い。そんな君に気後れするばかりで、ずっと並び立とうとしなかった。もっと早くにこうしていればよかった」

ルイが悲しげに笑った。その時だった。

ルイはくるりと体を反転させ、横を通り過ぎた男たちの背後に回った。

その勢いで素早く剣を抜き放ち、一閃する。目を見開いた男たちが横に飛び退いた。

「くっそ！　やっぱり邪魔してきやがったか！」

――よかった。思った通りだったわ。

ダテに長いこと幼馴染兼婚約者をやっていたわけではない。とはいえ、ルイがどちらにつくつもりなのかギリギリまで判断に迷った。

どちらでもいいように身構えていた私は心おきなく、自分により近い短剣の男に狙いを定め走り出す。振り下ろした木片は難なくかわされたけれど、それも計算のうち。すぐさま回し蹴りを放てば、男の脇腹に見事に決まる。

次いでルイに拳を向ける筋肉の男に木片を投げつける。それを腕で払おうとした男の隙をつき、ルイが腹に剣の柄を叩き込んだ。

それを見届ける暇もなく、私は落ちていた別の木片を蹴り上げて掴《つか》み、新たな武器とする。

短剣の男が斜《なな》めに切り下ろすのを横から叩き、剣を取り落としたところへ横薙《な》ぎに木片を振るう。

狙ったのは先ほどと同じ横腹。

「くっそ、この……！」

男はあぶら汗を浮かべながら憎々しげに私を睨《にら》む。だが男にできたのはそれだけで、前屈みになったところに顎《あご》を膝《ひざ》で蹴り上げれば、男は後ろに倒れ込んだ。

「ティファーナ様、縄です！」

離れて見守っていたメアリーが、すかさず駆け寄り渡してくれる。先ほど私を拘束していたものだ。

白目を剥《む》いた男を手早く拘束してから、息があることを確認する。

ほっとして振り返ると、ルイが筋肉の男に首を締め上げられていた。苦しげに男の腕をひっかくルイの手からだんだんと力が失われていく。

まずい。私は落ちていた短剣を拾い、筋肉の男に向かって投げつけた。男が避《よ》ける間に全速力でそこに突っ込み、木片を下から上へと振り上げる。狙ったのは脛。

「ぎっ……！　んのアマぁ!!」

人体の急所の一つを強打された男は手を緩めた。その隙にルイが逃れ、距離をとる。

男の憎々しげな目は私に向いていた。

先手必勝だ。男が動き出す前に再び距離を詰める。そのまま渾身の力で木片を斜《なな》めに振り下ろしたけれど、男は筋肉を纏《まと》った腕を薙《な》ぐように一振して、木片を粉砕した。

私はさっとしゃがむと空になった手を床につき、それを支点に回し蹴りを放つ。

――痛い。素足では男のごつごつとした体にダメージを与えるどころか、私の足がダメになるかもしれない。

かくなる上は――もう一つの急所を狙う禁じ手をとるべく、痛む足を軸にもう片方の足を振り上げようと構える。

その瞬間、男は目を見開き、ぐらりと横に傾《かし》いだ。

右から迫《せま》っていたルイがこめかみに剣の柄を叩き込んだのだ。しかし男はずざざっと足を開き、持ちこたえる。

ルイが悔しげに歯を食いしばるけれど、この好機は逃さない。

私はしゃがんだ姿勢から一気に飛び出す。男の顎《あご》に下からガツンと肘《ひじ》を打ち込むと、男はようやっと後ろに倒れ込んだ。

メアリーが再びさっと渡してくれた縄で男を拘束し、乱れた息をなんとか整える。

「手強い筋肉だったわね。ギリギリまでルイがどっちにつくかわからなかったから、焦ったわ」

そう笑えば、ルイは苦く笑い視線を外した。

「すまない。僕も信じてもらえるとは思わなかった」

「さっきの男たちが言っていた、聞き出すってなんのこと？」

「公爵が大事なものを隠す場所。何かよくわからないけど弱味か何かを握られていたんだと思う。すごく憎々しげだったから……」

その答えに、眉を寄せた。

ということは、クレウス様の裏の仕事の検挙対象だったということなのではないか。クレウス様が証拠を掴《つか》んでいると知って、焦っていたのか。

「――それは一体誰に指示されたことなの？」

「セレソニーク侯爵だよ」

その言葉に、思わず目を見開いた。

「侯爵が？　何故……」

シルキー様襲来の後、すぐさま謝罪の手紙を寄越していたはずだ。シルキー様とクレウス様の結婚にも反対していたというし。

「僕もすべて把握できているわけじゃない。だけど、かなり前から準備はしていたようだよ」

初めてセレソニーク侯爵からの接触があったのは、私と婚約解消をしてから二週間が経った頃だという。

噂《うわさ》を聞いた侯爵はルイを憐《あわ》れみ、使いを送ってきたのだという。持たされていたのは先ほどルイが話していた、筋肉増強剤ともいうべき薬。半信半疑ながらもそれを試したルイは、みるみるうちに体の変化を感じるようになった。

薬の材料には入手の難しいものもあり、すべての材料を手に入れられるのは、この国ではタルカス商会だけ。それからは定期的に材料を届けてもらい、順調に筋肉をつけていった。

「調合したものをくれたのは最初だけだったの？」

「ああ。それには理由があったんだ。チルの実の新鮮さを保つためという理由で、いつも葉がついた茎ごと送られてきていたんだけど、実はその葉に毒があるらしいんだ」

「毒？　――まさか、その取引記録で脅《おど》されていたの？」

タルカス商会はセレソニーク侯爵の持ち駒なのだろう。

それにしても、また毒か。自らは安全なところにいて相手を害することができる、最も便利な道具のように思っているのだろう。心底から腹が立った。

「うん……。ただ、公爵がいないところでもう一度ティファーナと話したくて、この話に乗ったのは事実だ。こんなやり方をするとは思っていなかったけれど」

舞踏会のあの日。公爵家の馬車が走り去った後、呆然と佇んでいたルイに侯爵が声をかけたのだそうだ。

『公爵が傍《そば》にいては夫人とて本音を話すこともできまい。夫人は公爵の巻き添えで何度も危険な日に遭《あ》っていると聞く。いくら鍛えているといっても、命を落とすのは時間の問題だ。そこから助け出し、安全に匿《かくま》ってやれるのは貴殿だけではないのか？』

そうしてセレソニーク侯爵は、私をこのマクラレン邸に連れてくると約束したのだそうだ。だが人手を貸すと言って侯爵が連れてきた男たちはガラが悪く、貴族が雇《やと》う護衛のような者たちではなかった。

しかもルイの両親が領地へ出向いている隙を狙ったのだ。

ルイの様子を監視し始め、邸《やしき》の使用人たちにも高圧的に振る舞った。つまりは使用人たちを人質にとったのだ。

「僕が断れば侯爵は他の手を使って目的を果たそうとすると思った。ならそのまま話に乗って、ティファーナに何かあれば助けようと思ったんだけど。侯爵の動きが思ったよりも早くて」

「なるほどね」

ルイがどう転ぼうと目的を果たさざるを得ないよう、毒を取引させ、使用人たちを人質にとり、そして私をも人質にとり、二重三重にも策を巡らしていたのだ。あまりの卑劣さに腹が立つ。そのしつこいやり方には呆れすら湧いた。さすがシルキー様の父親だ。

「話してくれてありがとう、ルイ。それならまずは邸《やしき》にいる奴らをなんとかしないとね」

そう口にした時だった。

遠くからいくつかの足音がバタバタと聞こえてきて、私とルイは揃《そろ》って身構えた。真剣に話を聞いていたメアリーも、飛び上がって部屋の隅に逃げる。

けれど慌ただしく部屋に駆け込んできたのは、私が待っていたその人だった。

「ティファーナ、無事か！」

私の名を呼ぶその声に、私は心からの笑みを浮かべ「はい、クレウス様！」と答えた。

その声に反応したのか、「嘘でしょ!?」と背後でガバリと起き上が——ろうとして失敗し、ごつんと頭を床に打ち付ける音が響いた。いつから起きていたのか、メアリーに体をぐるぐるに縛られたシルキー様が、体を折り曲げて必死に入り口のほうへ顔を向ける。

「どうしてクレウス様がここにいらっしゃるの!? 今はそれどころではないはずですのに」

「シルキー様、それはどういうことですか？」

「今頃レイファン公爵邸には賊が押し入っているはずですわ。戦力を分けるのだってリスクなのに、どうしてこんなところへ……そんなにこの女が大事だと仰《おっしゃ》るの？」

まさかそんなことまで仕組んでいるとは。慌ててクレウス様を見れば、安心させるように頷《うなず》きが返る。

「大丈夫だ。賊ごとき問題ない。久々の出番だと言ってうちの邸《やしき》の者たちもはりきっていたぞ」

確かに、兼業であるロッドですらあの強さだ。本業の護衛たちもたくさんいるし、クレウス様の顔を見る限り問題はなさそうだ。

「ティファーナ。怪我はないか？」

眉間に皺《しわ》を寄せ、心配するように歩み寄ったクレウス様ににこりと笑む。

「はい！　無傷です」

そう答えたのに、クレウス様はすぐさま眉間の皺《しわ》を深くした。

あれ？　大丈夫だって言ったのに、何故怒った顔をしているのか。

クレウス様はくるりと向きを変えるとルイに向かって一直線につかつかと進んでいく。

「あ……、クレウス様!?　ルイは味方です、私は何も危害は加えられていません」

慌ててそう言っても、クレウス様は歩みを止めない。

そうしてまっすぐにルイに向かって拳を放った。

筋肉で身を固めていたはずのルイがあっけなく吹っ飛び床に転がるのを見下ろし、クレウス様は吐き捨てるように言った。

「ティファーナを危険に晒《さら》したことに変わりはない。言い訳なら後で聞こう」

あ、一応話を聞く気はあるんだ。

だったら、と急いで駆け寄りこれまでのことを説明した。

「やはりセレソニーク侯爵か。結婚式の準備期間に何やら動いていることはわかっていたが。こんなところに手を回していたとは」

「知らなかった……？　なのに、何故こんなにも早くここへ？」

戸惑うように疑問を口にしたルイに、私はちらりとメアリーを振り返ってからにっと笑みを向けた。

「レイファン公爵家をなめないことね」

ルイは苦笑し、それから小さく首を振った。

「でもセレソニーク侯爵には勝てないよ。侯爵自身は何も証拠を残さない。いつも人を使って自ら手を下すことはないし、人を使う場合にも脅《おど》して、決して繋がりがわからないようにしてる。合法的に捕らえることはできない」

背後でシルキー様がふふんと笑った気配がする。それに気付いたクレウス様は、冷たく笑った。

「自分とて手駒の一つとして使われているというのに。自覚はないらしいな。つくづく哀れなことだ」

「え……？　私が手駒だなんて、何を」

「わからないか？　ティファーナの隣に座り、毒を盛られたと騒ぐよう指示したのはセレソニーク侯爵だろう。あんな浅知恵程度でよく乗り込ませたものだと思ったが、失敗しようが成功しようがどちらでもよかったのだ」

「娘の失敗をどちらでもいいだなんて、そんな風に思うお父様ではありませんわ！」

「侯爵は静かに事を運びたかったはずだ。今画策していることを私に掴《つか》まれたくなかったのだろう。だが私の結婚式という多くの人の目がある場所で娘がやらかした。セレソニーク侯爵家がレイファン公爵家に恨《うら》みを持っていると周知されるのは避《さ》けられなかった」

確かに、それではマークしてくれと言っているようなものだ。親の心子知らずなシルキー様に頭を抱えたことだろう。

「だからティファーナを潰《つぶ》してレイファン公爵邸を掻《か》き乱すか、失敗した場合はしばらくは下手なことはすまいとこちらに思わせられればそれでよかったのだ。裏で動きやすくするためにな」

「確かに、あれ以来シルキー様からは何もありませんでしたし、侯爵からは謝罪の手紙すらいただきましたよね。でもその裏でそんなことを画策してたなんて……」

クレウス様はシルキー様に冷めた目を向けた。

「ルナをけしかけたのもおまえだな」

その名を聞くと、シルキー様は明らかに動揺した。あちらこちらに視線を彷徨《さまよ》わせ、ふいっと顔を逸《そ》らす。

「……知りませんわ、そんな女」

「ルナからすべて聞いた。ティファーナに不満を募《つの》らせる様子を見て、ティファーナがいなくなれば公爵夫人に成り代われると唆《そそのか》したのだろう。最初はその気ではなかったそうだが、私がティファーナに心を傾《かたむ》けていると気付き、その座が欲しいと思ったのだそうだ」

やはり、ルナの裏にいたのもセレソニーク侯爵家だったのか。シルキー様が襲来した時、来客担当のルナが出迎えていた。その時にシルキー様が持ちかけたのだろう。

ルナをセレソニーク侯爵の養女として迎え入れれば、公爵との結婚も現実的になる。侯爵が公爵家との繋がりが欲しいのだと話せば、利用されるだけではと怪しんでいたルナも納得したのだそうだ。お互いに利益のある関係ならば信じられるから。

「なんで……、なんでそんなことまで喋ってしまいましたの!?　家族の命がどうなってもいいということね、薄情な女！」

「既に人質などいないからだ。ルナの母親は、今は本当に自分の店を持つべく新たな地に居を構えている」

「うそ……、嘘!!」

ルナが頑《かたく》なに首謀者の存在を明かさなかったのは、母親を人質にされていたからだったのか。

引っかかっていたことが次々と明らかになり、頭が忙《いそが》しい。

同時に、クレウス様がルナの母親を助けてくれたのだと思うとほっとした。

けれどクレウス様の話にはまだ続きがあった。

「それと、ここも本丸ではない。我が邸《やしき》への襲撃も陽動だが、ティファーナを連れ去ったのもまた陽動にすぎない」

「やっぱりそうか……」

ルイは心当たりがあるのか、悔しげに歯噛みした。

「今日は年に一度、南の国サルダーラからの貿易船が寄港する日だ。大型船で、大量の積み荷が下ろされる。その中にセレソニーク侯爵が欲しがっている物がある。だがそれはこの国リバレインでは取引が禁止されている。だから侯爵という身分を使って『見学』に行き、見つかる前に引きあげたいのだろう」

筋肉の男が先ほど、時間がないと言っていたのは、そのことだったのか。

シルキー様は予想だにしなかったことを聞かされたように、蒼白な顔で呆然としていた。

「密輪……？　お父様が？　しかもそんな、また私をダシに使ったような――。いいえ、違うわ。私が公爵夫人になれない恨《うら》みを好きなだけ晴らしていいと仰《おっしゃ》ったのだもの。お父様がそんな」

「ダルショア鶏にモカフ魚の卵。他にもいくつか、乱獲によって数が少なくなり輸入が禁止されているものを仕入れ、己の派閥の集《つど》うパーティに供しているということだ。それらは取引に関わった者だけでなく、口にした者も処罰の対象となるからな。そうして派閥から抜けられなくさせているのだ」

「そんなの……、そんなの、どうせタルカス商会が勝手にしていることに決まってますわ。お父様は騙《だま》されているだけなのです！」

「逆だ。というよりも、セレソニーク侯爵がタルカス商会をいいように利用しているにすぎない。侯爵がどれだけ出資しているか知らないのか？　でなければ、いくら歴史が古いといってもあそこまで大きく育ちはしない」

タルカス商会ほど大口の取引先でなければ、相手側も危険をおかしてまで密輪などしない。だから逃《のが》せないし、ここまで大きくもしたのだろう。

セレソニーク侯爵家が出資する店はどこもきな臭い。きっと他の店もセレソニーク侯爵の道具だったのだろう。マーサ衣装室のように。

「だが今頃は役人が取引現場をおさえているはずだ。直接的な証拠を得るのに手間取ってしまったが、裏付けとなる証拠と証言は既に揃《そろ》っている。騎士団所属のマクラレン伯爵子息の証言が加われればなおいい。協力する気はあるか」

協力してくれるか、ではないところがクレウス様の冷めやらぬ怒りを表している気がする。けれどクレウス様に顔を向けられたルイは、しっかりと頷《うなず》いた。

「ええ、もちろんです。騎士の名に恥じぬよう、自らの罪を認めて出るところに出ます」

セレソニーク侯爵が捕らえられれば、人質をとられて刺客を引き入れる役目を担わされた衣装室の女性も証言してくれるようになるだろう。ずっと気にかかっていたことがすべて、片付きそうだ。

「ふん……！　やるならやってみなさいよ！　そうすればその女は傷物だと公に晒《さら》すことになりますわ。誘拐されたけれど何もされていないだなんて、誰も信じませんもの。お気の毒様ですこと。私と心中ですわ！」

床に転がりながら口を歪《ゆが》めて笑うシルキー様を、クレウス様は冷たく一瞥《いちべつ》した。

「ティファーナはあくまで、ルイ＝マクラレン伯爵子息のお茶会に呼ばれて来ただけだ。

私と一緒にな」

「……！　でも毒を仕入れていた男ですのよ。そんな男とお茶会をしていただなんて、レイファン公爵家まで疑われるようなことを」

喚《わめ》いたシルキー様の声に、クレウス様の落ち着いた低い声がかぶせられる。

「チルの葉を所持していることは罪にならない。使用し、害を与えた者のみが罰せられるものだ」

「嘘よ！　お父様はこれで逆らえないと……」

「その通り、嘘を告げられたのだろうな。入手経路が明らかになれば道連れになるのだぞ？　あの侯爵が人一人を動かすためにそんなリスクを負うはずがないだろう」

私も驚いたのと同時にほっとした。考えてみればシルキー様とて頭に主張の激しい真っ赤な毒花を飾っていたのだから、それと同じだ。

チルの実のように部位や利用方法によっては有用なものもあるのだから、毒性があるすべての植物を取り締まっては、生活も経済も回らない。

となればルイに罪といえる罪などないことになる。悔しげに「キィィー！」と喚《わめ》き声を上げるシルキー様とは反対に、ルイはほっと気が抜けたように肩の力を緩めていた。

そこに「ところで」と唐突にクレウス様の顔がくるりとこちらに向けられた。

「はい？」

何故そんな怒った顔をしているのだろうか。

つかつかと歩み寄るクレウス様を戸惑いながら見守ると、私の前で足を止め、乱れた胸元を素肌には触れぬようそっと整えた。

「あ」

しまった。メアリーにカミソリを取ってもらったせいだ。手早く紐を直してくれていたけれど、慌てていたから少々乱れていたようだ。

「あの、これはメアリーに隠し武器をとってもらっただけで、何かされたわけではありませんし、私は無傷です！」

慌てて弁解を続ける中、クレウス様は眉間の皺《しわ》を緩めることなく私の顎《あご》にそっと触れた。

「――左顎《あご》下に創傷、両手首に擦過傷、右足も痛めているな？　どこが無傷だ」

いつ気付いたのか。少々距離があったのに、何故わかったのだろう。

うろたえる中、クレウス様は私の足元に跪《ひざまず》くようにしゃがみ込んだ。

そこに置かれたのは、手にした布の袋から取り出されたピンヒール。今日私が履いていた靴だ。

有無を言わさず私の手をクレウス様の肩に乗せると、左足をとり靴を履かせた。

「いえ、あの、自分で履けますので！」

「右足が腫《は》れている。どこかにぶつけ――、いや、素足で蹴りを入れたのか」

ご明察。

仕方なく「はい」と小さく答えると、細いため息が漏《も》れ聞こえた。

「このような目に遭《あ》わせるとは。己の詰めの甘さが心底恨《うら》めしい」

「いえ！　クレウス様のせいではありません。私の気が緩んでいたのがいけないのです。それにこれくらい大丈夫ですから」

クレウス様は眉間の皺《しわ》を深くした。

「他に怪我はないか？」

「はい、大丈夫です」

「そうか。最悪の事態は免《まぬが》れたようだが、生きた心地がしなかった。もし万が一にもティファーナの命が奪われるようなことがあったらと」

「ダテに鍛えているわけではありません。それにクレウス様が助けに来てくれましたから。ずっと、信じて待っていました」

そう笑って返せばクレウス様は目をみはり、それから少しだけ笑った。でもそれはすぐに苦いものに取って代わった。

「助けるなど。そもそも私が恨《うら》みを買うような仕事をしているばかりに、巻き込んだのだ。すまなかった。それでこの手首の怪我はどうしてできた？」

そっと手首をとられて、私は戸惑った。

「ええと、怒らないで聞いてくださいね？　手首を縛られたまま這いずったり、いろいろと無理な姿勢をしたりしたので縄が擦れてしまったのだと思います」

おずおずとそう答えると、クレウス様は自分が痛むかのように眉を寄せ、傷のできていない場所にそっと唇を落とした。

触れられた場所にぴりりと痺《しび》れが走る。どぎまぎする私に、クレウス様は重ねて問う。

「では この顎《あご》下の傷は？」

「これは、猿ぐつわを、上体反らしの要領で壁の釘に引っかけて外した時にできたものだと思います」

「なるほどな。まさかそのようなことを思いつくとは。私の妻は誰が思うよりも強く逞《たくま》しい」

少しだけ苦笑を浮かべて、クレウス様は先ほどと同じように、怪我した場所とは少しだけ離れた場所——喉元に優しくキスをした。

肩がぴくりと揺れて、心臓が跳ねる。それをごまかすように、私は慌ててまくし立てた。

「それで、歯で足の縄をほどきました。だからシルキー様がこっそり私の顔に落書きしようと部屋に入り込んできた時、上段蹴りを――」

勢いよく話す私に、クレウス様は小さく喉を鳴らして笑った。

「そうか。それは令嬢もご愁傷様なことだな。それで、足はそこに倒れている男と戦った時か？　どちらだ」

後半は地獄から響くような低い声だった。クレウス様の目が鋭く向けられたのは倒れ込んでいる男二人。意識を失っていると思ったけれど、びくりと肩が揺れた気がした。

「筋肉のほう……って、ま……、待ってくださいね⁉　もう拘束している相手にやり返したりとかしませんよね？　念のため言いますけど、もう片はついてますからね？」

強く説得すると、クレウス様は仕方なさそうにふいっと視線を私に戻す。けれどしゃがもうとしたから慌ててそれも止めた。

「足にキスもダメです‼　それはさすがに絶対ダメ！」

これならば怒られたほうがマシだった。恥ずかしすぎるし、無謀なことをしてそんな傷を作ったことを暗に責められているようで、このほうが私には堪《こた》える。

……わかってやってるのかもしれないけれど。

「わかった。それならば今はしない」

今は？

「でも、メアリーが木剣代わりの木片を渡してくれたので、思い切り脛を強打してやりました！」

不穏に聞こえた一言を勢いで流し、猫が飼い主に狩りの成果を見せるみたいに言った私に、クレウス様は「そうか」と言って少しだけ笑った。

「今度は一矢報いてやれたんだな。それも一太刀どころではなく」

「……はい」

束《つか》の間見つめ合う。

クレウス様がいてくれてよかった。クレウス様と結婚できてよかった。結婚した相手が自分のことを理解してくれている。それが、こんなにも幸せなことだなんて。

浸りかけた私の耳に、どこからかすすり泣きが聞こえてきて、私はびくりと肩を跳ねさせた。

「うっ……うっ……、クレウス様が笑うだなんて、ありえないのに……」

慌てて振り返れば、床に倒れたままの格好でシルキー様がただひたすらにしくしくと涙を流していた。

しまった。そこにいたことをつい忘れていた。

ルイも壁にもたれながら、ああなるはずだったのに、とか、あと半年も鍛えていれば、とかぶつぶつと呟いている。

あわあわと戸惑う中、クレウス様が場の空気を改めるように部屋の入り口を振り返った。

「とにかく今は、外の奴らを黙らせるとしよう」

はっと気付けば、バタバタといくつもの足音がこちらに向かってくるのが聞こえた。

「クレウス様、も、もういいですか!?　申し訳ありませんが、抑《おさ》えきれず何人かそちらに」

駁者《ぎょしゃ》兼護衛のサルードの声だ。もしかしたら空気を読んで抑《おさ》えてくれていたのかもしれない。非常に申し訳ない。

次いで、もう一つ声が聞こえた。シリスだ。

「ねえねえ、全員まとめて殺しちゃっていい？　それなら早いんだけど」

「命はとるな。私とて極力努力しているのだからな」

助けに来てくれたのは嬉しいけど、彼らに任せていたら人死にが出る。私も壁に刺さっていた短剣をずぼっと抜き去り、メアリーに渡した。

「はいこれ。護身用に持っていて」

「でもティファーナ様がお持ちになったほうが」

「大丈夫。私の武器はいっぱいあるから」

にっと笑って、ピンヒールの踵《かかと》をカツンと高く鳴らしてみせた。これで威力は二割増しだ。

「行きましょうか、クレウス様」

「ああ」

くれぐれも無茶はしないように。そう目が語っていたけれど、口にしないのがクレウス様だ。

心配はしていても、私を自由にしてくれる。そしてその自由を守るために、クレウス様はそんな私を丸ごと守ってくれるつもりなのだ。

わかっているからこそ、私は強くなれる。

けれど、私の出番はないかもしれない、とすぐに思った。

バタバタと駆け込む足音に次いで、開かれた扉から男たちが姿を現した瞬間。ギリギリまで忍び寄っていたクレウス様が掌底をその顎《あご》に向かって突き出した。

たったその一撃で男は後ろにいた男たちを巻き込みながら失神した。

後から続いていた足音はたたらを踏んだが、倒れた男たちを踏み越えて部屋に入ろう

とする。しかし入口でもたついている間にクレウス様が胸に鋭い拳を叩き込み、また失神。人が積み上がるごとにもたつく時間は増え、反比例してクレウス様の迎撃は速さを増した。

このままネズミほいほいのように一人ずつ倒されていくのかと思ったけれど、敵もそこまで馬鹿ではなかった。

入口がダメならと、壁を壊しにかかったのだ。

大きなハンマーのようなものでガツンガツンと壁が衝撃を受け、あっという間にヒビが入った。

ガラガラと崩れた瞬間に、またもクレウス様は姿を現した男の横からふいっと回り込み、そのこめかみに強烈な掌底を叩き込んだ。

速い。クレウス様の攻撃は一撃必殺で無駄な動きがなく、始まりから終わりまでとにかく速かった。

「――強すぎません？」

クレウス様はちらりと振り返り、にっと笑みを浮かべた。

イタズラっぽい笑み。そんな顔もできるのかと、胸がぎゅっとなったり顔から湯気が出そうになったり忙《いそが》しい。

けれど広く開いた壁の穴からは、わらわらと男たちがなだれ込んでくる。傭兵崩れのような男や、ごろつきのような男たち。寄せ集めと一目でわかる彼らは連携もとれておらず、それぞれにバラバラとかかってきた。

クレウス様はその最前線で次々と男たちをなぎ倒したけれど、溢《あふ》れるように何人かが部屋の中まで入り込んでくる。それをルイと私とで迎撃した。

まず私は傭兵崩れのような男がなめてかかってきたのを右回し蹴りで沈め、再び起き上がりかけたところにピンヒールを食らわせてその剣を奪う。鞘ごと剣を振れば、ぶおんとなかなかにいい音がした。これでいこう。

それはいい仕事をしてくれた。木片より握りやすくて力が入りやすい。かつ、遠慮せず思いっきりやれる。ピンヒールは致命傷にならないよう加減するのが難しいから。

「はははははは！　これはいいわ！」

思わず高笑いした私が悪魔のように見えたのかもしれない。向かってきた男がびくりと足を止めたけれど、かまわず腹に一撃叩き込んだ。

クレウス様を背後から狙おうとした男の脳天を一発。クレウス様は背中に目でもついているのか、振り返りもせずに倒れ込む男を避《よ》けながら目の前の男を沈ませる。

ルイもさすが筋肉をつけただけあって、以前とは見違える動きだった。その筋肉は見せかけでも偽物でもない。紛《まぎ》れもなくルイの努力の上に身についたものだ。

そうして次から次へと打ち倒していくうち、全滅させたらしい。

「クレウス様、大丈夫ですか!!」

手が空いたらしい馭者《ぎょしゃ》のサルードが駆け付けた時には、辺りは呻《うめ》く男たちで一杯になっていた。

「問題ない。起き上がると面倒だ、さっさと行くぞ」

「え。えええ？　いつも思いますけど、おれ、必要ありました？」

「もちろんだ。いい防波堤になっていたぞ。おかげでティファーナの無事はしっかり確認できたし、負担も減らすことができた」

「それな～～」

サルードは乾いた笑い声を上げたけれど、部屋の隅を見ればシリスがしゃがんだ膝《ひざ》に頬杖《ほおづえ》をつき、楽しそうにこちらを見ていた。

「え？　シリス、もしかしてずっとそこでサボってたの？」

「加減するの面倒だし、奥方見てるほうが楽しいから。いやあ、小気味よいね。完全に悪者の顔してバッサバッサ斬り捨ててたよ。オレ、そういうところ好きだわあ」

クレウス様のこめかみがぴくりと動く。

「あ、うそうそ、違うって、依頼主としてね！　ダイジョブダイジョブ、どうどう旦那」

冷たく見下ろすクレウス様に、シリスは楽しそうに笑った。

「まあ奥方も旦那も心配いらないくらい強いんだし、これが片付けばオレもお払い箱だね。勘が鈍っちゃってしばらくは使い物になんないかもなー」

「戻りたいのか？」

「いや、そういうわけじゃないけど。ただ奥方がさ、公爵邸にいる限り、オレに人を殺すなとか言うからさ。『狙われているのは私なんだから、どうしても必要な時は自分でやる』とか痺《しび》れるよね。そんなトコにいたらさー、あのピリピリした生き方に戻れるのかなってさ」

「戻らなければいいだろう」

「旦那まで奥方みたいなこと言う？　護衛はそのうち必要なくなるだろ。護衛にしろ暗殺にしろ、勘と体力が必要な仕事だから、一生やってけるとも思ってないし。稼げるうちに稼いどかないと」

「護衛を引退したら薪割りでもすればいいじゃない」

私が話に割り込むと、クレウス様も頷《うなず》いた。

「ちょうどヨン爺がそろそろ隠居したいと言っていたな」

「……はあ？」

「馬の世話でもいいぞ。ああ、でもおまえは動物には怖がられると言っていたか。そうだな。いずれ子供が産まれたら体術を教える人間も必要になるな」

「……は……、はは！　それもいいかもね。お花畑に骨を埋《うず》めるのも」

そう言ってシリスはぴょんと跳ねるようにして立ち上がると、すたすたと壁の穴をくぐった。

「悪くないね」

にやっと笑みを残して。

それからクレウス様は「ルイ」とくるりと振り返った。

肩で息をしていたルイは、静かに頷《うなず》いた。

「後のことはきちんとこちらで始末をつけます。——セレソニーク侯爵令嬢のことも。片付けが済みましたらいつでも証言に馳せ参じますので、お呼びください」

「私!?　私をどうするつもりなの!?　こんなむさくるしい男たちがばたばた倒れている中に放置していくだなんて……！　人でなし！」

「こんな日に私とティファァーナの邪魔をした罪を心の底から悔いるがいい。ルイ、おまえもな」

クレウス様、それたぶん違う恨《うら》みが混じってます。

「そろそろ行くぞ。日暮れまでには帰りたい」

「は、はい」

全然気にしていないようだったのに、平然としていたのに。

赤くなるのをごまかしながら倒れる男たちを踏み越え、メアリーに声をかけようと振り向く。

そこで私は目を剥《む》いた。

「ぶっ!? な……、なん、それ……!!」

喚《わめ》いていたシルキー様の眉は怒りに吊り上がるどころか、真一文字に結ばれていた。

黒々とした太い線で。

近くにはインク壺が倒れていて、ご自慢のドレスに染みを作っていた。

はっとして見れば、メアリーが満足げにふうと息を吐いていた。まるで作品を仕上げた芸術家のように。

「メアリー、何を……」

「え、何!? 何したのよ、あなた!」

やり遂げた顔のメアリーは、慌てるシルキー様を無視してすたすたと私のもとへ歩み寄り、そっと答えた。

「これなら、もし誰かに私の正体をバラされても、まともに聞いてもらえませんよね？」

確かにあんなふざけた顔で魔物が屋根を蹴破って現れたとかクレウス様が魔物を飼っているだとか言われても、「ハイハイ」と聞き流されるだけだろう。まあ、シルキー様がキイキイと喚《わめ》いても、誰もが「ハイハイ」で終わらせそうな気がするけれど。

「ルイ。同じ所属の第三騎士団にも使いを出しておいた。奴らならうまく立ち回ってくれるだろう」

「そこまで……、ありがとうございます」

クレウス様に深くおじぎをしたルイに、私が言えたのはただ一言だけだった。

「最後に味方でいてくれて、ありがとう」

ルイはこれまでに見たことがないくらい穏やかに笑った。

「ごめんね。そしてありがとう」

そうしてルイに見送られ、私たちは港へ向かった。

けれどその時には既にセレソニーク侯爵とタルカス商会長はすっかり取り押さえられていた。

こんなにも憎しみを顔に表すことができるのかというくらいに憎悪を溢《あふ》れさせ、セレソニーク侯爵は人だかりの間を引っ立てられていった。

タルカス商会長は、諦めたように、うなだれながらも大人しく後をついていくばかりだった。


そうして。

私たちがやっと邸《やしき》に帰り着いた時には日も暮れていた。長い一日が終わった。

いや。先ほどのクレウス様の言葉でしっかりと思い出させられていた。

私たち夫婦の本当の今日は、これから始まるのだ。

◇

「クレウス様。お話があります」

誰にも話したことがなかった。けれどクレウス様には伝えておきたくなったのだ。

私は寝衣に着替えて寝室へやってきたクレウス様を、ソファで待ち構えていた。

「私、前世の記憶があるんです」

唐突にそう切り出しても、クレウス様はやや目をみはっただけでさほど驚きを見せなかった。

向かいに座ったクレウス様の前にお茶を注ぎ、私は話し出した。

前世の記憶は時が経つごとに断片的になり、薄れていくけれど、唐突な終わりの記憶だけはいつまでも脳裏にこびりついていた。

「悔しかったです。だから鍛えていたのです。この話は誰にもしたことがありませんでした。こんな話、頭がおかしいと思われるかもしれません。でもクレウス様には知っていてほしかったのです。私の根幹を」

「子供の頃、『二度と死んで後悔したくない』と言っていたな。だから何かあるのだろうとは思っていた。驚きはしたが、疑いはしない」

そうだった。あの時のクレウス様はすべてがどうでもいいような目をしていたけれど、私が話すと最後には『僕も戦うことにしたよ』と言ってくれた。

それが嬉しくて、仲間ができた気がして、それ以来一人で黙々と鍛える中で心の支えとなっていた。

時々無力感に苛まれて投げ出したくなっても、どこかで彼も頑張っているのだと思い、頑張ってこられたのだ。それがクレウス様だったことを、すっかり忘れてしまっていたのだけど。

「ありがとうございます……。クレウス様は私にとって、初めてできた『同志』でした」

「私にとってもティファーナは、同志であり、光であり、希望だった。あのように私も生きてみようと、ひたむきなティファーナの瞳を思い出しては勇気付けられ、そうして前に進んできたのだ」

公爵家の跡継《あとつ》ぎとして幼い頃から多忙を極めていたのは想像に難くない。

だから私が渡した剣ではなく、トレーニングを続けなければ持続できない筋肉に頼るのではなく、急所を的確につくという技を磨《みが》くことで、効率的に、かつ確実に力をつけていったのだという。

けれどクレウス様は不意に表情を曇《くも》らせた。

「だから。ずっと謝らなければならないと思っていた。誰よりもティファーナが死にたくないと思っていることを知っていたのに、抑《おさ》えきれず無理矢理私の妻とした。いつかこのようなことが起きるやもとわかっていたのに」

昼間は凍るように冷たく硬かったその顔は、今は後悔と葛藤に苦く歪《ゆが》められていた。

だから私は、「いいえ」と力強くそれを否定した。

驚いたように顔を上げたクレウス様の戸惑う瞳に、まっすぐに視線を合わせた。

「クレウス様は、死にたくないから生きていただけの私に、生きる楽しさを、愛することを教えてくれました。私は今、生きていることを幸せだと思っています。もう、前世でなしえなかった人生の先を生きているのです」

本当に伝えたかったのは、そのことだった。

ただ死なないために鍛えたその先に、目的はなかった。私は幼い頃に決められた婚約を受け入れ、貴族としての一生を過ごしていくはずだった。

クレウス様と結婚していなかったら、私は今もただ生きるためだけに生きていたことだろう。

「私は初めて、私よりも大切な人を得ました。私はクレウス様の傍《そば》にいたい。共に生きたい。そういう、生きたい人生を生きるために、今生きているのです。それをこれ以上になく幸せだと思っています。クレウス様に出会えたからなのです」

これからもずっとクレウス様の傍《そば》にいたい。もっと、もっとクレウス様を知りたい。知ってほしい。

際限のないそんな願いを初めて知った。

生きるのが楽しい。初めてそう思って、生きている。

生きる意味を、私は知ったのだ。

「そんなことを言われては、一生離すことなどできないぞ」

揺れるアイスブルーの瞳が、苦しげに私を見つめる。

だから私は、これ以上ないほどに笑って、告げた。

「はい。一生離れません。どこまでも傍《そば》にいたいです」

クレウス様の瞳が大きく見開かれ、そして緩むように笑った。

その笑顔が嬉しくて。

「これから私は、クレウス様に与えてもらった以上のものを返していきたいと思っています。覚悟してください」

そう告げれば、大きく息を吐きながらクレウス様は口元を覆《おお》った。

「私はどこまでも欲張りになってしまいそうだ。もう十分に幸せだというのに」

「いいんです。人生はやりたいことをやるべきです。死んで後悔するなんて損ですよ」

先ほどから自責の念で気落ちしているクレウス様を力づけようと勢い込めば、何故か謎の沈黙が返ってきた。

「――本当にいいのか？」

言われてから思い出した。

私がなんのために起きて、こうしてクレウス様を待っていたのかを。

あわあわと真っ赤になる私に、クレウス様はふっと笑った。

「冗談だ。今日はもう疲れているだろう。ゆっくり休むといい」

束《つか》の間熱く揺れていた瞳が、和《やわ》らぐ。

いつもの優しい瞳に、私はどこかでほっとしていた。

けれどすぐに、それよりももっと違うものが込み上げてくる。寂しいような。がっかりしたような。焦りのような。

このままいつものようにただ微笑みあって眠るだけでは嫌だと思った。

もっと傍《そば》に行きたい。触れたい。

気付けば、立ち上がるクレウス様の袖《そで》を掴《つか》んでいた。

「――どうした？」

「もう歩けません。ベッドまで連れていってください」

恥ずかしさに顔を俯《うつむ》けたまま両腕を伸ばせば、クレウス様は顔を横に向け、片手で覆《おお》った。

けれどややあってから、「わかった」と困ったような、どうしたらいいかわからないような顔で、一歩二歩と距離を詰めた。

そっと、だけど力強く私を抱き上げたクレウス様は、微妙に視線を合わせない。

自分が言い出したことなのに恥ずかしくて、どうしたらいいかわからなくてバクバクとしていた私は、気付けば今どうでもいいことを口にしていた。

「そう言えば。毒に倒れた時と、舞踏会の時のことですけど。もしかして、私を運んでくださったのって――」

「私だ」

やっぱり。私は思わず顔を手で覆《おお》った。

ずっと気になっていた。けれどあまりに恥ずかしくて聞けずにいた。

だとしても、なんで今それを聞いた？　そして何故運んでとかお願いした!?　自滅でしかないのに、自分で自分がわからない。

「ごめんなさい……重かったですよね。大変でしたよね。本当に申し訳ないです!!」

「役得だ」

「ただ重いだけの荷物を運ぶメリットないですよね!?　ただでさえ筋肉で重い上に、意識を失っている人間はなお重いと聞くのに」

「そうでもない。ティファーナくらい軽いものだ。柔らかいし」

「筋肉の鎧《よろい》ですよ!?」

「ティファーナは抱きしめているだけで心地よい。いつもずっとこの時間が続けばいいのにと思っている」

手で覆《おお》った顔から湯気が出そうだ。

もう十分に悶絶しそうなのに、不意にクレウス様が私の首元に顔を埋《うず》めた。

「それとティファーナは甘い匂いがする」

「にお……⁉　そんなはずありません、私はいつも鍛えているから汗臭いはずです！」

「ティファーナは筋肉に拘《こだわ》りすぎるな。ということは、ティファーナは私ではひ弱に感じるか」

「いえ！　そんなことはありません！」

唐突に話が転がって、私は戸惑いつつも全力で否定した。否定しながら――頬が触れたクレウス様の胸の厚みに気が付いた。

「――クレウス様。ルイを殴った時、かなり手加減していましたね？」

「気絶されては使い物にならぬからな。やらかしたことの責任をとってもらわねばならんのに、気楽に居眠りをさせるわけにはいかない」

やっぱり。あれだけの敵をすべて一撃で沈めたのだから、ルイなどわけなかったはず。

というか。胸筋も、腕も、バッキバキではないか。

そっと胸に触れると張りがあって、硬いけれどやや指が沈む感触がある。私の体のどこにもない感触で、不思議な感じだった。

これが本当の細マッチョというものなのだろう。

思わずペタペタとその触り心地、いや錬成具合を確かめていたら、クレウス様が何かを堪《こら》えるように目を逸《そ》らした。

「ティファーナ。あまり煽《あお》ってくれるな。不用意がすぎるぞ」

「はっ！　すみません、つい」

無心で触れてしまっていた。けれど、頬が触れた肌は私よりもやや温度が低くて心地よかった。

私たちは違う人間だからこそ、補い合い、温度を分け合うことができるのだと実感する。

「私は力を手に入れるために最短の道を選んだからな。剣術や武を学んだわけではない、ただ即座に相手を封じるための技を得ただけだ。だからまっすぐに進んでいるティファーナに対して、少し後ろめたい気持ちもあった」

「効率的な道を選んだことはクレウス様にとっての最適解です。私は体を動かすのが好きだったので、ただ愚直に鍛え続けてきただけですから」

そもそもこんな筋肉で何を言っているのかと思うけれど、クレウス様が弱気な部分を見せてくれたことについにやけてしまった。

クレウス様がむっとしたような顔になったので、私はますます笑ってしまった。

「笑ってくれるな。私はどうすればティファーナと並び立てるかと常に必死で」

「そんな風に考えていたんですか？　私はそのままのクレウス様が好きですよ」

笑ってそう答えると、クレウス様は再びぱっとその目を逸《そ》らした。

「そ、そうか。ではもう寝るとしよう」

不自然なほどに早口に言ったクレウス様の首に、私は抱きついた。

「ティファーナ……？」

そしてその喉元に唇で触れる。

ぴくり、とその体が震えたのがわかる。クレウス様が詰めた息を吐き出した。

「ティファーナ……。あまり煽《あお》らないでくれ。止まれなくなる」

「いつものお返しです」

耳が赤い。かわいい。

いつもなかなかやめてくれないクレウス様の気持ちが少しだけわかった気がした。

気付けばクレウス様の顎《あご》の下に、もう一度唇を寄せていた。

「！　……ティファーナ」

「ダメですか？」

「いや、だがあんなことがあった後だ。ティファーナも怪我をしているし、疲れているだろう。何より、その――」

クレウス様は慌てたように、けれどそっと私をベッドに下ろした。

私は遠ざかろうとするその手をとり、手の甲に口づけた。

「クレウス様も手、怪我してます。殴った時のものですよね」

「ああ――」

「他には？　他には怪我をしていませんか？」

「どこにも、ない」

そっぽを向くように答えたクレウス様の手を、私はそっと握った。

「触れたい。クレウス様に触れたいです」

そっとクレウス様を見上げれば、そこには熱に潤《うる》んだ瞳があった。

「ティファーナ……」

「この一週間、どぎまぎしましたし、恥ずかしかったし、時々無性に走り回りたくなったりもしましたけど、私だってずっと待っていたんですよ」

クレウス様の膝《ひざ》がベッドに乗り、ぎしりと音が鳴る。

眼前に迫《せま》った胸に額を当てて顔を隠せば、クレウス様の心臓がどくんと鳴った気がした。

言葉もなく私の頬をクレウス様の温かい手がそっと包む。

額に一つ優しいキスが落ちて、私は温かな熱に包まれ目を閉じた。

ただの夜がこんなにも愛しい。クレウス様と出会って、ただ過ぎていく時間が意味のあるものになった。

そうして私はその夜、幸せすぎて涙が出ることがあるのだと、初めて知った。

# エピローグ

この一年で様々なことが変わった。

社交界での私たちを見る目も、クレウス様の仕事も大きく変わったようだった。

セレソニーク侯爵とタルカス商会長が逮捕されたことで、一時的に経済が立ちゆかなくなるのではと思われた。しかしクレウス様がそれを予見していないはずがない。

タルカス商会に代わって経済界を担うだろうロプス商会にかねてより出資していたのだ。

他にも、タルカス商会の息がかかっていない店と取引することで、不当な独占状態だった市場を活性化していたのだという。

マダム・ルージュの衣装室もそのうちの一つで、クレウス様が様々な店に投資をしていたのはそのためだったのだ。

一時の混乱は大きかったが、それを待っていたとばかりに逞《たくま》しく伸び上がる店も多くあった。

反対に、セレソニーク侯爵やタルカス商会と関わりのあった店は芋づる式に検挙されていった。しかしこの一年で彼ら、またはその家族による経営も持ち直しつつある。

この国の法律が変わったのだ。犯罪の教唆《きょうさ》はものによって重い罪となり、逆にそういった者たちに無理矢理従わされた側の罪は軽くなるなど、大幅に見直されることになったのだ。

セレソニーク侯爵はその格好の見せしめとなった。

それからクレウス様の仕事が尽きることはなかったものの、セレソニーク侯爵ほど胆力のある者は現れなかった。公爵家が狙われることもほとんどなくなった。

また、法のグレーゾーンをついたり、証拠を残さぬ悪事を企《たくら》んだりする者たちは、何故か醜聞が一気に社交界に広まるようになったのである。

それらは法を犯しているわけではなく、罪には問えないようなものばかりではあったが、当主を即座に降りざるを得ないほどには十分な破壊力を有していた。

中には聞くに堪《た》えない性癖だとか、何故そんなものが人々の口にのぼるのかと首を傾《かし》げたくなるようなものまであった。

ある時、レイファン公爵邸に乗り込んできた貴族が、クレウス様に手を組まないかと持ちかけてきたことがある。

懲りもせずメイド服で突入しようとこっそり控えていた私の耳には、クレウス様がくくっと笑う低い声が聞こえてきた。

『何故だか悪事を企《たくら》む者ほどやらかすものでなあ。罪に問うほどではないが、壊れてはならないものが簡単に壊れる種、というものを持っている。不誠実に生きているがゆえなんだろうな』

心当たりがありすぎるのか、男の悲鳴が聞こえた。

『それらはあるところに隠してある。もし私やティファーナに何かあれば、すぐさまそれらを公にするようお願い・・・してある』

公爵であるクレウス様が『お願い』をする人物など、限られている。

そして不正を摘発するということは彼らについてとてもよく調べているということで。長い間にクレウス様のもとにはそんな様々な情報が集まっていった。それらが意味を持ち始めたのだ。

悪い者たちには悪いネットワークがあり、勝手に噂《うわさ》は尾ひれをつけて浸透していった。

そうしてやっと、公爵家に本当の平和がもたらされた。

◇

「あらあ、このドレスも綺麗ねえ。ウエディングドレスも公爵様が厳選しただけあってすごくよく似合っていたけれど、今のティファーナにはこれが一番よく合っているわ」

「そう？」

薄桃色のドレスなんて着たことがなかったから、そわそわしていたのだけれど。

私を十数年育ててきた母がそう言ってくれると、少し安心する。――クレウス様にいくら似合う、綺麗だと言われても、何を着てもそう言うような気がしてしまうから。

「ええ。一年前とはまるで顔つきが違うもの。とっても幸せそうよ」

今日は結婚一周年のパーティ。

この国には結婚した後の夫妻を祝うような習慣はない。けれどクレウス様がどうしてもやりたいと珍しく強く言うので、お客様を呼んで盛大にやることになった。

「ティファーナよ。幸せそうなのはいいのだが、何故筋肉が増えている？　『何があっても守る』と私に誓った男のもとへ嫁に行ったのだから、安心して平和ボケしてしかるべきだろう」

そんな誓いをしていたのかと今更になって驚いたけれど、それは笑顔で押し隠した。

「いいえ、お父様。クレウス様は私に自由をくださるお方なのです。それに私の幸せはクレウス様と共にありますので、私だけでなくクレウス様も守りたいのです。ですから、鍛える理由が二倍にも三倍にも」

「わかった。もういい。実は何を言っても無駄なことは既に知っている」

知っていて言わずにいられないのが親心というものなのだろう。

「諦めてくださって嬉しい限りですわ、お父様」

「だからその、鍛えている後ろめたさの表れのようなおしとやかぶりは、さすがにもう意味がないからいいぞ」

「わかっておりますが、十何年身についたものですから今更です」

父は相手をするのも疲れたというように「まあな」と短く返した。

「それとも、私がクレウス様と仲睦《なかむつ》まじく話している様子が羨ましくなったのですか？」

父はぴたりと動きを止め、それからくるりと背を向けた。

「さ。そろそろ時間だろう。主役が遅れてはいけない」

こんなかわいいところもある父なのである。

腕を差し出した父にエスコートされて大広間に入れば、割れんばかりの拍手が響いた。

父は母と共に入口すぐ近くの座席につき、私は壇上で待つクレウス様のもとへと一人しずしず歩く。

まるであの日の結婚式のやり直しのよう。けれど、私たちを包む空気はまったく違っていた。

もちろん、まだ嫉妬の視線は感じるけれど、それよりもずっと温かなものに満ち溢《あふ》れている。

この一年で私たち夫婦は、貴族の令嬢方が最も憧れる夫婦といわれるようになっていた。

揃《そろ》って社交の場に出れば令嬢方に囲まれ、根掘り葉掘り聞かれた。

相変わらず表情も変えずに何を問われても聞き流し、必要最低限しか答えないクレウス様が、私のことに話が及ぶと表情が緩むものだから、私たちが愛のない結婚だと笑う人間はすぐにいなくなった。

表情豊かになったクレウス様を見て、ルナのように恋い焦がれる人が増えるのではと思ったけれど、みんな『あれは無理だ』と早々に諦めるらしい。

嬉しいような、複雑な思いだった。

そういえば、前世の夢は見なくなった。きっと、もう私は大丈夫。そう思えたからだと思う。

ゆっくりとした歩みでクレウス様の隣に辿《たど》り着き、私たちは向かい合った。

「ティファーナにとっては地位しかメリットのない結婚だったかもしれない。だが私はティファーナを手放すことはできそうにない。だから、諦めてほしい」

いきなりそんなことを言われて、私は思わず目を丸くした。

これは本当に、あの日のやり直しなのだ。

「はい」

あの日はなかった答えを笑んで返せば、クレウス様は頬を緩ませ続けた。

「私は多くの恨《うら》みを買っている。だからこそ死に怯えながら強くあろうとするティファーナの姿に心から惹《ひ》かれた」

「今は、クレウス様のことも守りたいです」

「――そんな風に思ってくれるようになるなど、計算外だった。それでも、危険な目に遭《あ》わせるとわかっていても、諦めきれなかった。どんな形でもいいから傍《そば》にいたかった。他の男にとられたくはなかった。こんな男が夫でも本当によいか」

「私はクレウス様がいいのです。ただ心から、私の自由と生を望んでくれるあなたが。ドレスも宝飾品も私は望みません。けれど子供はできれば二人は欲しいです。養子ではなく、私とクレウス様との子が。そして、クレウス様と末永く一生を共にしたいです」

言葉を奪うようにして先に告げてしまった私に、クレウス様は笑った。

「どんな状況においても、一生ティファーナを守り、愛すると誓う」

「私も、命の限りクレウス様を守り、与えてもらった幸せと愛を一生をかけて返していきます」

それが、やり直しの誓いの言葉だった。

目を合わせて微笑み合えば、クレウス様が私の頬に優しくキスを落とした。

だから私も、細く長いピンヒールよりもさらに背伸びをして、クレウス様の頬にキスをした。

「キャーー!!　目が溶ける!!」

ご婦人方の悲鳴を浴びながら、クレウス様のキスの嵐を受け止める。私は、たぶん、この甘さに一生慣れることはないだろう。

それでも。私はまたくる明日が楽しみでならないのだ。

書き下ろし番外編

# あの頃から今も、そしてこの先もずっと

人の溢《あふ》れる賑やかな大広間から抜け出すと、回廊を吹き抜ける風が底意地の悪そうな女性の声をクレウスの耳に運んだ。

「あなたのような人にこのような華やかな場は相応《ふさわ》しくないわ」

「そのような垢抜けないドレスで出席するだなんて。恥ずかしいとは思わないの？」

どうやら複数で一人を囲んでいるようだ。

どこにでも他人を貶《おとし》め蹴落とそうとする人間はいるものだが、社交界には特に多い。

思わずため息を吐きかけたクレウスの隣を、つかつかと誰かが足早に通り過ぎていった。

直後、その場に力強い声が響く。

「あら、このようなところで一人の女性を取り囲んでいるあなた方こそ恥ずかしいと思いますけれど。そもそも、本日の主役であるマリアンナ様に招待されていらしたソフィー様を、マリアンナ様以外のどなたが相応《ふさわ》しくないと断じる権限を持っていまして？」

石畳にカツンと高く打ち鳴らされたピンヒール。金色の巻いた髪に、爽《さわ》やかな水面を思わせる水色のドレスを着たその姿は、クレウスがいつも目の端に探してしまう彼女のもので。

「何よ、あなた！」

「筋肉令嬢じゃないの。私たちに暴力でも振るうつもり？　恐ろしいこと」

彼女は囲まれていた令嬢を庇《かば》うようにして立つと、鍛えられ無駄のないスラリとした腕を胸の前で組んだ。本来は大きな水色の瞳を細め、令嬢たちを斜《なな》めに見下ろす。

「あら、筋肉があったら暴力を振るうだなんて短絡的思考は、騎士団で働く方々への冒《ぼう》涜《とく》ですわ。そうして目に映る端から人を貶《けな》して憂さを晴らすなど、このようなお祝いの場には不似合いではありません？　相手が欲しいのであれば、私のお茶会に招待してさしあげますから、おとといかかっていらっしゃればいいわ」

彼女は金色の髪をばさりと払い、言葉に詰まる令嬢たちにくるりと背を向けた。

「さあ、ソフィー様まいりましょう。マリアンナ様の誕生日をお祝いするために参加されたのですから、こんなところで暇な方たちに付き合ってさしあげる義理はありませんわ」

そう言うと涙で目を潤《うる》ませた令嬢の手を引き、クレウスが咄嗟《とっさ》に身を潜《ひそ》めた柱の向こうを彼女が通り過ぎていく。

「ああいう時はただ『おーっほっほっほっほ！』と高笑いをしておけばいいのです。それだけで相手は逃げますから」

涙交じりに感謝を告げた令嬢に返したそんな言葉も彼女らしいと、その背を見送る。

彼女は鍛えていることから好戦的と見られがちだが、こうしてなるべく人を傷つけずに立ち回ってきたのだ。

鍛えている理由も自分を守るためだったはずなのに、誰かが困っていると見ればかまわず飛び込んでいってしまうところも、ずっと変わらない。

だからこそ、彼女は悪意を持て余した人間の標的にされやすい。

残された令嬢たちは憎々しげに彼女の後ろ姿を睨《にら》んだ。

「何よ、鍛えているからって私たちが勝てないと高をくっているんだわ」

「女が鍛えたってどうせ男性には敵わないのだもの、無駄だわ。そのことを私たちがわからせてさしあげましょう」

自分にないものを持つ人に敬意を払う人は多くない。理解できないと遠巻きにする人もいるが、社交界ではほとんどの人が妬《ねた》みの対象にしてしまう。

無意識かどうかはわからないが、制約の中で鬱屈《うっくつ》としている人間にとって、その殻を破る人間は特に妬《ねた》ましいのだろう。

令嬢たちは顔を見合わせ、悪そうな笑みを浮かべた。

「鍛えているとは言っても、相手が男性では勝てないでしょう。態度の悪さで騎士団から追い出されたという令息に襲わせるのはいかが？」

だから、時にはこんなことを言い出す輩《やから》もいて。

巻き込んでしまいかねないと距離をとってはいても、クレウスは彼女から目を離せないのだ。

「このようなところで密談か？」

足音を消さず姿を現せば、令嬢たちは驚いたように目を丸め、慌てて居住まいを正した。

「レイファン公爵閣下、いつからこちらに……」

一瞬で冷静さを取り繕うところは腐っても貴族。

だがクレウスがその場にいる令嬢の顔を見ながら一人一人の名を呼ぶと、一気に顔が青ざめ、震えあがった。

「私たちのことを、ご存じで……？」

仕事柄、社交の場に顔を出すような貴族の顔と名前は一通り覚えている。

「身元を知っているということは、悪事を働こうとした自覚はあるのだな」

「いえ、その、悔し紛《まぎ》れに口にしただけですわ」

「警戒にあたるべき人物として陛下に報告しておく」

「そんな！　私たちはまだ何も――」

「直接手を下していなければ証拠が残らず、自分たちに火の粉が降りかかることはない。そんな算段で他人を使おうという考えがすぐ出てくるような人間が、ただ口にしただけで満足するとは思えん。人を貶《おとし》めることで鬱憤《うっぷん》を晴らすような人間の性根は、一瞬の反省などでそう変わりはしないからな」

「そ、そんなことは――！　危害など加えないと誓います、ですから――」

「ほとぼりが冷めればまた同じことを考えるのではないか？　気分を害するたびに標的を変えて憂さ晴らしをしてきた相手は何人に上るのだろうな。ノーリエ男爵家の姉妹、ブラーニー子爵家のグレイス嬢、それから――」

「な、そ、……！」

中心にいた令嬢が顔を真っ白にして震えだす。あれこれやらかしすぎていちいち名前など覚えていないかもしれないと思ったが、記憶力はいいようだ。

「今後、疑われるようなことをしなければいい。それだけの話だ」

完全に怯えた目で震えあがる令嬢を目にし、クレウスはくるりと背を向けた。

しばらく動向は注視するが、これで彼女が狙われることはないだろう。

怒りに我を忘れそうになった。だが彼女が害されようとしていたことに腹を立てていることも、彼女を守ろうとしていることも、決して悟らせてはならない。

それは彼女が、クレウスの弱点であると晒《さら》すことにほかならないから。

ただまっすぐに彼女を守ることができない。はらわたが煮えくり返るほど怒りが込み上げているのに、感情任せに相手を罵《ののし》ることもできない。

あくまで『卑劣な行為をする令嬢を見かけ、この国のために放ってはおけなかった』だけ。そう見られなければならない。

それでも彼女を目で追いかけるのをやめることはできず、不器用な彼女を陰からずっと見守っていた。


その彼女と結婚できることになった時。本当にこれでよかったのかと迷いがなかったわけではない。

だが婚約者であったルイが彼女を危険に晒《さら》しかけたのを目にした時に、決めたのだ。

これから最も傍《そば》にいる人間があれならば、自分のほうが彼女を守れる。

いや。何があっても彼女を守る。

そう決めた。

だから、それからはとにかく彼女が安全に過ごせるようにとそればかりを考え、奔走した。

婚約が知れ渡った中、フィリエント伯爵家にいるままでは狙われても守り切れない。だから早々にレイファン公爵家に彼女の身を移す必要があったし、そのために婚前なのにと陰口をたたかれることのないよう、急ぎ結婚話を進めた。

フィリエント伯爵にすべてを打ち明けると、クレウスの考えに賛同してくれ、準備に手を貸してくれた。

結婚式当日はやっと彼女と一緒にいられるようになるのだという高揚と、万が一にも標的にならぬよう、愛情の欠片も見えぬよう振る舞うことで手一杯で、すべてが終わると倒れ込むようにして昏々《こんこん》と眠った。

クレウスほどではないにしても、同じように駆け回ってくれていたはずのフィリエント伯爵は式の間中いつもと変わらぬ様子で笑みを浮かべていて、超人かと思った。思わず二度見したほど。さすが彼女の父親だ。

シリスが興味を抑《おさ》えきれず彼女の寝室に下り立ち、あろうことか試さずにはいられなかったという理由でナイフまで投げ放ったことを知った時には、同じ寝室で眠らなかったことを心の底から後悔した。

義理堅い彼女のことだから初夜を過ごさなければならないと思っているだろうと考え、そのような義務感など感じなくていいようにと寝室を分けたのだが、たった一日でその考えを改めた。

傍《そば》にいなければ守れない。何かあった時に後悔はしたくない。

ただただその思いで夫婦の寝室へと向かったが、ベッドに入り、背を向け合うそこに彼女がいるのだと思うだけで幸福感に満ち溢《あふ》れ、誰のための決断だったのかわからなくなった。

相変わらず彼女は日々予想もつかない行動をとり、クレウスを驚かせた。

だが、いつでもその行動の裏には彼女の信念があった。

それがクレウスのためだとわかると、あれほど遠くで見守るしかなかった彼女が自分を見てくれていることが奇跡のようで。

だが現実に、今も彼女はクレウスの隣で静かな寝息を立てている。

セレソニーク侯爵の騒動に巻き込んでしまった後も、彼女は傍《そば》にいると言ってくれた。

最も危険な男の隣だというのに、安心しきって眠るその姿が愛しく、思わずその頬に触れる。

「ん……」

身じろいだ彼女から手を離し、目を閉じる。

寝息は止まったまま再開することはない。どうやら起こしてしまったようだ。

小さな罪を告白しようとクレウスが目を開きかけた時、ごそごそとにじり寄ってきた気配がして寝たふりをやめられなくなった。

近くに気配を感じるが、彼女はそのまま動かない。

と思うと、鼻にちょん、と温かなものが触れた。

思わず目を開けるのと、ぎゅっと目を閉じた彼女が真っ赤にした顔をクレウスの胸に埋《うず》めるのは同時だった。

触れたのは、鼻先がほんの少しだけ。

それだけで耳を真っ赤にしている彼女が愛しくて、愛しくて。

たまらなくなり、クレウスはその背に腕を回し、ぎゅっと抱きしめた。

「お、おお起きてたんですか⁉　ごめんなさい！　こっそり襲ってごめんなさい！」

もがもごと足掻《あが》く彼女をよりきつく抱きしめる。

「起こしてしまったのは私のほうだ。すまない。つい、我慢できず」

一体何をしたのかとは聞き返されなかったが、抱き込んだ彼女の耳は先ほどよりもっと真っ赤になっていた。

頬に触れただけなのだが。

「かわいいな」

「え」

うっかり思ったまま口から出ていたが、なんら問題はない。

もう彼女に隠さなければならないことなど、何もないのだから。

思わず顔を上げた彼女の顎《あご》を捕らえると、クレウスは先ほどされたのと同じように鼻に鼻をそっと触れさせた。

「完全に起きてましたね！　狸寝入りですね!?」

「すまない。だが反省はしていない」

こんな幸せがあるのならまた狸寝入りはする。もう、そう決めている。

「べ、べべべつに反省をしてほしいわけでは」

「そうか。許してくれるか。ありがとう」

視線を合わさない彼女にふっと笑みが零《こぼ》れ、クレウスは捕らえたままの顎《あご》を上向かせ、そっと唇を落とした。

彼女もそれを押しのけることなく、こたえてくれて。

あの頃は直接言葉を交わすこともできず、表立って守ることもできず、ただ遠くで見守ることしかできなかった。

だが今はこうして言葉を交わし、触れることができる。それを彼女に許されている。

クレウスは温もりを全身に感じながら、この幸せを一生手放さないことを、過去と未来の自分に、そして胸元にそっと頬を寄せ、小さく笑った彼女に誓った。

本書は、2021年8月当社より単行本として刊行されたものに書き下ろしを加えて文庫化したものです。


この作品に対する皆様のご意見・ご感想をお待ちしております。

おハガキ・お手紙は以下の宛先にお送りください。

【宛先】

〒150-6019 東京都渋谷区恵比寿4-20-3 恵比寿ｶﾞｰﾃﾞﾝﾌﾟﾚｲｽﾀﾜｰ 19F
（株）アルファポリス　書籍感想係

メールフォームでのご意見・ご感想は右のQRコードから、
あるいは以下のワードで検索をかけてください。

アルファポリス　書籍の感想　検索

ご感想はこちらから

レジーナ文庫

鍛《きた》えすぎて婚約破棄《こんやくはき》された結果《けっか》、
氷《こおり》の公爵閣下《こうしゃくかっか》の妻《つま》になったけど実《じつ》は溺愛《できあい》されているようです

佐崎《ささき》 咲《さき》

2024年2月20日初版発行

文庫編集－斧木悠子・森 順子
編集長－倉持真理
発行者－梶本雄介
発行所－株式会社アルファポリス
〒150-6019 東京都渋谷区恵比寿4-20-3 恵比寿ｶﾞｰﾃﾞﾝﾌﾟﾚｲｽﾀﾜｰ19階
TEL 03-6277-1601（営業）　03-6277-1602（編集）
URL https://www.alphapolis.co.jp/
発売元－株式会社星雲社（共同出版社・流通責任出版社）
〒112-0005 東京都文京区水道1-3-30
TEL 03-3868-3275
装丁・本文イラスト－甘塩コメコ
装丁デザイン－AFTERGLOW
（レーベルフォーマットデザイン－ansyyqdesign）
印刷－中央精版印刷株式会社

価格はカバーに表示されてあります。

落丁乱丁の場合はアルファポリスまでご連絡ください。

送料は小社負担でお取り替えします。


ISBN978-4-434-33448-1 C0193